U0044786

迷迭香的名字

集晴 著

自序

《迷迭香的名字》書名仿自安伯托．艾可《玫瑰的名字》與李黎《玫瑰蕾的名字》。記憶的文字，串起生命成長的歷程與追尋，四季光影的遞嬗與流轉，電影與文學，詩與夢。

〈詩〉、〈夜讀——與聖艾修伯里的心靈交會〉、〈From A to Z～About the English Patient〉是高中時的作品，〈A to Z〉一文特殊體裁的靈感來源是報上一篇介紹雲門舞集〈夢土〉的專題。〈我所知道的愛倫坡〉、〈穿越歷史記憶的謎廊〉、〈迷迭香的名字〉是大學時為推理小説研究社社刊而寫。〈Farewell, My Books〉、〈圖書館之戀〉曾發表於中時開卷週報，前者是編輯主動來電邀稿，十分驚喜。

〈石季倫傳奇〉則是在我生命中一個暫時喘口氣的待業空檔寫就的，當時可以心無旁騖地到圖書館查很多資料，可以從容優遊地手書草稿、剪裁編排，所以這或許也是我所有文章中引經據典最多、也最深情細膩、流暢華美

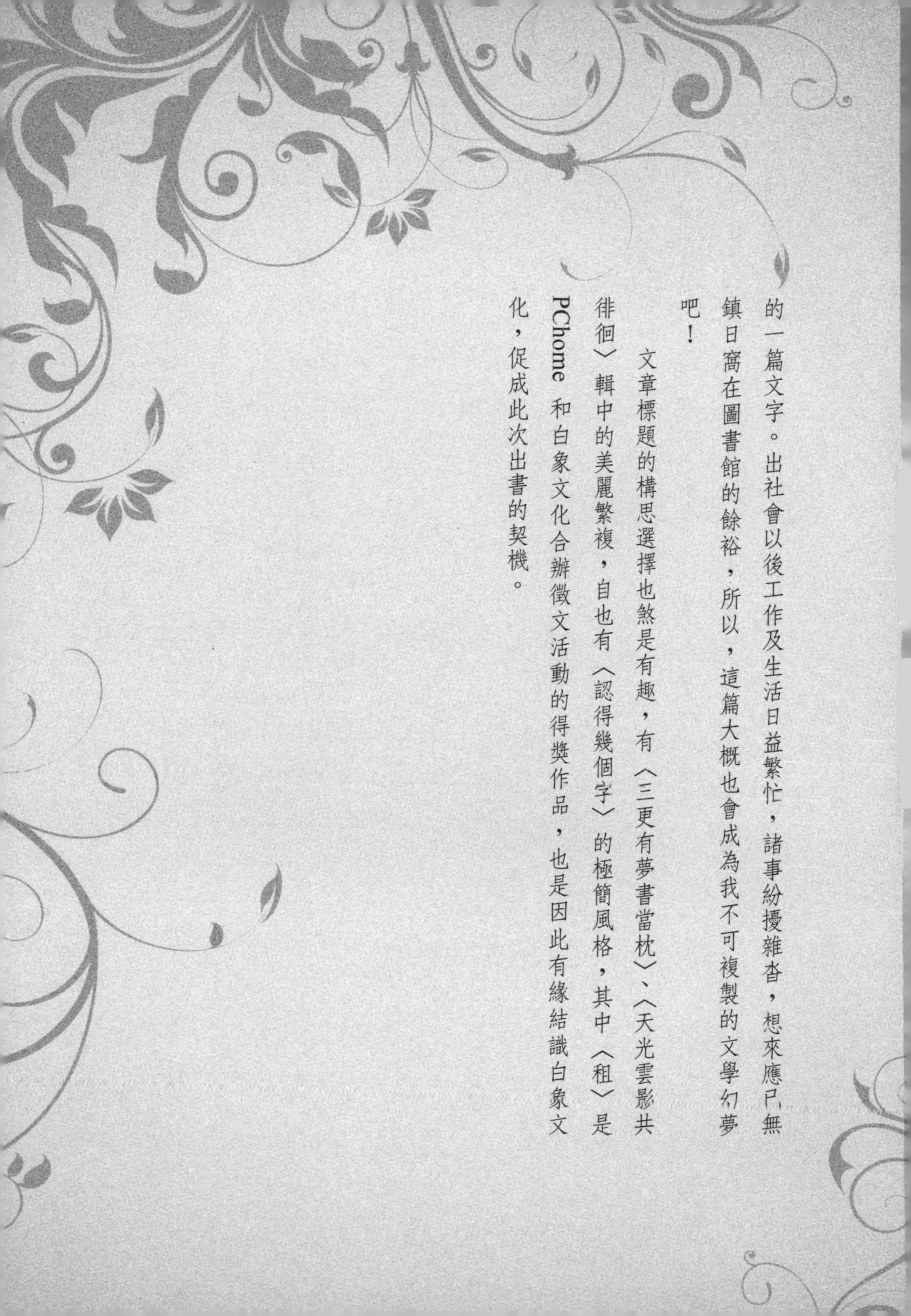

的一篇文字。出社會以後工作及生活日益繁忙，諸事紛擾雜沓，想來應已無鎮日窩在圖書館的餘裕，所以，這篇大概也會成為我不可複製的文學幻夢吧！

文章標題的構思選擇也煞是有趣，有〈三更有夢書當枕〉、〈天光雲影共徘徊〉輯中的美麗繁複，自也有〈認得幾個字〉的極簡風格，其中〈租〉是PChome和白象文化合辦徵文活動的得獎作品，也是因此有緣結識白象文化，促成此次出書的契機。

contents 目錄

輯三　三更有夢書當枕

輯四　天光雲影共徘徊

輯五　繁華事散逐香塵

輯一　迷迭香的名字

迷迭香的名字

羅斯瑪麗，記憶的泉源。

～Agatha Christie《Halloween's Death》

迷迭香（Rosemary），學名 Rosmarinus officinalis，和薰衣草（Lavender）同屬脣形科（Labiatae）常綠芳香灌木，原產地中海地區，常形成密灌叢，葉狹窄，上面深綠色，下面白色，邊緣向內捲。花淡紫色，二脣形，上脣稍呈兜帽狀，下脣三裂，向外突出。迷迭香被廣泛栽培爲觀賞植物及作爲香料，據說迷迭香泡成的花茶有幫助消化、治療腸胃脹氣、腹痛、頭痛，以及增進記憶力的功效。在英文中，Rosemary 則是常見的女性名字之一，字源來自拉丁文，涵義是「大海中的小水珠」，並象徵著「記憶」。

推理小說的女王 Agatha Chriskie 想必對「迷迭香」這個詩意唯美的名字有所偏好吧！在她布局詭奇的小說《鐘》（The Clocks）裡，就有一只鑲著 Rosemary 字樣的旅行鐘，和另外三只鐘一同驀然出現在一位瞎眼老婦的房屋裡，由之掀啓了一樁玄祕迷離高潮迭起的謎局。《萬靈節之死》

（Halloween's Death）中，Rosemary 是一位美豔的女子，擁有衆多的仰慕者，但她卻在一次萬靈節的晚會上離奇地中毒身亡。小說的第一部即以 Rosemary 爲題，副標題則是一個謎樣的叩問——「我該如何驅除往事的記憶？」緊接著是以「各自表述」的手法描寫六個人都在想著 Rosemary，而她已死去將近一週年……。同一個 Rosemary，同一件戲劇化的猝死案情，在不同人的回憶中呈現不同的風貌。Rosemary 雖然在小說一開始時就已過世，但她的影子，她的名字卻貫穿全書，在六個人的心頭徘徊縈繞。這很像 Alfred Hitchcock 執導的電影《蝴蝶夢》（Rebecca）裡，Rebecca 這位牽動全片的人物從頭到尾均未現身，但卻透過繡上「R」字的道具、有關角色的描述、對白及回憶而無所不在……。

Rosemary，她的名字就是記憶。

The importance of memory can't be over-emphasized. Saint Basil 曾言：「記憶……是想像的櫥櫃、理性的寶藏、良知的紀錄以及思想的殿堂。」Cicero 說：「記憶是所有知識的源頭和障蔽。」Lois Lowry 更說"Without the memories, it's all meaningless."關於記憶的重要性，我覺得還是心理學家 Elizabeth Loftus 說得最明白也最透澈：「我記得法蘭克法官曾在自著的《無罪》中寫道：『身爲證人的你，會痛恨任何對你記憶的懷疑，因爲懷疑你的記憶，就等於在攻擊你的可信度，冒犯你的人格。』我們的記憶之所以這麼寶貴，就在於它們其實就像我們自己的一部分似的——記憶界定了我們的身分，我們所經歷的經驗，以及我們應該有什麼感覺。……你怎麼把一

個人跟他的記憶分開呢？你若剝除了他的記憶，不也就是在剝除他的過去、剝除他珍藏的事件嗎？然而這些珍藏的事件使得他之所以爲他，如果剝除了這些，他又是什麼呢？若是沒有了這些記憶，他會不會像扇貝一樣，闔緊來死掉了，因爲失去了一切內在，而突然崩陷下來？」

一個人被抽淨了記憶後還剩下什麼？一個人被置換了記憶後會變成什麼？

失憶的人在文學中似乎往往有一種特別神祕的魅力，也許是因爲他們的過去在一剎那之間化爲一片空白，消逝在歷史迷霧中的緣故吧！當你把所有的往事都遺落在記憶的迷宮裡，你的過去就成爲一個未解的謎，一個和未來一樣蒼茫久遠的傳說。這樣的人能沒有痛苦嗎？會沒有掙扎嗎？他要如何尋回失落的記憶？或者乾脆丟掉過去重新出發？因此他們就成爲小說家熱愛的題材。在 Arsene Lupin 創造者 Maurice Leblanc 的《魔人與海盜王》（LE PRINCE DE JERICHO / Man of Miracles）中，就有一位英俊挺拔、風度翩翩的男子展開尋訪記憶的旅程，配上異國情調的地中海海濱，構成一部奇情式浪漫冒險小說；在張系國的《歸》裡，則描述在一個迢遞冷冽的星球上，有一個選擇失憶的男人，一個說故事的女人，以及熊熊燃燒的「生命」之火……。

曾看過 Alex Proyas 執導，Rufus Sewell 和 Jennifer Connelly 主演的《極光追殺令》（Dark City）。劇情是說有一群來自外星的「Strangers」，對人類的記憶展開研究，他們使一座城市陷入綿綿無盡的黑暗中，在闇夜裡利用高科技抽取、調換個人的記憶，進行各種實驗，企圖揭開記憶的奧祕。可是他們換得了人類的記憶，卻換不了人類的靈魂。在片中，被植入相同記憶的二個人面臨相同的情境，卻會作出不同的反應和抉擇。Strangers 將一個 serial killer 的記憶植入男主角 John Murdoch 腦內，卻無法將他也變成一個 serial killer。Strangers 藉由置換記憶，改變了女主角 Emma Murdoch 的身分認同，但她對 John Murdoch 的愛卻始終不渝。這令我想起 Wilkie Collins 在《白衣女郎》（The Woman In White）中的一句話：「……而純淨的心所能感知的最渺小的人類情感，也必將邁向永恆……。」

誠然人類靈魂的本質不會受到記憶的左右，但記憶不可否認地在個人生活和人類歷史裡扮演極重要的角色，在文學作品中，自然也不例外。尤其在「回顧謀殺」類型的推理小說中，由於所有的物證早已隨著光陰荏苒而灰飛煙滅，漫漶在歲月之流裡，因此「記憶」就成了破案的關鍵。Agatha Christie 的《死灰復燃》（Sleeping Murder）和《啤酒謀殺案》（Five Little Pigs）都是這方面的傑作。《死灰復燃》是 Jane Marple 的最後探案，在書中，關妲的童年記憶是海倫和生命、事實的唯一連繫。《啤酒謀殺案》更是堪稱箇中翹楚，Christie 透過不同的敘事觀點發掘人類心靈底層的祕密，Hercules Poirot 行經時間和記憶的幽谷，以其對人性心理的洞見，發掘十六年前的悲劇眞相。也許眞相是時間的女兒，但在五位當事人撲朔迷離、參差錯落的言語文字中，眞與假，愛與恨的界線本身就是糾纏不清的。歲月遞嬗對比是永恆迷人的主題：多年以前，有人殺人，有人被殺，有人爲了自己沒犯的罪而被判刑，有人撒謊，有人尋求救贖……，十六年後，過去的陰霾仍在，撒謊隱瞞依舊，但是有人重新建構記憶，有人想查出眞相。昔日調皮搗蛋的女孩成爲聲

譽卓著的人類學家，而那美豔熱情的少女卻成了冷漠痲木的貴婦……。

在《啤酒謀殺案》中，白羅要一位當事人回憶十六年前每個人進出實驗室的順序。白羅請當事人閉上眼睛，然後拿一條灑了茉莉香水的手帕在他面前晃了晃，就像變魔術一般，十六年前的情景竟神奇地在當事人的心中重新浮現。今日的某種感官刺激（例如嗅覺或味覺），會突然勾起我們昔日經歷此一感官經驗時的種種場景，甚至包括當年的情懷等，心理學家將此稱爲「普魯斯特時刻」（Proust Moment）。

之所以稱作 Proust Moment，由來是 Marcel Proust 在《追憶似水年華》（A la recherch du temps perdu）裡的一段文字，大意是說敘述者在一個下午茶時間，看見海綿蛋糕浸於濃茶中，當蛋糕屑和熱茶混合，觸及他的上顎時，他驀然思及孩提時代在康布列的生活。相傳普魯斯特於母親去世後就不再與人交往，獨自在與外界隔絕的房內進行深省，每天都花很長的時間追憶往事，最後竟串成了近兩百萬字的《追憶似水年華》。有人說普魯斯特認爲人的眞正生命是回憶中的生活，幸福的歲月是失去的歲月。也有人說普魯斯特透過記憶的放大鏡，將過去點滴放大顯微，緩緩經營，抓緊記憶中的事物，《追憶似水年華》是他對世界不斷流動消逝的思索和補救，探索記憶和感悟的力量，尋找永劫和絕對的意義，運用漫長富麗的文字來「征服時間，挽回過去」。然而，我始終對普魯斯特的這部巨著卻步，光是看到那堂堂七冊就不禁心驚膽寒，據說他花了十七頁的篇幅，只爲了寫童年一個失眠的夜，而書裡最長的句子，「可以繞葡萄酒瓶底部十七圈」。無怪乎在 Raymond Chandler 的《大眠》（The Big Sleep）中，女主角向 Philip Marlowe 談起普魯斯特的作品時，Marlowe 說：「誰？」後來又罵文學作品是「厚厚的一本，讀不到半小時就想吃中飯！」

「而我自然像普魯斯特一樣，回到了很多很多年以前的日子……。」

我也有我自己的「普魯斯特時刻」，將我帶回新街溪畔的回憶中。我常夢見我又回到新街溪畔的老厝，看見慈祥的祖父母、可愛的貓兒、香氣馥郁的芭樂樹和奔流不輟的新街溪，然後突然一切都消失了，只看見一堆瓦礫七零八落地散在地上。驀然回首，看不見往事的痕跡，只看見歲月匆匆；看不見新街溪畔，只看見巍峨大廈。可是小時候我在溪畔摺紙船、看螞蟻、追蝴蝶時，怎麼會想到有朝一日必須離開呢？原來一切都從一場夢開始，而以一聲嘆息結束，原來事如春夢了無痕。班雅明話語說：「人類是凝視著過去，倒退著走入未來的。」可是別人怎麼會了解，那些經時光浴洗過，虛微縹緲的種種事情，從前從前……？所以，我只好，一任所有的存在都淡入時光和記憶，而一條河貫穿一切……。把往事配上 reverie 的旋律，輕聲吟詠，吟詠我最心愛的詩人李商隱的詩行：「此情可待成追憶，只是當時已惘然！」

也許是因為快樂的回憶已然淡去徒留惆悵，而苦澀的經驗卻兀自鮮明吧！長久地沉緬於逝水年華的追尋，終究是苦多於樂的，我真佩服 Marcel Proust 的勇氣和毅力。

這裡挺好，正巧在雙城之間，美麗而碎裂的過去在我身後，我不忍心再回首，而浮動詭譎的

未來在我前面，我還看不見。

「但願愛能記住……。」

眞正驚人的，不是我記得那麼多事情，而是我記錯那麼多事情。

~Mark Twain

George Orwell的《一九八四》最令我心驚的一點是：原來過去是可以改變的。

Even God can't alter the past.這一直是我的基本信仰之一。人也好，神也好，我們都被鎖在時間這條線上，絕不回頭，也無法重來。過去是否存在？是否可改變？這些問題看來都有清楚明確的答案，還有什麼好質疑的？

然而，到底我們「怎會知道過去是不變的？如果過去的事和客觀的現實只存在於自己的腦海裡，而腦的本身又可以控制得住的話，那又怎樣呢？」

思想中發生的事，就是眞正發生過的。在你自己思想之外的事物是不存在的。這種唯我論的觀點在《一九八四》中爲大洋國的極權政黨所服膺著，並以之作爲統馭人民的有效手段。因此「過去是可以改變的，過去的事件沒有客觀的存在，只留在文字的記錄和人的記憶裡。過去就是記憶和記錄的東西。由於黨控制了所有的記錄和思想，因此黨認爲過去是怎樣的，過去便是那樣。黨也承認過去是不容改變的，自稱對過去的事實沒有作絲毫改變。因爲若修改得以適宜目前的需要，這一套改變便已成過去，沒有其他的過去曾存在過。……控制過去有賴記憶的訓練，使所有記錄配合目前黨的需要……。」所謂的過去，其實僅是一種操作。

Alan Lightman 在《愛因斯坦的夢》中曾描述一個「人們沒有記憶」的世界，過去只存在於書籍和檔案中。《Dark City》中的 strangers 沒有個人記憶，只有集體記憶。《一九八四》中的情境於此相距不遠，試看幾段內黨黨員奧布林和男主角溫斯頓的對話：

奧布林走近牆邊，牆上有一個記憶洞。他把門洞打開，那張紙已被捲入熱流中，在火爐中被焚。

「變成了灰燼，」他說：「變成了不能辨別的灰燼。它並不存在。這從沒有存在過。」

「但這確是存在過的！它存在記憶裡。我記得它，你也記得它。」

「我不記得！」奧布林說。

「那麼過去在哪裡存在呢？」

「在記錄中，在歷史書上。」

「在記錄中……。」

「在思想中，在人類記憶中。」

「在記憶中，好吧，我們黨控制一切記錄，控制一切記憶。這等於我們控制了過去，不是嗎？」

「但你怎樣去阻止別人的記憶呢？」溫斯頓又忘了儀表板，說：「這是天性，你怎樣去控制記憶？你沒有控制我的記憶！」

「相反地，」奧布林說：「你控制不住記憶，因此你來到此地。……現實並不是外界之物，是在人類思想中間。並不是在個人思想中間，因爲個人是會犯錯的，是會滅亡的；現實是在黨的思想中，這是集體的，是不朽的。……」

Franklin Delano Roosevelt 說過"No man and no force can abolish memory."委內瑞拉詩人 Ali Lameda 也曾說：「他們殺光一切，唯有我的記憶長存。」果眞如此嗎？我們對於自己的記憶會不會太有信心了？我們的記憶是否牢不可破完好無缺，堅強可靠得足以在歲月遞嬗中留守純粹？在《一九八四》中，個人的記憶可以被徹底解消，依照黨在新時期的新需求重新塑造。其實不用極權主義的刑求相逼，也毋須高科技的洗腦置換，我們的記憶就會欺騙自己，杜撰過去，刪改事實，串起一些不相干的片段，削去令人困擾的線索，甚至將無根據的設想拉扯進來，令我們相信從未發生過的事情。我們抱殘守缺的，究竟是經過或未經修剪的人生呢？有太多因素會污染我們的記憶，而眞相就在記憶的褪色和扭曲中悄然流失了——當然，這是說，如果有所謂「眞相」的

話。

袁瓊瓊在〈漂流的星球〉一文中即印證了人們對於記憶的懷疑。文章一開頭便說：「記憶是非常個人化的東西。我們自以爲正確的記憶，時常是經過虛飾和扭曲的。」緊接著記述她創作小說的心路歷程：「我在小說裡建構我的回憶，借給書中人使用。整整一年，我的舊居成爲心靈之家，我和我的角色在其中進出，我的記憶完整而且鮮明，而且，我以爲是正確的。」然而，當她回到舊家，卻發現存在她記憶中的，後院的屋頂陽臺原來是不存在的，房間的數目也有所出入。她不禁發出以下的感喟：「我同時面對了我記憶的不正確和符合著我記憶的現實。而我的記憶，究竟是以什麼標準來扭曲我的過去呢？存留的是爲什麼被存留？而遺棄的又爲什麼被遺棄呢？……一切在歲月中被中阻的事物的記憶，我想都有這個問題，所謂的眞實，往往只是有限的眞實。而每個人又各自擁有不同的眞實……。」

人類心靈的魔術詭詐微妙得令人無從捉摸。我們記憶中的人事物亦眞亦假，虛實相生，若有還無。也許奧布林說得沒錯吧！畢竟，透過記憶的濾網，所謂的「眞相」並非客觀的存在，而是主觀的、經過詮釋的事物。以這種角度而言，其實我們記憶中的往昔並不比所謂的「現實」更眞實或更不眞實，那是「另一個眞實」……。

李黎在〈追憶逝水〉一文中也以行雲流水的筆觸引述了數個鮮活的案例，說明記憶的栽培植入和強化牢固，其中之一是摘自「西班牙電影大師布紐爾（Luis Bunuel）的自傳，頭一章就叫

〈記憶〉，他清清楚楚記得三〇年代在巴黎參加過一個好友的婚禮，出席者包括大名鼎鼎的沙特……。然而有一天他忽然認識到，這段記憶極可能是他自己的想像，或跟另一場婚禮混淆了，因爲事實證明，那場巴黎婚禮是斷無發生的可能的。」李黎認爲「虛擬記憶絕對是可能的」，因而她重新檢視爬梳自己童年的記憶：「我自己也有兩三樁小時最早的記憶，略顯朦朧的景象，常在腦中放映老電影殘片般地重播。據大人說，我那時才兩歲不到呢，因此一直很得意於自己的記憶如此之好。最近有一天乍然疑惑起來：這果眞是自己記得的事呢？……還是大人敘事時『植入』的記憶？」

何謂記憶植入（memory implant）？心理學家 Elizabeth Loftus 在《辯方證人》（Witness For the Defense）一書中如是說：「人們在經歷過某一事件後，仍會不時暴露在新的訊息之下。這個新訊息的形式，可能是誘導性的問題，也可能是讓證人碰巧聽到別的證人對該事件的看法。在許多情況下，新訊息會與證人的記憶糾結在一起，或者被植入證人的記憶中，成爲追加的記憶，也就是一段變形的、不純正的或扭曲的記憶。」的確，記憶的機制既複雜迷人又懸疑難解，它引領我們重訪過去，又往往讓我們在不自覺中重新詮釋了過去。記憶的植入和謬誤若僅發生於平日生活的瑣碎細節，尚且無關緊要，然而，一旦碰上了犯罪或意外事件，就連最微末的細節也得錙銖必較，記憶的品質也就格外重要了。「一般人會認爲間接證據很薄弱，但其實間接證據比目擊者要可靠太多。目擊者證詞的問題多多……。」在 Agatha Christie 的《死亡約會》（Appointed With

Death）中，Hercules Poirot爲了測試一位證人的可靠程度，展開了下面一段有趣的對話：

「桌上有束野花吧？」

「是的。」

「你走進房間後不久，有沒有注意到我打了一兩次噴嚏？」

「注意到了。」

「你有沒有注意到我聞了這花？」

「哎呀，眞的，不，我沒注意到。」

「但你記得我打了噴嚏？」

「是的，我記得。」

「原來如此—沒問題啦！我只是以爲這花會引起枯草熱。呵，沒問題了。」

「枯草熱！我記起來了，我的表姊因此而死。她常常說……。」

白羅關門，揚起眉毛，回到房間。

「其實，我並沒有打噴嚏。」他自言自語。「完全胡說，我根本沒有打噴嚏。」

由此可見，人類的記憶敏感而脆弱，可以予以改變，也可用中間穿插的資訊捏造出來。要把

意念植入他人的心中，清除舊有的記憶，讓新的意念逐步取得主導的地位，其實十分容易。訊問者可以用最和善、最不令人起疑的方式創造出新的記憶，只要問個誘導性的問題就行了。所謂「誘導性的問題」，指的是已經暗示了答案應該爲何的問句。例如，「你有沒有注意到我打了噴嚏？」這個問題，便暗示著我打過噴嚏，但你有沒有注意到？

心理學家已經發現，要對人們暗示訊息並不困難，而且在某些情況下，人們會眞心相信這些細節是自己親眼目睹的。問句裡若暗示了答案爲何，答話者會擷取這個訊息，結合到自己的記憶裡，並眞心相信自己經歷了這些情節，而事實上這些情節都是別人暗示的。

人們在經歷重要事件後，所接觸的訊息，往往不會加強既存記憶，反而會改變既存記憶，甚至使根本不存在的細節與既有的記憶融合在一起。在 Agatha Christie 的《謀殺啓事》（A Murder Is Announced）裡，亦可以看到這種「事件後資訊效應」（effects of postevent information）的例子。書中的幾位證人異口同聲地說他們「看到」一個持槍的蒙面歹徒闖進了室內，實則事發當時室內是一片漆黑，闖入者用手電筒輪番迅速地照著每一個人，在突如其來的強烈眩光下，室內的人怎能看到任何東西呢？他們當時既看不到歹徒有沒有蒙面，也看不到他有沒有持槍，他們眞正「看到」的只是室內恢復光亮後，一個蒙面人倒在血泊之中，而他身旁有一把槍。這些證人的記憶，事實上是從儲存的資訊片段重建起來的，其中的任何空隙，則下意識地以推理的資訊予以彌補。他們並沒有說謊——當一個人深信自己的記憶爲眞時，你怎能指責他們說謊呢？問題在於

「證人的記憶是原始的眞相，還是事後營造的眞相？」

小說中虛構的例子，讀來固然意趣盎然，但翻開《辯方證人》一書，所讀到的卻是活生生、血淋淋、令人怵目心驚的眞實案例。本書的副標題是「一個心理學家的法庭故事」（The Accused, the Eyewitness and the Expert who puts Memory on Trial），Elizabeth Loftus 以洋溢人道關懷的熱情筆鋒訴說了她「對記憶的研究工作和對法律的關切，而使她的生命和被指控犯罪的人們產生交集的故事；而這也是被告和受害者的家人、律師、法官與陪審員的故事，他們在這些悲劇裡扮演著重要的角色」。不但記述著她對記憶的詰問、思忖、和記憶的錯誤抗辯的生涯，也指陳了刑事審判的核心問題之一：「到底目擊證人的證詞可信嗎？」有多少人因錯誤指認而含冤莫白？有多少人爲了自己沒犯下的罪而被司法欺騙、利用、出賣？有多少人能夠了解，對於清白的人來說，無罪有多麼重要？翻開《辯方證人》，你將會知道。

這本書裡有生動鮮活的心理學知識，也有血淚斑斑的苦悶故事。終究，這還是個關於記憶的故事。也難怪閔斯特堡會嘆道：「如果所有會去衡量證據之價值的人，能多體認到人類記憶的詭詐，那麼正義就不會常常出軌了！是的，我們這麼說吧，在謀殺案中，若有一滴乾血，法庭會應用最先進的科學方法予以檢測，但是同一個法庭，在需要檢驗心靈產物，尤其是目擊證人的記憶的時候，仍會以最不科學且最隨便的解決方法——即偏見與忽略——爲滿足。」

要記憶就得能夠忘卻。

～Samuel Johnson

如果我們的記憶能夠細膩精確，即便烏飛兔走、日居月諸，都不會變質，亦無所疏漏，不是很好嗎？這樣一來，不但正義不會出軌，我們在讀書、考試、生活上，也可以無往不利……。

果眞如此嗎？表演工作坊的相聲劇《那一夜，我們說相聲》有一個詼諧的段子叫〈記性與忘性〉，「記性好的人，活得一定痛苦。」劇中人是這麼說的。

李黎在〈追憶逝水〉一文中，除了探討人的記性，也肯認了人的忘性：「對人來說，一目十行過目不忘固然是求之不得的天才，但驚人的好記性並不一定是好事；鉅細靡遺的記憶之庫很可能成爲難以承受的負擔。選擇性的記憶與遺忘，往往是令人不致發瘋的保護裝置。……《布紐爾自傳》的第一章：他的母親晚年喪失了記憶，但身體仍然健康，閒坐家中，總是不斷一頁一頁翻讀同一本雜誌，翻完了過一會從頭再翻，每次對她都是頭一遍讀。想想其實這樣也不壞，萬一我將來有一天喪失記憶，希望有人放一本《紅樓夢》在我手邊。……」但《紅樓夢》對我而言似乎太沉重了些，我倒寧可忘卻推理小說中兇手的名字，就可以「一直持續享受初讀的驚喜，必定非常、非常地快樂」。

是啊，我們常會忘記：遺忘，原來有時也是一種美德，一種幸福。

順道一提，我個人一直十分心儀李黎的文字，清新的質感裡包含了女子特有的細膩典雅。本文的題目「迷迭香的名字」，一方面固然是仿自 Umberto Eco 的響噹噹名著《玫瑰的名字》，另一方面，也是由李黎的散文集書名《玫瑰蕾的名字》所觸發的靈感。

Umberto Eco 的《傅科擺》（Foucault's Pendulum）中，有一段夢囈般的文字，充滿了飄忽詭祕的美感：「這比眞實的記憶來得好，因爲眞實的記憶——在重重努力下——只學會記得卻不會忘記。……對每一個記憶中的影像，你都會附上一個思想、一個標籤、一個範疇……，只需回顧現象，一個人便可重建偉大的生之鎖鏈，……因爲在宇宙中分解的一切，都在你心中結成一體，因此法國大作家普魯斯特的小說會博你會心一笑。……但是當想要創建一種遺忘的藝術時，我們卻想不出遺忘的規則是什麼。那是不可能的。尋找失去的時光，追逐不安定的線索，像樹林裡的姆指姑娘，那是一回事；而錯置重新找到的時光卻又是另一回事。姆指姑娘總是會回家的，像一種執著。……遺忘是沒有規律的，我們只能聽任隨意的自然程序，像中風和健忘症……。」

所以，我過去怎麼會認爲人有自由意志呢？我們老是忘不掉想忘掉的事物，卻又不見得記得起拚命想記住的東西。我無法控制我的意志躍動，我無法扼抑自己的憂懼，我無法說服自己，我也從來沒有辦法阻止一個不好的念頭或顚倒夢想在心底萌生。說到底，所謂的「我」剩下些什麼呢？能做些什麼呢？我抓不住自己的心念，遑論主宰自己的記憶。能像 Sherlock Holmes 那樣，自腦海中自由移除對自己無用知識的，恐怕少之又少。而且我實在不敢說，這種本領好不好，假

如移除了又後悔怎麼辦？可不可以復原？

要記得眞確是不容易的，要擺脫記憶卻是不可能的。往往，「忘不了」的痛苦比「記不得」更爲難受。人的一生均活在記憶之中，記憶蝸居於現實裡，出其不意、猝不及防地叩響心扉。記憶也可能在歲月的風蝕裡變質老去，但也可能鐫刻在心靈版圖上，根深柢固、歷久彌新——尤其是那些你急切想遺忘的人事物……。

唉！如果我寫了，是爲了留存最原初的記憶；我如果不寫，是爲了學會遺忘——如果遺忘能被學會。寫或不寫，這是問題所在。

據說科學家正在研究人腦的記憶中樞，也許有朝一日，我們終於能隨心所欲地控制自己的記憶。到那時，世界會更好些還是更壞些？人會活得更快樂還是更無聊些？抑或生活依然不變，依然充滿了謎一般的難題和幸福？

「我該如何驅除往事的記憶？」

而解謎的鑰匙，自然就在羅斯瑪麗。第一朵迷迭香的名字，揭示了一切。

穿越歷史記憶的謎廊

請問，對於你而言，歷史的意義和目的爲何？

據我的歷史系友人說，這是他們大一課程「史學導論」的期末考試題。一個多麼令人惶惑的大哉問啊！首先，究竟何謂「目的」？何謂「意義」？（據說曾有一位哲學家寫了一本書叫做《意義的意義》，一個弔詭的書名）還有，說到底，所謂的「歷史」是什麼呢？我們所知的「歷史」是史學家的著作，抑或是全人類共同寫就的日記，蘊含著所有曾經付出過、抵銷過歲月的生死和血淚？

我們爲什麼要讀歷史呢？最傳統也最標準的答案自然是「鑑往知來」。因爲「以史爲鏡，可以知興替」，所以讓我們把眼光放遠吧，讓我們看那歷史的借鑑……，可是，人眞的能從歷史學到什麼嗎？我們從歷史所得到的唯一教訓就是——我們根本沒從歷史得到任何教訓。Clarence Darrow 不也說了嗎？"History repeats itself. That's one of the things wrong with history."也許正因爲"Each generation has to find out for itself that the stove is hot."，所以歷史必定一再重演，它的型態及性質很少有重大的改變，一種宿命式的悲劇循環。

可是，另一方面，我們又很難相信世上眞有不變的事物。古希臘哲人 Heraclitus 說抽足急流，再插足已非前水。我們不可能接觸到同樣的溪水兩次，歷史學家 Barbara Tuchman 更說：「歷史事件不會，我敢大膽地說也不能重演。由於物換星移的結果，我們甚至無法照原來的方式重來一遍。時間過得愈久，愈多新的因素被注入環境當中……。」變與不變，這是歷史的問題所在。當我們的存在陷入紛擾雜沓的成住壞空，渺小的人類凝視著過去，倒退著走入未來，爲的是什麼？有什麼意義？有什麼目的？

唉！人何必自討苦吃，硬要爲每件事物都貼附、尋找意義呢？爲什麼執意人生一定要有一個特定的目的呢？爲什麼要堅持去追求某樣自己也不明所以的事物呢？爲什麼一定要抓眞假善惡和是非的分際呢？……

所以，我不如把握當下，

在此刻，在冬夜，沏壺熱茶，

拿起一本歷史推理小說，

那是多麼有趣啊！

1 Josephine Tey 《時間的女兒》（The Daughter of Time, 1951）

"Though God cannot alter the past, historians can."

～Samuel Butler, 1901

《唐吉訶德》（Don Quixote）的作者 Miguel de Cervantes 曾言：「一個歷史學家應該是公正不偏的，不論利益或恐懼，恨意或偏好，都不應使他們偏離實情之道，此道之母正是堪與時間匹敵的歷史……是鑑古知今的明鏡。」從前我也對此深信不疑，認爲歷史是不能夠、也是不應當欺騙的。然而，每一個人都是根據自己的主觀認知在做事的，一個人所處的客觀現實和心理印象總是會有差距。每個人對現實世界都有一些印象，這些印象加起來便構成一個信仰、過濾系統，幫助我們分析每天所碰到的事物，印象可以增進我們掌握事實的效率，但也會使我們昧於事實，做出錯誤的判斷。我們往往只注意那些我們想要看見、認爲合理或習慣看見的事物；對那些不可能看不見，但卻和我們印象不符的事物，我們容易視而不見，跌入自欺欺人的迷障中（心理學家稱之爲「選擇性注意」）。

Can you believe what you see when you see what you believe?

決定我們行爲的並非眞實的外在世界，而是活在我們思想中的世界。有人說，人的一生眞的只有三件事：「自欺、欺人、被人欺。」歷史學家亦不例外，他們若沒有告訴我們「歷史的眞實」，往往是「不能」也，非「不爲」也。所以我們也不該對他們過於苛刻，要求歷史學家做到事事公正，其實是強人所難，不太「公正」！

對我而言，這本「推理史上第一奇書」的趣味，自然不在那一大堆難以分辨的人名，那些錯綜複雜的英國史實，甚而也不在 Josephine Tey 以嚴謹考證精神創作推理小說的特殊書寫風格，或是挑戰 William Shakespeare 和 Thomas More 的權威。而在於，《時間的女兒》提醒了我，引領我去思考我們所認知的歷史究竟是怎麼一回事，人類歷史記憶的建構和解消又是怎麼一回事。從前讀歷史故事時，我們習慣把裡面的人物分爲好人和壞人，劉備是好的，曹操是壞的；同盟國是好的，軸心國是壞的，這樣不但容易記憶，而且也增加了閱讀的樂趣。可是，這些好壞的觀念判斷，這些我們信以爲眞的「歷史」，其實都不是我們自身的體驗，而是「被告知」的。就像後現代的思想家會說：「……我們被告知過去的歷史與未來的（將會發生的）歷史……，於我之外有一個超越的主觀（先驗的理性），可以看到我自己所不能看到的時間序列，於我們之外有一個歷史家告訴我們『我們的歷史』。」

就算是自身的經驗吧！有時也不盡可信。經驗一經轉述，就成了故事。William Shakespeare 和 Thomas More 告知我們關於理查三世的故事，活靈活現地描寫他在敗北之際倉皇地呼喊著"A horse! A horse! My kingdom for a horse!"而靈心慧眼的 Josephine Tey 則以同樣的知識和理性，以一幅畫像作媒介，以在醫院養傷的葛蘭特探長爲嚮導，告知讀者另一套關於理查三世的故事。當我們發現秦始皇可能是好皇帝，岳飛可能是軍閥，莎士比亞的劇本可能是培根所寫，Conan Doyle 可能是殺人兇手，那麼當我們知道理查三世可能是賢明的君主時，自然也不會太過訝異。「一個理查三世各自表述」，孰是孰非、孰眞孰僞，或許這種眞假虛實的探求正是歷史的魅惑所在，也正是推理小說的迷人之處吧！

不過，爲什麼世上會有這麼多「湯尼潘帝」（Tonypandy）呢？爲什麼人們如此容易信以爲眞地掉入虛構的陷阱中呢？爲什麼知道眞相的人往往三緘其口、袖手旁觀？爲什麼人們不願意違抗原先的想法？

Tonypandy 是南威爾斯的一處地名，據說這裡曾發生軍隊血腥鎭壓罷工礦工的慘劇。Josephine Tey 舉出 Tonypandy 事件、波士頓大屠殺、蘇格蘭殉教事件等來說明歷史往往是由層累的論述和傳言構成的，年代一久，我們將再也分不清哪些是三人成虎的謊言，哪些又是以訛傳訛的蜚語。然而不可否認地，歷史記述的目的有時並不在於揭示、保存眞相，而在於凝聚人群，或在於宣傳控制。一如王明珂在〈臺灣與中國的歷史記憶與失憶〉一文中所言：歷史記憶不一定是對某一「歷史事實」的記憶。經常它只是一種想像，或集體創造的「過去」，一種對歷史事實的選擇、修飾和遺忘。人類便在這種回憶和失憶中，不斷地重組各種社會群體。人類以歷史記憶凝

聚人群認同，以失憶與重建記憶的方式造成認同變遷，這種現象發生在過去，也發生在現在（未來恐怕還是會這樣吧！），只不過，「如果我們熟知的歷史，只是人們以選擇、創造、修正、組合各種對過去的記憶，以維持一種認同，或造成認同變遷，那麼，究竟什麼是『歷史事實』？什麼是『正確的歷史』？」

歷史洪流裡天長地久的叩問，恐怕是永遠無法回答的謎。

2 Umberto Eco《玫瑰的名字》（Il Nome Della Rosa,1980）和《傅科擺》（Foucault's Pendulum, 1988）

Umberto Eco 早已是名聞遐邇了，現在人們談論法哲學和史學會提到《玫瑰的名字》；談論松露的美味和典故，也會引用《玫瑰的名字》；討論文學的救贖和出路，不忘提及 Eco 的話語；探索《碼書》和歷史推理，當然更不能不提《玫瑰的名字》……。到底 Umberto Eco 的魅力何在？

其實，我接觸 Umberto Eco 的順序方式，和我接觸 Drury Lane 的方式一樣有些古怪，有些「錯亂」。我所讀到的第一本 Drury Lane 的小說竟是《哲瑞・雷恩的最後探案》（Drury Lane's Last Case），之後才開始看悲劇系列。而我相信一般人都是先看了《玫瑰的名字》後，才去看

《傳科擺》的，我卻恰好相反。並不是我特意如此，而是因緣際會的結果，一如歷史和人生都充滿了不可知的偶然和巧合……。

我原本以爲《玫瑰的名字》是 Umberto Eco 在歷史的長河中丟入一則犯罪故事，「試圖由此產生化學變化，好碰撞出不同趣味的火花」；而《傳科擺》的用意則在揭示歷史論述的堆砌、扭曲、羅織杜撰，告訴讀者歷史「是很可以在某種知識的偏執之下被重新書寫一遍的」，引領我們「進入一個由理性操控的知識迷宮，相信歷史在足夠分量的細節性描述之下可以有新的詮釋」。但仔細回想起來，這二本書更多的時候是在談論追尋和信仰，甚至是命運的觀點。《傳科擺》中的角色狄歐塔列弗曾說：「最重要的並不在於找到，而是在於追尋。」在《玫瑰的名字》裡，見習僧埃森如此描述著他的導師：「當時我不知道威廉修士所要找尋的是什麼，坦白說，至今我仍不知道，我想他自己也不甚清楚，只是爲追求慾望的眞理所驅使，以及——我看得出他總是懷有的——疑心，認爲他所看到的表面事物都不是眞的。」Umberto Eco 更是有野心地想透過書中的角色和場域來表達某種生命的情愫——那種矛盾複雜，徘徊於眞實和虛幻之間，想要抓住什麼的茫然心境。所以，當貝爾勃發現周遭的一切都混沌而不確定時，他的童年回憶就變得格外清晰甜美，因爲它們告訴他他所知的唯一眞相。當威廉發現對眞假界線的執妄也會引發殺機時，不由得嘆道：「也許深愛人類的人所負有的任務，就是讓人們嘲笑眞理，使眞理可笑，因爲唯一的眞理在於使我們自己由追求眞理的狂熱中解脫。」

這二本書中最引起我興味的角色分別是雷密喬和貝爾勃。當然，雷密喬在《玫瑰的名字》中所占的分量遠不及貝爾勃在《傅科擺》所占的比重。雷密喬只是一位不起眼的管理員，早年曾加入多西諾兄弟所領導的異端團體，他叛逃游走，最後遭到宗教審判。博學深思的貝爾勃則決定了《傅科擺》一書的基調和走向，他留下數個美麗、繁複、謎樣、夢囈般的檔案，使我對他的印象，遠遠比對敘述者卡素朋來得深刻。然而，雷密喬和貝爾勃身上流動著酷似的生命情調，他們的鬱困和悲情在小說營造出的氛圍中蕩漾——一種魔幻時空裡的滄桑感，他們都輕蔑、自憐、猶豫不決，詆毀自己的怯懦和逃跑，且畢生尋求著機會要證明自己的勇氣，從旁觀者變爲參與者，從變節者成爲烈士。試看書中對二人的側寫，不正是在縱深的歷史連結中，交融著古今神祕的疊合嗎？

埃森說雷密喬被裁判官巴納糾問時，他「在一輩子的猶豫、狂熱和失望，怯懦和背叛之後，面對著無法避免的毀滅，他決定表白他年輕時的信仰，不再自問那是對或錯，而是向自己證明，他到底曾執守過某種信仰」。卡素朋說回憶的文學是「浪漫、失望、哀傷、醉酒的貝爾勃無法擱下、揮之不去的主題」。雷密喬和貝爾勃都「想要克服一種深切而隱私之挫敗」，他們的一生是一連串的自我質疑和批判，我懷疑這是否也是 Umberto Eco 自身一部分的寫照，因爲 Umberto Eco 曾在訪談中自述「我還不滿十三歲時，住在鄉間，學會了躲避轟炸。」——這不正是貝爾勃魂牽夢縈的往事嗎？雷密喬在審判中承認「我是個懦夫，我是背叛過……身爲一個懦夫，卻僞裝成改革運動的勇者，……然而我總是希望能向自己證明，我並不是一個懦夫。……你給了我招認的勇氣，坦白說出我靈魂深處的信仰，雖然我的軀殼已遠離了它。但不要要求我有太多的勇氣，比我這必死的架構所能承負的還要多……。」貝爾勃則在名爲「運河」的檔案中寫道：「我想逃脫的是警察的控訴，還是——又一次的——歷史呢？……又一次，我逃跑是爲了生錯了時代。即使如此，我還是可以在毫無熱情的情況下冒險的，以茲證明如果我曾在槍林彈雨中，我會知道該做何選擇。……只不過，一個故意製造的機會並不算是眞正的機會。

只因別人的勇氣在你看來似與卑微可笑的場合毫不相稱，你是不是便該罵自己懦弱呢？因此，智慧創造懦夫。也因此你雖窮此一生在找尋機會，卻總是白白錯失。你必須在當時並不知道那就是機會的情況下，本能地予以把握。我是不是可能眞在不知不覺中抓過一次機會呢？一個人怎會因生不逢時而自覺像個懦夫呢？答案：你之所以自覺像個懦夫，是因爲你曾經是個懦夫。」

到最後，他們都執意尋死。貝爾勃曾對卡素朋說：「誰說故事非得有寓意呢？不過，現在想想，也許其寓意是，『有時候，你必須以死來證明某事』。」這算不算一語成讖呢？所以雷密喬會死在火場，而貝爾勃才會死在擺的絞刑臺上？

於是，有人在迷亂的勇氣激勵下，試圖永遠停止逃跑；有人以小說重寫歷史，然後歷史才會是眞的；有人在冰冷的寫字間振筆疾書，爲了解脫記憶，使困擾了一生的影像淡弱消褪；有人在自我吞噬的月球之舞中，找尋一個未曾寫出的故事；有人歷經漫長地域遷徙的寓言，追索沒有內

容的祕密；有人在非洲之末裡啃嚙著蝕人心骨的書頁；有人在禮拜堂的穹窿下呢喃啓示錄的話語；有人在熱情的幻象裡，執守記憶中唯一的眞實；有人在光與影的浮沉中，舊地重遊，探求一個失落的地址；有人可以爆裂歷史；有人爲了對正義的過度熱望而犯罪；有人在冬夜裡翻讀著《玫瑰的名字》和《傅科擺》……。

3 Arturo Perez-Reverte《步步殺機》（La Tabla de Flandes/The Flanders Panel, 1990）

棋盤是世界，
棋子是世界的萬象，
棋賽規則是所謂自然的法則，
另一邊的玩家隱而不見，
但我們知道：他永遠公平、正義、充滿耐心，
但我們也由痛苦的經驗學習到：
他絕不容許任何錯誤，
也絕不寬宥任何無知……。

～Huxley

讀這本小說時心中不禁一而再、再而三地浮現這段 Ellery Queen 在《另一邊的玩家》（The Player On The Other Side）中所引用的話。「棋局」的競戲是《步步殺機》一書的重心和魅力所在，故事本身即是由遠古的一盤棋——或者，更精確地說，畫中的一盤棋——掀啓開展。藝術和謀殺的結合，自然令我聯想到《時間的女兒》，以及 S.S. Van Dine 筆下那喜愛長篇大論的藝術鑑賞家 Philo Vance。所不同的是，在《時間的女兒》中出現的是一幅藏於倫敦國家人像藝廊的理查三世畫像，而在《步步殺機》中則是一幅法蘭德斯巨匠范・赫斯的傑作《對弈》。法蘭德斯（Flanders）位於比利時西北，法蘭德斯藝術（Flemish Art）即指以信仰天主教爲主的尼德蘭南部（大致爲今比利時和盧森堡）的藝術，主要成就在於繪畫，譬如十四世紀的手稿頁面和起首字母的彩飾，十五世紀的祭壇畫和版面肖像等，風格莊嚴肅穆，爲西方藝術最偉大的傳統之一。根據小說中的說法，這幅畫畫的是「兩位高尚的中年紳士，分坐在西洋棋盤的兩端對弈。背景右側，在拱形窗戶框出的風景旁邊，有一位黑衣女子正在閱讀膝上的書。」這幅畫有什麼特別呢？第一，它是以「法蘭德斯派典型精雕細琢的筆法完成，棋盤、棋子、人物的表情、手部、衣著均細膩精確，是將繪畫推向另一個高峰的寫實主義之作」；第二，這幅畫包含了繁複多樣的層面，「層面各異又相互牽扯，畫中有方格地面，地面上有人，人坐在棋盤旁，棋盤中有棋子，左邊的圓鏡又把所有盡納其中。該畫涵蓋自我又重複自我，似乎不停往回走，一再地自我反思、自我控訴……。」；第三，也是最重要的一點，當藝術品修復師 Julia 將《對弈》放在X光下，赫然發現在層層顏彩下隱藏著一行古老的題字："Quis Necavit Equitem"誰殺了騎士？

小說作者 Arturo Perez-Reverte 於一九五一年十一月二十四日生於 Cartagena（西班牙東南部的商港和海軍基地），年輕時熱衷潛水並曾在油輪上工作。後來他成爲一名記者，曾在幾個非洲國家爲 Pueblo 日報擔任戰爭通訊員的工作。現在他雖仍向西班牙媒體投稿，不過已是全職的小說家了。《步步殺機》是他的第三部小說，使他聲名大噪，被翻譯成多國文字，並曾在一九九四年被改編爲電影《Uncovered》，有些評論者讚美他可和 Josephine Tey 和 Umberto Eco 相媲美，認爲這本小說是"a sort of post-Franco Spanish version of Foucault's Pendulum"，"A historical mystery in the tradition of Josephine Tey's classic, The Daughter of Time, but trendier."（Review from San Jose Mercury News）他最爲人稱道的作品則是一九九三年的《The Club Dumas》，這本書在一九九九年被改編爲由 Roman Polanski 導演，Johnny Depp 主演的電影《鬼上門》（The Ninth Door）。

順道一提，雖然《步步殺機》中看不太出來，不過 Arturo Perez-Reverte 是一個熱愛海洋的人，他在一九九三年自己買了一艘帆船，大部分的休閒時光均在其上度過。他二〇〇〇年的作品《La Carta Esferica》即是描寫一位水手如何追查一件十八世紀船難的謎團。有評論者認爲《The Club Dumas》和《La Carta Esferica》是他最重要的二部作品。

一樁文藝復興時代的謀殺案會在二十世紀蕩漾出怎樣的陰闃風暴呢？五個世紀以前，在法德邊界的歐斯坦堡公國，Duke Ferdinand，其妻 Beatrix of Burgundy 以及騎士 Roger D'Amas 之間有怎樣的愛恨糾葛？畫中的謎情又爲何會導致眞實人生中的詭譎波瀾？夏目漱石曾說法國小說家 Honore de Balzac 是一個在文章上「奢侈」的人，我覺得以《步步殺機》看來，Arturo Perez-Reverte 也是如此。他的「奢侈」不只表現在他對音樂、棋藝、繪畫和歷史，那精湛、靈妙、虛實相生、流暢穿梭的論述和筆觸上，更令我印象深刻的是他在描寫人物方面那奢華的功力。且看 Cesar 和穆諾茲，這二個他著意凝聚筆力塑造的角色，給人的感覺甚至比女主角 Julia 更濃烈、更震悸、更鮮明。穆諾茲是一位神奇詭祕的棋士，他棋藝一流，卻從未贏過。他令人有股切進其內心、直探其生命的衝動。他曾在 Julia 面前，冰冷無情地以幾個句子總括自己的一生，好像講的是別人一樣。他對自己既不關心也無意侮辱，只有幻滅和同情罷了；他對前途冷漠，對決定命運的手指該上該下似乎也沒意見；而棋盤上的六十四個方格對他而言，恍若象徵著「生命奧祕的縮影、失敗成功的戰場、操縱人類命運的未知恐怖力量」……。

作者用一種冷澈、玄妙又帶些犀利的筆觸寫穆諾茲，而用一種有些頹惑、耽溺又華美的文句來寫 Cesar。他形容 Cesar 的藍瞳看來「就像個惡作劇的小鬼，顛覆無可避免的生存世界是他畢生最大的喜悅……，閃爍著憤世嫉俗的光芒、數十年教養凝聚的尊貴，以及世間智慧和包容的結合。他總愛開自己玩笑，不過他確有精闢嚴肅的一面」，又把 Cesar 比擬爲「一個孤單的獵者，他模稜兩可的身分倒爲他增添了幾分雅致。他濃烈的一生源自一連串的迷惘、失落、背叛以及忠貞……。」

而書中 Cesar 所說的一段話更令我低迴不已：「事實上，是我們自己被迷惑了。我們盡力追求的祕密，說穿了也就是自己生命中的謎……。」

所以，我穿越歷史記憶的謎廊，深深為推理小說而著迷，是不是也為了探索我自己生命中的謎呢？

數學之回想——零是偶數嗎？

零是偶數嗎？

面對鄰家孩童的提問，乍然迷惑起來：「偶數」的定義是什麼？是只要能被 2 整除的數便是偶數？抑或「偶數」的前提必須是「正整數」？那麼 -8 是偶數嗎？0.6 是偶數嗎？$2\sqrt{2}$、2i 也是偶數嗎？追思逆想曾經熟諳的數之譜系：實數、虛數、有理數、無理數、自然數……，這些或縹緲或聱牙的詞彙言猶在耳，卻早已遺忘各自指涉的範圍，更遑論指數、對數與三角函數？我先前的工作伙伴倒是能不假思索地以他深沉優美的嗓音背出那六個符文，這才發現原來三角函數的韻腳眞好聽。

翻開高中時期的數學筆記（居然還沒被我丟掉，我眞是很念舊、很節儉、很會留東西的人，難怪我的窩那麼亂），眞是浩若繁星如咒語：該如何將 $r(\cos\theta - I\sin\theta)$ 化成標準的極式爲 r【$\cos(360° - \theta) + I\sin(360° - \theta)$】呢？可還記得什麼是餘弦定理或柯西不等式？我記得三角形有很多心，外心、內心、重心……，但孰是三中線的交點？何爲三中垂線之交點？三內角分角線也會交於一點嗎？人有比三角形更多心嗎？張紫陽眞人偈：「心內觀心覓本心，心心俱絕見眞心。」這些心心相印，倒令我心事重重、愁極頻驚、夢輕難記起來。原以為說一個人的學識停滯在高中程度是種侮辱，現在才驚覺原來在本業之外的通識守成多麼不易。我現在處理的幾乎都是無法量化的事物，這倒也沒什麼好奇怪的，當初不正是因為覺得人比數字來得有趣多了，所以才會來到此地。四則運算在處理日常生活綽綽有餘，全無偏財運的人，自也罕用排列組合去計算樂透彩與威力彩的中獎機率，而數學公式甚至不能幫助談判與殺價。

但我以前是很喜歡數學的，而且也總是能拿到不錯的成績。其實數學並不會比李商隱的詩更晦澀難懂。倍角公式不過是在闡述 sin、cos 與 tan 間的對話，多年以來人們卻始終無法辨析義山錦瑟彈的究竟是溫情迷夢或難平冤抑。當再怎麼努力也找不到解決之道，當別人不體諒你的恐懼、更不能容忍你稍有順應惰性的懈怠的時候，就格外懷念學生時代數學所架構出的清晰甜美世界：一個雞兔會同籠，蝸牛白天會往上爬、晚上會向下滑的世界；一個萬事都可以被證明的世界；一個有標準答案的世界，只要認真釐清彼此的關係，就能找到那個答案。而那個世界畢竟已然分崩離析，離我太遠，我是回不去了。

回到一開始的問題，我覺得零應該不能算是偶數。「零」不僅是一個數字，更是哲學與宗教的創見，是太初也是末世。朱天文在《巫言》裡假智者古爾德之言稱公元六世紀時尚無零的概念，感官的與邏輯的年邃趨於一致，所以千禧年及二十一世紀之爭原來只是齣鬧劇？〈From A to Z ~ About The English Patient〉的終章：「Zero：此刻，我們回到原點，彷彿嗅到了生命的原味。」另篇〈From A to Z〉系列文章裡則如此作結：「Zero：天因其空蕩，方可納白雲金陽，任禽鳥自由飛翔；野地因其空曠，才能容昆蟲走獸，任草木恣意滋長。所以，在適度的時機將自己歸零，保持虛懷若谷的胸襟，朝嶄新的學習成長歷程邁進吧！」然而在競技場中為什麼愛是零呢？因為「愛的光與孤寂的光等輕」？因為愛了人會格外地感到自己的不足與空虛嗎？

《別相信任何人》

假如每天醒來，你面對的都是空白的記憶與嶄新的人生，你該如何自處？

《別相信任何人》很容易令人聯想起蘇菲亞・金索拉《還記得我嗎？》。同樣以女性的失憶與自我追尋爲主軸，也都穿插著三角戀的情節。《別相信任何人》所展現的是遠比《還記得我嗎？》更宏闊、複雜的企圖。《還記得我嗎？》像是部描述都會女性奇遇的輕小說，《別相信任何人》則具有懸疑、推理、驚奇小說的格局，雖然不見得完全成功。以書中女主角罹患的「失憶症」而言，《還記得我嗎？》女主角是單純因車禍而遺落了某一個人生片段的記憶，因而突然從「未婚」跳躍到「已婚」，從「職員」晉升爲「主管」，卻絲毫不記得中間的過程。《別相信任何人》女主角失憶的原因一開始不明，是意外？是疾病？是陰謀？這當然就勾起讀者一探究竟的好奇心。而她失憶的型式也更加特異，套用書中奈許醫師的說法：她既喪失記憶，又無法形成新的記憶。她對幼年以後發生的事都沒有一貫的記憶，卻又以一種前所未見的方式在處理新記憶。她可以記得長達二十四小時所發生的記憶，隨後才失去記憶……。這也是英文書名《Before I Go To Sleep》的原意：女主角一旦晚上上床入睡，第二天醒來時就會喪失前一天的所有記憶……。

捨棄英文書名的直譯，中文譯者選取了《別相信任何人》這樣一個聳動的警語式標題，挑動讀者敏感的神經，或許也反映人性深沉的恐懼？我們都渴望能有相互信任的安全感，卻也害怕遭到欺瞞與背叛。我們到底是依據怎樣的標準來決定信任／不信任一個人？「醫學懸疑天后」泰絲・格里森的作品裡也常出現與「信任」有關的議題與叩問。《莫拉的雙生》中，莫拉曾對女警瑞卓利說：「妳的職責是什麼？把我搞到發瘋嗎？我已經夠害怕了。某些人是我必須信任的，不要逼到我連他們都怕。」身懷六甲的瑞卓利在《漂離的伊甸》遭歹徒持槍逼問：「妳最信任誰？」、「誰會爲妳擋子彈？」她的答案是聯邦探員嘉柏瑞——她摯愛的丈夫。然而，《別相信任何人》的女主角顯然處於更加孤立無援的處境，她每天醒來連枕邊人都不認得。如果連自己的記憶都無法信賴，究竟還可以相信誰？

《別相信任何人》探討人類記憶的建構與解消，日記式的寫法，滿足讀者偷窺他人私密日記的慾望，卻又不至於複沓瑣細如流水帳。女主角以寫日記來重建記憶的過程，讓我想起舊作〈失憶的準備〉和法國片《記得我愛你》（Try to Remember）。這部電影初看時並不覺得特別，然而後來我每當遇到與「記憶」有關的議題時，我總是一而再、再而三地想起這部電影，充滿雋永的情味。

《別相信任何人》的題材和敘事手法還算吸引人，但是結局不甚合情理，而且過分傳統，甚至有點隱含著「女人若讓丈夫戴綠帽，會自作自受、遭受報應」，「但最後丈夫還是寬大爲懷、不計前嫌、用愛包容一切」這樣的價值觀，故覺得不喜。其實在閱讀先前的篇章時，就有閃現此種結局的可能性，但因覺得太過矯情、虛假、無趣而加以摒棄，沒想到作者並沒有安排一個更加精彩的結局，難免令人失望。對女性施暴的「班恩」固然罪無可逭，但假「愛」之名將女主角丟在病院不聞不問、連女主角遭陌生人帶走都毫無所悉的「班恩」，難道就值得女主角信賴？作者的思維邏輯令人不解。相較之下，《還記得我嗎？》的女主角追尋眞愛，勇於走出「金玉其外，敗絮其內」的婚姻枷鎖，反倒值得喝采。類似的題材在男性作者與女性作者的筆下呈現不同的風貌，頗堪玩味。

雖然「惡有惡報」、「破鏡重圓」的傳統喜劇式結局減緩了小說的力道，或許，作者的用意，正是爲女主角憂傷脆弱、飽受摧殘的心靈，重新構築「凡事相信、凡事盼望」的美麗新世界吧！

失憶的準備

In Case You Forget.

~Nicholas Evans《The Horse Whisperer》

本以爲關於記憶的話語都在〈迷迭香的名字〉中說罄，未料還有續篇。

《記憶裂痕》（Pay Check）以及《死亡筆記本》（Death Note）的男主角最令我嘆服的，是只要對自己的性格和能力有充分的信心與掌握，即便失去了記憶，事情還是可以按原定計畫發展下去……。那這四分之一至三分之一個世紀以來，我對自己的瞭解度與掌控度又到了哪裡呢？如果預知自己將會失去記憶，要用什麼方式幫助自己回憶？想起兪伶的新聞台簡介：因爲害怕遺忘而認眞書寫，然而，有些事情，是否遺忘反而更美好？在這輕鄙書寫活動的時代裡，這十多年來我一直孜孜矻矻寫日記的原因，不也是因爲在潛意識裡害怕：如果不及時記下的話，那些人、那些事、那些日子，是不是都會變得不存在？

《記憶裂痕》的男主角用幾件尋常小物矇過安檢，寄一個實用的錦囊給未來失憶的自己；法

國片《記得我愛你》（Try to Remember）中，一個逐漸回復記憶的男人和一個漸次失去記憶的女人邂逅了，共譜一闋浪漫的戀曲。他們的愛巢裡，滿布著記事本、便條紙、吸鐵與筆，貼心的男主角更將店家的路徑娓娓道來，用錄音機錄下，讓女主角按「音」索驥……。這等境況卻令我熟悉得會心一笑。我向來也是虧欠了別人之後，立刻誠惶誠恐地取鮮黃色 3M 利貼便條紙一張，貼在桌前顯眼處，大書「欠某人若干元」（至於無法量化的人情債就不寫了）；旅居在外的日子裡，每出外張羅了些補給品回來放在共用的冰箱裡，也得寫張「冰箱裡有蛋糕與布丁」的 Memo，導致我小小的債務與倉單均成為大夥兒一望即知的訊息。昨天寫的則是提醒自己年假開始，離開辦公室時「記得拔飲水機的插頭」。

錄音也是令人懷念的。MP3 及錄音筆興起以來，電影中那種老式的隨身錄音機倒是好久沒看見了。最近一次是出差時需錄音設備，公家的申請流程卻緩不濟急，我那患難與共的工作伙伴就自己回家翻箱倒櫃找了一個來，猝不及防將我帶回對曩昔的回憶中。寒窗苦讀時，我也曾恪遵「口到」的精神，大聲朗誦自以為是的重點，用錄音機錄起來，晚上睡前放來反覆聽學，也算是另類的床邊故事或催眠曲？事過境遷以後，此刻我卻也忘記我那時究竟是睡得比較好些，還是比較不好？

然而，就像突襲性的考題會使我們先前的所有努力和記誦都顯得荒謬可笑一樣，有時再多失憶的準備都是枉然。糖果屋的兄妹總是要迷路的，否則又有什麼故事好說？為了仙鄉的永恆，漁者「尋向所志，遂迷不復得路」，也是桃花源記悵然的必然。如果我將變得麻木不仁，忘卻自己的初衷、熱情、理想、愛與夢，我現在要如何提筆寫一封信給十年後的自己？

輯二　認得幾個字

認字、識字、寫字

前陣子發現新來的工作伙伴將「拜」字的左右倒置，當下忍不住調侃他：可還記得「龜」、「鑿」、「鬱」、「爨」、「攙」、「虁」、「竊」這些字該怎麼寫嗎？你我想必都有類似的經驗：仰賴電腦太深，連何時該加點加槓都狐疑起來，只得寫成一團似有若無地帶過。看著自己寫出的字，卻越看越陌生。原來e化是這麼一回事，讓熟悉的字變得不認識。話說回來，爲什麼「拜」字的左邊是三橫，右邊是四橫呢？凡此種種，或許還得請《認得幾個字》的張大春來解一解。極喜愛此一系列融淵博國學知識於童趣間的文字。很多字在我們小時候都曾經反覆認過、讀過、寫過很多遍，甚至發明一些口訣或心像法來幫助熟記筆畫。倘能一直維持孩提時期不止息、不鬆懈的好奇心，或許我們還有機會眞正認識幾個字吧！

司馬中原入塾前，他父親寫了許多字塊兒，繞牆貼了三圈，時常教他挨著識字，有時也教他習誦最淺俗易解的千家詩，使他在七歲前就粗識文字了。「仗著那點兒認識的字，便亂翻一些能約略看懂的書，像亂堆在閣樓上的唱本：《繡像通俗演義》、《牙痕記》、《再生緣》、《臨潼鬥寶》、《秦雪梅弔孝》、《李三娘磨坊產子》、《粉粧樓》、《野叟曝言》、《燕山外史》、《玉梨魂》……。書裡有不認識的字，俗稱攔路虎。每隔三兩行，攔路虎就出現了，得捧著去問旁人。」——曾幾何時，即便有虎相攔，我們也不想、不問、不去查字典了呢？在這手機也可以輸入中文的時代，白字（吳音呼別字為白字）連篇也不以為意。最近收到友人轉寄的〈MSN 打字注意事項〉，連「入幕之賓」都可以打成「入墓之殯」了，原來懶得揀字也可以懶得這麼理直氣壯。即便有如張大春之博學幽默者願意將每個字的結構、原理、變化替我們娓娓道來，我們是否就願意放下其他許多看似更「好玩」的事，撥冗重新好好來認字、寫字呢？

字之所以難認，除了讀者之才疏學淺外，有時也可歸咎於書寫者的任性。我聽說新來的工作伙伴問遍全辦公室也沒人看得懂我的字，大感慚愧。無怪乎學生時代即便上課孜孜矻矻振筆疾書，而且總是慷慨大方地將自認翔實的筆記出借，也不可能得到「筆記公主」之類的綽號。筆記裡充斥隨性的字跡與謎樣的代號，有時還不慎留著與周公對弈的草書。唉！當年竟是如此認真，連打盹時都不忘筆記嗎？也難怪當教授發下一份號稱於冬晨親筆寫就，字跡或落拓或顫抖而臻於化境的講義時，還可以勉強認得其中堂奧。求職時我的字曾被父母批評得體無完膚，近來母親卻讚我的簽名已趨於老練。但當友人說我的字「不像女生，但很有特色」時，聽起來一點都不像讚美，想來是與工整娟秀沾不上邊。有人說筆跡是心和腦的指紋，卻也有人說擇偶時千萬別為異性的嗓音、字跡與背影所惑。實驗證明，天天寫日記對寫得一手好字並沒有幫助，尤其當你在生活日漸繁忙卻仍努力堅持寫日記的習慣時。我先前的伙伴在合作的年歲裡，居然完全看得懂我的

字，眞是奇蹟。原來認字還得靠些心領神會的默契。

李黎在〈文字障〉中嘗云：「人生憂患自識字始。」沈復《浮生六記》：「芸生而穎慧，學語時，口授琵琶行，即能成誦。一日於書簏中得琵琶行，挨字而認，始識字。……乾隆乙巳，隨侍其父於海寧官舍。芸于家書中附記小函，吾父曰：『媳婦既能筆墨，汝母家信付彼司之。』後家族偶有閒言，吾母疑其述事不當，乃不令代筆。吾父見信非芸手筆，詢余曰：『汝婦病耶？』余即作札問之，亦不答。久之，吾父怒曰：『想汝婦不屑代筆耳！』迨余歸，探知委屈，欲爲婉剖。芸急止之曰：『寧受責于翁，勿失歡于姑也。』竟不自由。」所以女孩子認那麼多字、讀那麼多書做什麼？好好把家事做好不就得了？——即便在現代社會，這樣的質疑聲浪依然未曾消滅。也不只一次捫心自問：究竟爲了什麼而寫？既然作文還不如作菜，在這兒寫的字既不能掙錢也不能拿來吃——莫非去餵《巫言》終章的食字獸嗎？與其琢磨自己的文采，不如好好向室友拜師學藝煮幾道工夫菜。可是呀，我只要離開我所熟悉的文字後，彷彿就變成了一個很無能的人。我寫故我在。

詩

芥川龍之介曾說：「人生不如一行波特萊爾。」這話或許稍嫌誇張了些，但詩對於每一顆渴望感知生命的心靈而言，的確是不可或缺的。假如沒有了詩，我們要如何領會世界的眞相和世界的美？

在我個人有限的閱讀經驗中，我最欣賞的詩人莫過於晚唐的李商隱。就舉他最廣爲人知的登樂遊原爲例吧！短短二十字，爲大唐帝國寫下了最高華凝鍊的墓誌銘，以致於每當我看見夕陽時，總是不禁感慨萬千：多麼令人驚嘆的絢麗，多麼令人悽惘的迅逝，多年以前，李商隱看到的也是同樣的落日嗎？彷彿昭告著最美好輝煌的年代已然過去，大唐帝國的傳奇被熔鑄成一幅圖像——落日的圖騰。所有的叱吒風雲都已成爲一個遙遠的夢，明日黃花般的夢。因爲才高命蹇的詩人註定不能力挽狂瀾，所以日落成了千古以來文人們的傷心事。

偶爾，當靈感之神眷顧的時候，我也會試著寫幾句詩——自以爲是詩吧——可是總停留在成句不成篇的階段。陳芳明在其散文集自序中坦承：「當年許多詩的企圖，最後都被我改寫成散文了。說得更清楚一點，我的散文原來就是詩的墓誌銘。」這段話眞是於我心有戚戚焉。

蔣勳曾說：「我寧願去生活，而不太願意寫詩。如果寫詩，那不過是生活的火焰燃燒時留下的一點餘燼……。」其實，生活的本身不也是一首詩嗎？我們的腳步是如詩的行板。倘若眞人生如詩，但願我的詩篇中能有杜甫的終極關懷，李白的豁達瀟灑，還有李商隱的深刻執著！

蟬

子非蟬，焉知蟬之樂？

抵達陽明書屋（原中興賓館）時已是下午了，適逢暮蟬、騷蟬與蟪蛄的大合唱。蟬眞是 種奇特的生物，彷彿牠蟄伏潛藏許久，就只爲了嘹亮地唱一夏。

蟬，以其纖弱的身軀、短暫的生命，或清越或淒切的嗓音，成了中國文人們熱愛描寫的題材。於是乎，駱賓王在身陷囹圄之際詠蟬：

西路蟬聲唱，南冠客思侵。
那堪玄鬢影，來對白頭吟。
露重飛難進，風多響易沉。
無人信高潔，誰爲表予心。

王沂孫則信手拈來詩鬼李賀的〈金銅仙人辭漢歌〉（註），巧妙化用於〈齊天樂〉中：

一襟餘恨宮魂斷，年年翠陰庭樹，
乍咽涼柯，還移暗葉，重把離愁深訴，
西窗過雨，怪瑤佩留空，玉箏調柱，
鏡裡妝殘，爲誰嬌鬢尚如許？
銅仙鉛淚似洗，歎難貯零露，
病翼驚秋，枝形閱世，消得殘陽幾度？
餘音更苦，甚獨抱清高，頓成薰風，柳絲千萬縷。

既是談到了和蟬有關的古典詩詞，自是不能不提我最心愛的詩人李商隱：

本以高難飽，徒勞恨費聲。
五更疏欲斷，一樹碧無情。
薄宦梗猶泛，故園蕪已平。
煩君最相警，我亦舉家清。

尤其是頷聯的深摯含蓄，哀而不傷，怨而不怒，就連一向對李商隱有些苛刻的詩評家紀曉嵐

也不禁讚歎！

註：李賀的〈金銅仙人辭漢歌〉

魏明帝青龍元年八月，詔宮官牽車西取漢孝武捧露盤仙人，欲立置前殿，宮官既拆盤，仙人臨載乃潸然淚下，唐諸王孫李長吉遂作金銅仙人辭漢歌：

茂陵劉郎秋風客，夜聞馬嘶曉無跡。
畫欄桂樹懸秋香，三十六宮土花碧。
魏官牽車指千里，東關酸風射眸子。
空將漢月出宮門，憶君清淚如鉛水。
衰蘭送客咸陽道，天若有情天亦老。
攜盤獨出月荒涼，渭城已遠波聲小。

簾

最近辦公室換了新窗簾，適應新的光澤與色調（卡其色？米色？）中，顯而易見的改變是遮陽度大大提升，午間忒好眠！隔壁同事好奇過來探看，讚道比原先的百葉窗漂亮、有質感又溫煦許多。原來有屋無簾不精神，繭居無簾俗了人，簾之開闔舒捲，左右一室之晨昏陰晴與氣象。從其材質揀選，亦或可窺見簾內人之品味意趣。沈三白初至蕭爽樓中，嫌其暗，以白紙糊壁，遂亮。夏月樓下去牕，無闌干，覺空洞無遮攔。芸曰：「有舊竹簾在，何不以簾代欄？……用竹數根，黝黑色，一豎一橫，留出走路。截半簾，搭在橫竹上，垂至地，高與桌齊。中豎短竹數根，用麻線紮定，然後於橫竹搭簾處，尋舊黑布條，連橫竹裹縫之既可遮攔飾觀，又不費錢。此就事論事之一法也。以此推之，古人所謂『竹頭木屑皆有用』，良有以也。」浮生也如一簾幽夢，為歡幾何？

中國古典文學眞是楊柳堆煙，簾幕無重數。簾是閨怨詩中不可或缺的配角：「美人捲珠簾，深坐蹙蛾眉」、「卻下水晶簾，玲瓏望秋月」，孤寂的美人也只得與簾相伴。我最心愛詩人李商隱的詩行裡也常出現簾：「醉起微陽若初曙，映簾夢斷聞殘語」、「前閣雨簾愁不捲，後堂芳樹陰陰

見」、「更無人處簾垂地，欲拂塵時簟竟床」、「閒倚繡簾吹柳絮，日高深院斷無人」、「捲簾飛燕還拂水，開戶暗蟲猶打窗」、「蝙拂簾旌終輾轉，鼠翻窗網小驚猜」、「憶事懷人兼得句，翠衾歸臥繡簾中」……。唯有無心的捲簾人，才會輕描淡寫不負責任地答道：「海棠依舊」。殊不知「鶯花啼又笑」之春，畢竟不屬「簾間獨起人」也！

當心灰意懶，想避開外界五光十色的眩惑，想把自己藏起來，卻又不想自絕於世扃牖而居時，垂下簾櫳是個不錯的選擇。早上開簾，下午關簾幾乎已成為我的例行公事。早上開簾，是為了讓桌上的萬年青及另株遠調異鄉同事託付的盆栽享有日照——自從曾把仙人掌種到枯萎而淪為笑柄後，對於照顧植物這檔事就不得不更戒慎恐懼起來。下午關簾，是因為西曬。遂拍了幾張新窗簾的照片寄予遠方思慕的人，總愛把日常生活中大大小小的事都鉅細靡遺地向他傾訴，如此便彷彿同在。

簾是夢的單位，是幽獨私密的氛味，是欲言又止的餘韻，是欲拒還迎的遐想。那虛實掩映間的光影風息與簾波蕩漾，又透露多少情事？

夏

夏荷

看詩友不約而同提及周邦彥〈蘇幕遮〉及姜夔〈念奴嬌〉眞是有趣，因爲王國維早在人間詞話中就針對這幾闋荷花詞作過評析：

美成〈蘇幕遮〉詞：「葉上初陽乾宿雨。水面清圓，一一風荷舉。」此眞能得荷之神理者。覺白石〈念奴嬌〉、〈惜紅衣〉，猶有隔霧看花之恨。

周邦彥〈蘇幕遮〉：燎沉香，消溽暑，鳥雀呼晴，侵曉窺檐語。葉上初陽乾宿雨。水面清圓，一一風荷舉。故鄉遙，何日去？家住吳門，久作長安旅。五月漁郎相憶否？小楫輕舟，夢入芙蓉浦。

姜夔〈念奴嬌〉：鬧紅一舸，記來時，嘗與鴛鴦爲侶。三十六陂人未至，水佩風裳無數。翠葉吹涼，玉容銷酒，更灑菰蒲雨。嫣然搖動，冷香飛上詩句。日暮。青蓋亭亭，情人不見，爭忍淩波去。只恐舞衣寒易落，愁入西風南浦。高柳垂陰，老魚吹浪，留我花間住。田田多少？幾回沙際歸路。

姜夔〈惜紅衣〉：簟枕邀涼，琴書換日，睡余無力。細灑冰泉，並刀破甘碧。墻頭喚酒，誰問訊城南詩客？岑寂。高柳晚蟬，說西風消息。虹梁水陌，魚浪吹香，紅衣半狼籍。維舟試望故國。眇天北。可惜渚邊沙外，不共美人遊歷。問甚時同賦，三十六陂秋色？

不過，雖然王國維這麼說，我個人私心偏愛姜夔〈念奴嬌〉多一點！尤其喜愛「嫣然搖動，冷香飛上詩句」這一句！

夏蟬

夏日的雲彩變幻多姿，滿地是喧嘩而無所事事的陽光。直至向晚時分，蟬聲仍不絕於耳，說來也妙，明明是「夏蟬」，偏偏校園民歌叫「秋蟬」，離別時又變成「寒蟬」，連聲音都「淒切」起來。或許是「蟬聲本無哀樂，但看我心」吧。

夏雨

紅樓與詩國都下起了夏雨。紐西蘭美聲歌手海莉（Hayley Westenra）也有一首 Summer Rain 我很喜歡，收錄於《璀璨》（Treasure）專輯中：

Days of burning sun
Watch the colours run
Into pools that catch the eye
Disappear as you pass by
You're my summer rain
You're my summer rain
And I know that I'll see you again
And I know that I'll see you again

端午

湘波如淚色漻漻
楚厲迷魂逐恨遙
楓樹夜猿愁自斷
女蘿山鬼語相邀
空歸腐敗猶難復
更困腥臊豈易招
但使故鄉三户在
彩絲誰惜懼長蛟

～李商隱〈楚宮〉

聽說端午節中午可以立蛋，又聽說如果端午節中午有下雨的話，用碗盆盛雨水煮來喝，可以保一年的平安，又據說端午節要吃粽子、桃子、李子、豆子、茄子。晚上還要用艾草泡的水洗澡，好香啊！門口掛艾草的典故則跟黃巢之亂有關！

夏日曬書節：《動物怪譚》

在夏日曬書節中揀了《動物怪譚》。迥異於一般以動物題材的溫馨風格，《動物怪譚》異闇詭譎的筆調讓人不寒而慄。首篇同名〈動物怪譚〉娓娓道來一群爲動物所傷的人各自的故事，敘事方式或許有點像《六個嫌疑犯》，寓意或許在於人在試圖探索、駕馭、管領動物的時候，也會遭到動物（大自然）的反撲？結局寫得曖昧，或許是主角已經了無生趣，試圖自殺？第二篇〈甜蜜的家〉明顯用反諷意涵，其中淨是病態的家庭關係，以謀殺案開場有點推理、懸疑小說的味道，隨著各個角色生活、過去成長的背景交代，兇手呼之欲出，但兇手爲何人並非重點，重點或許在謀殺案發生後，其他角色如何繼續他們的生活……。第三篇〈長頸鹿的陳情〉用擬人化的手法，是其中最逗趣的一篇。第四篇〈保存〉讓我想到《博物館驚魂夜》、《祭念品》和以前看過的人體標本展。第五篇中的小孩認爲兔子會飛。〈年度最佳殺手〉有點冷硬派殺手片的味道，會讓我想起喬治克隆尼演的那部《The American》和《倫敦大道》。〈話不投機〉講病態的親子關係，但爲何篇名翻譯成如此讓我不解。〈如何活化心中的靈蛇〉是其中十分異色、最接近「人獸戀」的作品，女人與蛇的關係既像寵物又像情人般曖昧，沒想到最後女人居然一刀剁下蛇頭，解剖後還烹煮給舊情人（原本蛇的飼主）吃！和〈雞不可失〉一樣有著黑色幽默的風味。〈血債〉講問題兒童。〈華德隆小姐紅疣猴〉則宛若女性版「叢林奇譚」。作者 Hannah Tinti 的風格和 Roald Dahl 有

點像。

其實讀了前幾篇就大概知道作者的風格，所以後面比較沒有那麼令我「驚豔」的感覺。不過她的故事確實會吸引人一直讀下去，不用艱澀、華麗的辭藻，卻能用簡鍊的文字營造出文學的意象（例如〈甜蜜的家〉中發生謀殺案後「生命繼續著各自的進程，不等他們了」那段）交代角色的成長背景，卻又寫得很細膩、鮮活（例如麵包師傅、鎖匠、火雞場、博物館壁畫修復員……，寫得恍如作者眞的有親身經驗做過這些工作似的）。這本書的美編做得不錯，在每篇短篇的前面有該篇動物種類的造型剪影（第一篇是大象、第二篇是狗、第三篇是長頸鹿、第四篇是熊、第五篇是兔子），也呼應 Animal Cracker（原意是動物造型小餅乾）的書名。

夏圖的塞納河・雷諾瓦

去年秋天面臨些許工作、生活的變動，在摸索、適應的慌亂中，最先撫慰我的正是新辦公室牆上掛著的一幅雷諾瓦《閱讀中的女孩》，迴廊上也有《煎餅磨坊舞會》、《船上的午宴》、《盪鞦韆》。所以今夏特地去故宮看了幸福大師——雷諾瓦與二十世紀繪畫特展。其實這個展覽中雷諾瓦的畫作未若我預期中多，反而穿插了許多畢卡索、馬諦斯甚至其他我從來沒聽過的畫家的作品，但展出的雷諾瓦畫作都挺經典，而且令我驚喜的是原來雷諾瓦不只以人物畫專長，連風景、靜物也有精彩的表現。印象較深刻的有：戴著蕾絲帽的女孩、草地上採花的女孩、安麗歐夫人、浴女、陶甕花卉什錦、夏圖的塞納河、海邊騎驢的阿拉伯人。他的筆觸就是比一起展出的其他畫家細膩、生動、傳神，舉凡紋理、皺摺、光澤……讓人有身歷其境的感動。

秋

天涼

天涼好個秋。曾在報上看過一篇散文如是描述秋天：「……樹葉由綠轉黃而橙紅，急轉直下，猶如巴哈的一闋小提琴變奏曲，有高低起落、流水暗香。最後落英紛紛而下，戛然而止。長天盡處，偶有一隊野雁奔向家鄉。……空氣中總是有一些淡淡的香味，是果物剛成熟的飽滿，也是花葉在凋謝之前最後一次的花訊。接近破滅邊緣的美特別令人珍惜，也特別讓人覺得安靜。……往事如落葉，禁不得一點風吹……。」

處於亞熱帶的島嶼，其實秋季是不明顯的。往往才被秋老虎似直逼盛夏的豔陽烘得溫煦，轉眼間卻又入冬了。然而，今年卻對秋天特別有感覺。今年秋涼得特別快，「乍涼秋氣滿屏幃」、「不覺商意滿林薄」，讓我猝不及防，「爲秋的冷刀所傷」（旅人詩），不慎感冒了，迄今仍爲寒痰、咳嗽的症狀所苦。

尤其喜愛這篇散文的結尾：「且喜天色依舊晴朗，只是需要加件衣裳。」感覺上這句話融著人生中淡淡的喜悅與哀愁，有種雲淡風輕式的豁達，又用詩樣的惆悵表現出來。或許就像秋季的天空吧，在湛藍中透著細碎的冰晶，熠熠生輝，間或盪來些許雲漪。

楓紅

楓紅葉落的時節，卻也想起宋朝的浪漫小說《流紅記》，描述宮女與書生在紅葉上題詩傳情的故事，其中有些詩句也很美：

流水何太急，深宮盡日閑。殷勤謝紅葉，好去到人間。
曾聞葉上題紅怨，葉上題詩寄阿誰？君恩不禁東流水，流出宮情是此溝。
獨步天溝岸，臨流得葉詩。此情誰會得，腸斷一聯詩。
一聯佳句題流水，十載幽思滿素懷。今日卻成鸞鳳友，方知紅葉是良媒。

紅葉眞能作良媒嗎？或許緣分未到時，再多的安排與追求都是枉然；緣分來臨時，擋都擋不住吧！總覺得應該是遇見了心靈契合的對象，才去考慮婚姻；而不該是爲了結婚而特意去找對象。雖不能免俗地，屈於適婚年齡以來，我發現我雖然口頭上不排斥別人介紹，也願意接受安排去「認識新朋友」（說「相親」太沉重，對吧？）。可是我自己好像還是比較喜歡在「自然狀況」下認識、自己去覓得、遇見、邂逅的緣分，一來比較可以掌握對方的眞實面貌，二來也浪漫純粹得多。曾有一位追求我未果的男子，寫了一封傷心的情書形容我是「美麗的石頭」（參見〈石〉一文）。也許我眞的曾給人無情的印象、傷了別人的心吧！但本來感情與緣分就不能勉強，我又不喜歡騎驢找馬，這也沒有辦法啊。有時我會覺得「認識朋友」的方式好像因爲一開始就有個比較特意的目的，所以難免好像比較容易以「擇偶」的觀點去著眼於彼此一些現實的條件、缺點、弱點以及雙方相異之處，所以一開始就容易令我怯步而意興闌珊，我到底比較嚮往細水長流、小火慢燉，由友情發展而來的愛情啊。

楓紅的季節，想起王若琳溫暖的歌聲，極喜愛她用慵懶悠然的旋律唱頌愛情的憧憬與美好：

I know that it might sound strange
But you made my seasons start to change
It happened so suddenly
Like heaven has waited up for me
看著你　看窗外　悄悄變紅的葉

輕輕的　你的手　又握緊了一些
該不該讓你到我的世界
迷宮一樣的未來　轉一個圈　會到那裡
Let's start from here.　無所謂　慢慢來
我喜歡愛情有點神祕
……
愛一個人怎麼開始啊
像街上走過那些人們
轉一個彎　遇見美好

秋分・雷諾瓦

秋分過後，就是晝短夜長的日子了。在這萬物日漸蕭索晦澀的時節，我卻格外沉醉於雷諾瓦繽紛、鮮豔、穠麗的色澤。我從前憧憬於馬格利特的超現實和柯洛筆下空靈渺遠的仙鄉，雷諾瓦卻帶我重回人間的幸福與歡樂。

最近面臨工作與生活的些許變動，新的挑戰紛至沓來，煞是心焦。在摸索、適應的慌亂中，最先撫慰我的卻是新辦公室牆上掛著的一幅雷諾瓦《閱讀中的女孩》，讓我油然憶起多年以前在一家餐廳看過《彈鋼琴的女孩》。經典就是經典，就有讓人看過一眼就難忘的魅力。原來「在一八九二年時期，雷諾瓦畫了許多『兩個女孩』的畫作，或讀書、或彈琴，多以馬奈或莫里索的女孩爲模特兒。這幅畫中已經看不見嚴格的線條，顏色的反差很強，以橘黃、紅爲主的畫面，氣氛悠閒而華麗，是典型的雷諾瓦風格。」

新工作場所的老闆想必很喜歡雷諾瓦吧！隨意在走廊踅了一圈，就看到《煎餅磨坊舞會》、《船上的午宴》、《遊鞦韆》。原來《船上的午宴》中那位逗弄小狗的女孩，後來就成爲雷諾瓦的愛侶啊。雷諾瓦的畫作總是洋溢恍惚甜美如夢的韻致、陽光、豐腴的女體、翩然的舞姿、熱鬧的歡會、幸福溫煦的氛圍，卻不會讓人想到曲終人散的落寞、杯盤狼藉與離別。是啊，也許人生就應該這樣吧，人終歸生老病死，誠然天下無不散的筵席，人類沒有資格抱怨永恆，我們被鎖在時間這條線上，往死滅的方向走，永不回頭，但且讓我們珍惜相聚當下的幸福，將剎那停格爲永恆吧！

中秋

近幾年傳給親友的中秋賀節簡訊：

九十八年十月三日：海上生明月，天涯共此時。不堪盈手贈，還寢夢佳期。衷心敬祝閤家中秋節快樂！

九十九年九月二十二日：又到了望月懷人的時節。一輪秋影轉金波，今夕不登樓，一年空過秋。衷心敬祝閤家中秋節快樂！

一百年九月十二日：定知玉兔十分圓，塵中見月心亦閒，況是清秋仙府間。敬祝中秋節快樂！

一〇一年九月三十日：桂花浮玉，正月滿天街，夜涼如洗。霜華滿地，欲跨彩雲飛起。衷心敬祝閤家中秋節快樂！

中秋節恰好是我的生日（我是嫦娥、玉兔或蟾蜍下凡？），通常這不會幫助親友記得，反而因為忙於烤肉、過節而更容易被遺忘。今年卻有人記得，讓我分外感動。

李商隱・燕臺・秋

月浪衡天天宇濕，涼蟾落盡疏星入。雲屏不動掩孤嚬，西樓一夜風箏急。
欲織相思花寄遠，終日相思卻相怨。但聞北斗聲迴環，不見長河水清淺！
金魚鎖斷紅桂春，古時塵滿鴛鴦茵。堪悲小苑作長道，玉樹未憐亡國人。

瑤琴愔愔藏楚弄，越羅冷薄金泥重。簾鉤鸚鵡夜驚霜，喚起南雲繞雲夢。雙璫丁丁聯尺素，內記湘川相識處。歌脣一世銜雨看，可惜馨香手中故！

翁森・四時讀書樂・秋

昨夜庭前葉有聲，籬豆花開蟋蟀鳴。
不覺商意滿林薄，蕭然萬籟涵虛清。
近床賴有短檠在，對此讀書功更倍。
讀書之樂樂陶陶，起弄明月霜天高。

蚊

五月五日五更時，使一人在堂中向空扇，一人問云扇甚麼？答云扇蚊子。凡七問七答，不可嘻笑，一夏永無蚊入，此山西九十老人黃澹翁所傳也。

～清・鮑相璈《增廣驗方新編・收蚊蟲》

可記得有多少個輾轉失據的子夜是在蚊聲相逼下度過？

畢竟是俗人，沒有「夏蚊成雷，私擬作群鶴舞空」的逸致。生活總有不稱意的時候，當內心的疲累與挫敗感逼得自己去躺一下，耳際卻一陣嗡然作響，飽受驚擾，直教最溫婉惜生愛護動物之人也動了嗔念、殺氣騰騰起來。於是奮然（憤然？）起身、明燈、取拍——電蚊拍，我想是人類歷史上最偉大的發明之一。有了它，省卻多少徒手胡亂拍抓一氣、觸碰一團濕漉模糊血肉的驚悚。電得蚊時那霹啪作響的聲光效果，見聞自己的鮮血和著蚊身一同被迸裂煎乾，那股莫名所以的快感，大約只有將厚疊卷帙悉入碎紙機時的釋然爽淨差可比擬。也許潛意識中有著碎屍萬段的虐待狂傾向而不自知？

然而，即便有電蚊拍襄助，對於「爲眼睛著眼，所讀的書太多」的人而言，捕蚊依然是煞費苦心、機會稍縱即逝的差事。翻找眼鏡的當兒，蚊早已敏捷輕盈地不知流竄何方。除非眞的是飽食終日、腦滿腸肥之蚊，才會大剌剌地停駐在牆上，如詩句裡一個突兀的逗點，提醒我們紅玫瑰在過了賞味期限後，終究要從心頭的硃砂痣淪落爲壁上一抹蚊子血。住了四分之一世紀的老舊公寓，又離「一塵不染」的境界很遠，在一片惺忪迷離、恍惚矇矓之際，目光猶得在雜亂無章的斗室逡巡，細心分辨塵埃、游絲、污漬與飛蚊症的症候。不論是主動出擊，抑或守床待蚊，有時僥倖打得一隻，才剛睡下，又來一隻；有時折騰了一整夜，終歸徒勞，明朝卻仍須神采奕奕示人。吻索性便捂起耳朵放任自己萬事不關心地睡去，以鮮血布施予蚊，只謙卑地渴求換一宿的安眠。吻我也好，咬我也罷，就是別再吵我！

寓言裡百獸之王因撲蚊而鼻青臉腫，現世中有人因滅蚊燈自燃而命喪火窟。小小的飛蟲，竟能使人病、使人傷、使人死，豈可不慎乎？噫！食我血者，擾我夢者，亂我心者，其蚊也歟！這渺小的物種飛越了千萬年，卻依然蚊潮洶湧。如果有一天人類將歸滅絕，蚊蚋是否仍將恣意滋長，終成地球的主宰？

廁

人生總在吃喝拉撒中度過。最近和老友L及W造訪的一家主題餐廳，倒是極其大膽創新地將「吃喝拉撒」融爲一體：所有的裝潢、桌椅、容器均以浴廁的造型呈現，盛在其間之咖哩飯與螺旋狀霜淇淋似也因之有了雙關的意義。而我們居然也食慾絲毫不受影響地大快朵頤起來……。

原來廁也可以入詩入文，詩文也可以入廁。文獻上載最奢華的廁所大概非石家莫屬：劉寔嘗詣石崇，如廁，見有絳紗大床，茵褥甚麗，兩婢持錦香囊。寔遽反走，即笑謂崇曰：「向誤入卿室內。」崇曰：「是廁耳！」石崇廁常有十餘婢侍列，皆麗服藻飾，置甲煎粉、沉香汁之屬，無不畢備。又與新衣著令出。客多羞不能如廁。王大將軍往，脫故衣，著新衣，神色傲然。群婢相謂曰：「此客必能作賊！」又嘗令婢數十人曳羅縠，置漆箱，中盛乾棗，奉以塞鼻。大將軍王敦至，取箱棗食，群婢笑之。我最心愛的詩人李商隱便化用了此段典故於〈藥轉〉詩中：「鬱金堂北畫樓東，換骨神方上藥通。露氣暗連青桂苑，風聲偏獵紫蘭叢。長籌未必輸孫皓，香棗何勞問石崇。憶事懷人兼得句，翠衾歸臥繡簾中。」高陽的《鳳尾香羅》復以此詩爲始，揣想那謎樣縹緲的種種情事，從前從前……。

有人老愛在廁所看書報，令子敏不禁懷疑家裡廁所擴大五倍的話是否將取代起居室的功能。或許正因如此，公廁裡往往貼心地張貼有各種詩文、謎語、笑話、靜思語與勵志小故事……，讓使用者在方便之餘仍可汲取新知。其實「穩準高遠」之校訓未嘗不可高懸於廁，怎知會引起一場關於優良學生資格的論戰呢？我印象最深刻的，卻是多年以前在學苑廁所裡看見的一闋公車詩文，迄今仍憑記憶就可敲出：

你離群索居，聽說鄉野更適合養病。
寄出的信，一封封退回，只留下清晰而殘酷的戳印。
你總說台北太繁華，連記憶都是擁擠的。
但失去你，我只剩下台北，
以及這些擁擠的記憶。

吃喝拉撒，道在其中矣。

租

相傳，神雕俠侶退休之後以賃屋維生，人稱「包租公」與「包租婆」是也。經濟學告訴我們：任何契約的締結必然是一個願打、一個願挨、各取所需、各得其利。的確，對於「包租公」與「包租婆」而言，不啻閒居終日而租金自動進帳；對承租戶而言，在這原物料及房價高漲的時節，也可省卻可觀的置產費用而覓得一棲身之所在。「租」，往往也意謂著「暫時」與「彈性」，一種毋庸負全責的輕鬆，一種可以享有又不用擁有的瀟灑。當租期屆滿，一切都可以重新討論、商量與抉擇，充滿了無限的可能與轉圜的餘裕，也或許那正是另一段故事與因緣的開展。

這年頭可是什麼都租，什麼都不奇怪。當孩子開始嚷嚷向你吵著要養寵物，你卻擔心他只是三分鐘熱度，此時不妨花個每日十元的租金租隻小動物。租借寵物可不容易，還得先通過面試，確認你是個「三心二意」之人——愛心、關心、耐心、善意、誠意外加負責。倘出租寵物因非人爲因素不幸生病或死亡，消費者不需賠償店家損失，只要把寵物帶回來（包括「遺體」）也還可以退租金。若出租十天後發現與出租寵物很投緣，也可以買回家。

租車租書租花租魚不稀奇，租個女友回家過年如何？據黑龍江日報報導，出租女友聽來不可思議，卻迎合了部分人士的需求。一位廿九歲的哈爾濱男子已提前向家政公司預訂，讓慶安縣的父母不再爲他的單身嘮叨。另外也有新興租借職業「wingwoman」，專指陪男性認識其他女孩子，幫忙促成好事、贏得心儀對象信任的女性，服務以時薪計價，一小時要價三十至五十美元。不過這樣的行業也可能包藏禍根，不信的話請看 CSI：Miami 第三季。男生可以租女友或 wingwoman，女生當然也可以租「陪購先生」，專職陪伴及保護女士上街購物，一天約八十元人民幣……。

有夢最美。要租就該租個大的——租個國家如何？「你最喜歡的國家爲何？」室友考我的心理測驗，號稱可窺知所喜愛的異性特質（雖然我對此深表存疑）。原本我或許該答英國的，彬彬有禮的紳士風度揉以些許古雅神祕的魅惑，但想答得更有創意一點，我就選列支敦士登（Liechtenstein），一派氣定神閒與世無爭渾然天成的優雅。歐洲人常說如果你坐火車，在瑞士邊境點起一根菸，等火車穿越列支敦士登到達奧地利時，手上的香菸還沒燃完呢。這位在阿爾卑斯山間、以郵票致富的民主立憲小侯國，恐怕是現世裡最接近老子理想中「小國寡民」的國度。山頂終年白雪皚皚，低谷則長滿長青樹林及石楠花，紅鹿、岩羚羊、野兔、山撥鼠隨處可見，萊因河支流 Samina R.緩緩流動。而自一九三九年，最後一名老兵以高齡九十五歲逝世後，列支敦士登再也沒有任何一名士兵。現在，只要花每人每天三百二十英鎊，就可能租下該國的一切：美麗的阿爾卑斯山景、親切服務觀光客的官員，及象徵統治全國的振奮之感。在雲霧繚繞的王室山巔

城堡裡，繪製一套專屬自己的美麗郵票，撰寫《我與我子民的故事》，你是否也心動了呢？

參考資料：

【出租小寵物】(2008.3.1.CT.C2)

【哈爾濱奇聞 租個女友回家過年】(2003.2.1.CT.5.)

【替你把妞 女友護航機會大】(2004.10.12.CT.A12)

【成都出現陪購先生】(2003.1.30.CT11)

【國家出租 向世界招手】(2003.2.16.UD12)

懼

自余爲僇人，居是州，恆惴慄。

～柳宗元〈始得西山宴遊記〉

該如何扼抑掩飾心中那股莫名所以的恐懼？

那天在辦公室裡獨自一人冥然兀立著沉思，卻把推門進來的新工作伙伴嚇著了。不知把我白衣長髮的瘦削背影當成了什麼？光天化日的，一個大男生怎麼這麼沒膽？是八字太輕？——話好像也不能這麼說，畢竟每個人怕的東西不一樣。難道怕人的人就比怕鬼的人膽小？怕熱的人就比怕冷的人勇敢？

人類的恐懼眞是不可理喻。一位開起車來頗有大將之風，大江南北闖蕩的女強人竟會害怕看CSI中的血腥鏡頭。遠度重洋來打拼的異鄉人會不敢走入靈骨塔朝拜。一位友人害怕一切有「毛」的動物，諸如小貓、小狗、小鳥一律敬謝不敏，卻讚道池畔毛毛蟲蠕動前行的身姿很可愛。談到飲食的禁忌，那更是千奇百怪：有人不敢吃任何「看得到臉」的食物，於是海鮮類便只

能吃蛤蜊蚵仔之屬。有位朋友不敢吃蝦米，倒不是會過敏，而是會令她聯想起「曬乾的蠶寶寶」。至於青椒、茄子、胡蘿蔔、曇花這些色香味俱全的蔬菜（註），又分別是過往幾位同儕的最怕。據報載，杏仁核是腦部處理恐懼與危險的部位；紋狀體則是腦部憑著過去回饋而指引未來行爲的地帶。瑞士科學家發現，吸入催產素這種「愛情荷爾蒙」以後，人腦杏仁核部位活動會降低，因此可望克制社交恐懼症。年歲漸長，我卻開始懷疑，某些恐懼是鐫刻在基因深處，無從磨滅與解消……。

是否還記得初進職場時的惶惑迷徬？或者反而是初生之犢不畏虎的莽撞？正如前輩所告誡的：「防止地雷引爆的最好方法，就是先把引線拔掉。」新鮮人全然不知引線何在；然而稍具經驗以後，有時反倒愈益戒慎恐懼、臨深履薄、求好心切起來。耗費心神拔引線，又擔心是否有未檢出的引線而終日怔忡不自持。所以恐懼也可能是深思熟慮及謹慎細心的展現，有所懼並不見得可恥，有時恐懼可以使一個人更勇敢。知所懼方能有膽識。且讓我們各懷所懼，並肩前行吧！

註：不要懷疑，曇花是真的可以煮成湯來吃的，口感濃稠鮮美喔！二〇〇八年報上說現在原物料高漲，只有花價還在谷底。「花卉市場可能受民眾省錢影響，五月二十八日台北花市平均批發價只有卅二元，創三年來新低。花卉公司課長說，政府謝絕一切祝賀花籃，力推儉約節能，現在許多觀賞花卉、盆花

或單把鮮花都落得『孤芳自賞』、乏人問津。近日除了單價較高的劍蘭、牡丹花，其他原本買氣較佳的百合、海芋或玫瑰都已跌落谷底，平均一束只有十至廿元，火鶴甚至一把十元。」所以我開始認真思考有何花卉是可以拿來吃的。真是俗人，懶得蒔花，反想食花！

鏡

古代以銅爲鏡，映日則發光影如菱花，因名菱花鏡。

〜埤雅釋草

臨水則池中月出，照日則壁上菱生。

〜庾信〈鏡賦〉

高祖初入咸陽宮，有方鏡廣四尺，高五尺九寸，表裡洞明。人直來照之，影則倒見。以手捫心而來，即見腸胃五臟。

〜西京雜記

慣用的都會風黑白菱紋方鏡的蓋子鬆脫了，趕忙去買了面新的鏡子。其實年輕時是不怎麼照鏡子的，彷彿清早起來胡亂洗一把臉就有青春的豔色似的。曾幾何時，沒照鏡子就惴惴不安不敢出門了呢？連出門了，包包裡都要隨身放面鏡子才有安全感。新買的鏡子是藍框雙面圓立鏡，正面是標準鏡面，背面是放大鏡面。每每不小心轉到放大鏡面總被嚇了一跳，嘿，有必要照得這麼清楚嗎？

人們對「鏡」的感情是錯綜複雜、愛恨交織的。一方面，我們相信鏡子可以照見眞實，所以「以銅爲鏡，可以正衣冠。以史爲鏡，可以知興替。以人爲鏡，可以明得失。」哈利波特就讀的魔幻學苑裡，也有面鏡子可以反映人們最眞實的面貌與欲求。另一方面，我們卻又覺得鏡像終是虛像，切莫過分信賴與沉迷。約翰・勒卡雷便以《鏡子戰爭》爲題，描述一場荒謬虛無的諜戰，將間諜小說逼入了藝術之境。伴我成長的哆拉A夢中也常有鏡子的橋段，在《大雄與鐵人兵團》中，哆拉A夢以湖泊爲鏡面，引誘來自外太空的機器人兵團進入空無一人、左右倒置的鏡中世界打一場虛戰。還有一次哆拉A夢拿出一面魔鏡，可以把鏡像取出成爲眞實的物品，大雄因使用不愼，被鏡中的大雄趁機逃出且取代了位置，結局是鏡中的大雄不耐眞實世界的煩黷，決定回到鏡中。恐怖大師史蒂芬金筆下的鏡子則多了份妖氣，凡是在荻福鏡中窺見《收割者影像》的人都會失蹤……。紅樓夢中的「風月寶鑑」背面可以白骨觀治邪思妄動之症，正面卻會令人以假爲眞著了魔。這些關於「鏡」的傳奇眞是愈抄愈有趣，「鏡」至於此，早已取得虛實相生的豐饒意涵。

「八歲偷照鏡，長眉已能畫。」在我們日常生活的物件中，最殘酷清晰見證青春消逝的人概

非鏡莫屬吧？「鬧時又來，鏡裡轉變朱顏」、「粧鏡菱花暗，愁眉柳葉顰」、「臨晚鏡，傷流景，往事後期空記省」、「曉鏡但愁雲鬢改，夜吟應覺月光寒」、「君不見，高堂明鏡悲白髮，朝如青絲暮成雪」、「日日花前常病酒，不辭鏡裡朱顏瘦」。我第一次發現自己有根全白的頭髮時頗爲心驚，還拔下來貼在日記裡保存。曾幾何時對於不斷竄出的白髮也習以爲常了呢？在讀過關於「鏡」的古典詩詞中，最喜愛的是辛棄疾的〈念奴嬌——書東流村壁〉：「舊恨春江流不斷，新恨雲山千疊。料得明朝，樽前重見，鏡裡花難折。也應驚問，近來多少華髮？」或許是因爲他將人生的悵惘、無奈、枉然、歎惋用很美的方式詮釋出來，也或許這闋詞令我想起爲著種種時與地的限制與差錯，這一生所錯過的一切，以及幸而還沒有錯過的——有些人、有些事，還好，都不算太晚，我並沒有錯過。遇上了，就不晚了。

最近看了篇〈魔鏡、魔鏡，告訴我該穿什麼〉的趣味報導，國家晶片系統設計中心首創全球首例「生物感測系統服務平台」。所以想像一下這樣的生活：早上起床照鏡梳妝時，房裡的「魔鏡」自動顯示戶外氣溫、紫外線指數，並提出衣著建議；刷完牙，就知道牙齒健康狀況……。只是，我們眞的需要這樣一面過分聰明的鏡子嗎？魔鏡能不能回答我們：爲什麼所有的青春都要老去？爲什麼所有的相聚都要分離？爲什麼世上沒有不變的情誼與人事物？

考

轉注者，建類一首，同意相受，考、老是也。

～許慎《說文解字》

人生確乎是從小考到老的。回顧過去學生時代大大小小的考試、推甄、聯考，畢業後的求職、筆試、面試，工作後的考評、考成、考績……，像是一個永不止息的循環。看現在國中的學生在豔陽下參加基測，兩天內總共要適應三種不同的天氣（晴朗炎熱、午後雷陣雨、豪大雨）。看家長們手持搖扇在教室外陪考，看補習班在試場外散發著傳單與參考解答。這些情景是何等熟悉，感覺上與聯考時代絲毫沒有本質上的差異，與昔日的科舉考試是否又有所不同呢？

與考試相關的典故不勝枚舉。舉凡「沆瀣一氣」的由來以及「行卷」的風氣等等。唐代應進士科舉的士子有向名人行卷的風氣，以希求其稱揚和介紹於主持考試的禮部侍郎。朱慶餘與張水部（張籍）的唱和，正是「行卷」風氣下的產物。朱慶餘在〈近試上張水部〉中以新婦自比，以

新郎比張籍，以公婆比主考，寫下這首詩來詢問張籍的意見：「洞房昨夜停紅燭，待曉堂前拜舅姑。妝罷低聲問夫婿，畫眉深淺入時無。」張籍則以〈酬朱慶餘〉中答道：「越女初妝出鏡心，自知明豔更沉吟。齊紈未足時人貴，一曲菱歌敵萬金。」兩首詩的比興鮮活、意象優美，無怪乎千古以來傳爲文壇佳話。有人辭官歸故里，有人漏夜趕科場；有人爲考試耗費心神、汲汲營營，自然也有人不忍把浮名換了淺斟低唱。想起一個對子，卻不禁覺得心酸：「上彎爲老，下彎爲考，考老了童生，童生考到老。一人爲大，二人爲天，天大的人情，人情大於天。」正因我們有淵遠流長的考試文化，所以考試院才非得從行政院獨立出來不可嗎？世上永無完美之體制，考試制度之所以流傳至今，或許因爲考試相對於攀人情、走後門而言，畢竟是一個比較公平的評鑑方式？也算是必要之惡吧！

本來考試是「七分靠實力，三分靠運氣」。所以我們或許只能借用經濟學「優勢機率特性」的概念來聊以解慰：雖然「一分耕耘」不見得有「一分收穫」，但一分耕耘總是「比較可能」有一分收穫。爲了掌握那不可測的「運氣」，人到考試時難免就變得迷信起來。每屆考季，文昌廟總是香火鼎盛，考生們紛紛禁吃牛肉，傳說中牛是文昌帝君的坐騎，吃牛肉恐會觸怒文昌帝君矣。以蔥祭拜會變得聰明；粽子是「包中」；開運符、文昌筆都有助考運；連帽子都可以有「落第／及第」的不同解讀……，信不信由你，在這詭譎滄桑、變幻無常的世間，我們不也總是圖個心安而已嗎？

人生確乎是從小考到老的。有生皆苦，誰得而安？總是有恍若永不止息的考驗與挑戰必須面對啊。疲累困頓、惴慄惶惑時想見溫馨的支持、撫慰與鼓勵，便又有了堅持下去的信心與勇氣。

病

日日花前常病酒，不辭鏡裡朱顏瘦。

～歐陽修〈蝶戀花〉

我病了。

兩週前不慎感冒了，迄今仍因寒痰（白色泡沫痰）的症狀所苦。剛開始只是喉嚨痛而已，本以爲只是說多了話，含含喉糖就沒事了。沒想到鼻水、痰液接踵而來，咳嗽咳得胸口發疼，還發起燒來，嚇得不得不去看醫生。吃了幾包西藥以後退燒、喉嚨痛（扁桃腺發炎？）似有減緩，但其餘症狀未見明顯起色。因爲我一向仰賴文字的療癒效果，遂有了這篇病中手札。

病了就覺得外在世界變得無比聒噪眩惑，自己的各種感官則變得十分駑鈍。有一種理直氣壯的、萬事不關心的漠然……。因爲喉頭卡著痰、嚴重失聲，一說話就易咳，於是乎儘量避免和別人交談、接觸，原本親切隨和的人一下變得孤僻古怪起來。口罩似乎是最有效的禁語牌，但炎炎夏日裡有時難免悶得發慌。在燠熱的夏季裡反而傷風感冒格外諷刺，也許是因爲開了冷氣，室內外溫差過大，身體一下調適不過來吧。可是我和室友的體質似乎迴然不同，一個瘦弱虛寒，一個壯碩燥熱，互相遷就的結果，不是一個感冒，就是一個中暑？

病了就打亂所有原本的計畫，原本的惶惑與煩惱先被擱到一邊了。專注於眼前的病情，覺得只要先好起來，沒有什麼不能應付的事。

病了就有時低調，有時高調。低調是深怕驚擾、拖累了周遭的人，深怕被貼上「病人」的標籤；高調是因爲感到自己十分虛弱疲累、孤單惶惑，於是乎急切地透過網路將自己的病情昭告親友，換來寶貴的經驗談和問候，確立自己的存在、沒被人遺忘。大家熱心地給予我各種建議：多喝水（要喝到一直上廁所的程度）、多休息（若一直好不了都是因爲休息不夠的緣故）、多運動（透過瞬間產生的熱氣減少痰液的分泌）、用生理食鹽水洗鼻子、金桔檸檬、川貝枇杷膏……。滿滿的關懷與祝福，讓我充滿溫馨的感動。

轉

生命有時會「轉一個彎，遇見美好」，像王若琳的歌〈迷宮〉，像稼軒詞「舊時茆店舍林邊，路轉溪橋忽見」，像樂天詩「長恨春歸無覓處，不知轉入此中來」。

最近看了兩部關於人生「轉機」的溫馨浪漫電影。《伊莉莎白小鎮》（Elizabethtown）是一部十分輕快的小品，配樂十分動聽。故事講的是一個事業慘敗、萬念俱灰、了無生趣的失怙男人在奔喪的旅程中，與一位美麗空服員的邂逅。蒐集「最後一瞥」的男人，和總是用「虛擬照相機」試圖將剎那停格爲永恆的女人，兩顆寂寞的心相遇，竟是不能自已、天南地北、無話不談的交心。有人說愛情是「談」出來的，難怪人們會用「談戀愛」這字眼。想起霜霜說的：「這『談』眞的很重要，當兩人相談甚歡欲罷不能時，這『談』就會把心也愈談愈靠近。評斷是不是喜愛一個人，應該也可以用願意跟他談話的欲望比率高度來衡量。一個能完全懂你的對談者，那同步、那合拍、那默契，是會直見性命！」《伊莉莎白小鎮》卡司十分堅強，男女主角分別是奧蘭多布魯（《魔戒》中的弓箭手）和克莉絲蒂鄧斯特（她是演《夜訪吸血鬼》的童星出身，較近期的著名作品是《蜘蛛人》的女主角），還有亞歷鮑德溫和蘇珊莎蘭登。喜歡劇末的「心靈之旅」，女主

角爲男主角貼心打造獨一無二的「心靈地圖」，還有情境配樂呢！

且按圖索驥，也許在下一個交流道，就可以轉出生命的困境，遇見一個可愛的紅帽女孩，帶著嶄新的轉機等待你！

另一部則是法國影壇當家花旦奧黛莉朵杜主演的《愛情好意外》，有著「法式的浪漫與幽默」。女主角娜塔莉在遭逢喪偶之慟多年以後，意外和其貌不揚的部屬馬區斯擦出了愛情的火花，讓苦追糾纏她的老闆徒呼負負。這部是從小說《精巧細緻》改編而來，算是相當忠於原著，而且原著中看來一些頗爲誇張的橋段，劇中人演來卻相當自然與恰如其分。原著的筆法也相當詼諧逗趣，在故事的腳本裡穿插著歌詞、食譜、書目……還有許多令人莞爾的註腳。作者想要凸顯的究竟是愛情的偶然，還是愛情的命中註定？我卻格外喜愛書扉文案的幾句話：

相遇的機緣很精妙（不遲不早）

示愛的手段很輕巧（無比溫柔）

曖昧的悸動很細微（輕輕捕捉）

戀愛是遇見你之後的每一天，就像打了蝴蝶結一樣別緻……。

娜塔莉和馬區斯有著彼此才懂的絕妙默契與體貼關心！也難怪娜塔莉無視其他男人的追求——

——因爲他們讓她感覺不對，不夠「精巧細緻」！

楊明〈轉機〉寫道：「在機場等待轉機時，是節奏快速紛亂的生活裡，難得出現的放空，轉機的機場既不是啓程地，也不是目的地，啓程城市的種種已在身後，觸碰不到；抵達城市的種種還沒到眼前，揣想無益。於是在出發和抵達之間有了片刻安靜的空檔，思緒任性飄移，你無意也無力阻擋。……我突然明白，機場就像是一座荒島，每個在這裡的人都等著離開。」關於轉機的機場，最經典的電影當然是《航站奇緣》。倫敦希斯羅機場更索性邀請暢銷作家艾倫狄波頓（Alainde Botton）當首位「駐站作家」，在航站待上一週，再把一週的觀察心得出版成書，書名就叫做《希斯羅日記：第五航站的生活》。狄波頓認爲，人們以爲他們在機場是隱形的，沒人會認得、注意他們，因此毫不隱藏地坦露私密的一面。他甚至認爲：「如果你只能帶火星人參觀一個地方，展示地球現代文明，那個地方就是機場！」

「行路難如此，燈樓望欲迷。」謝旺霖的《轉山》是近幾年來引起廣泛討論的旅行文學，個人覺得書中的篇章裡，以〈瀘沽湖的女兒〉最美！作者在自序〈因爲，我懷疑……〉中如是寫道：「當一切再也沒有轉圜的餘地，我似乎感受到這躁進的舉止，或說機會，也許是人生中一環扣著一環，一波推著一波，逐漸而連綴成的……，而非你突然要它，它就來了。說不定未來將發生什麼事早已冥冥注定……。」似恰與彭明輝「生命是一種長期而持續的累積過程」相呼應。

彭明輝在《二〇二〇臺灣的危機與挑戰》中預言，假如 peak oil 眞的在二〇一五年之前發生，我們今天所熟知的一切決策模式都將被劇烈地翻轉。我們很可能正處在劇變的轉角上（at the corner of dramatic changes），該如何讓未來逐漸好轉而不只是原地空轉呢？

人有安於現狀的傾向，於是乎我們害怕改變，害怕生命如叔本華所言愈來愈糟，直到最糟的那天到來爲止。也是經過歷練之後，才曉得轉變也可以是好的轉變，生命也有漸漸好轉的可能；看似毫無轉圜餘地的絕境，也可能有峰迴路轉的機會。多年以前網路上看到的一段文字，一直於我心有戚戚焉：「我的確希望自己一直都有些成長，生活裡面也需要有不同的刺激，看書、看電影、去一家沒有去過的餐廳等等……，都可以算是一種轉變。可以享受這些轉變很大的原因是：我的生活中也有很大的部分是固定的，有許多東西也都是可以預期的。換句話說，我覺得變動和安定都被需要。這世界，越來越沒有什麼說得準的，很多時候我只是順著流走，有時想安定、有時想轉變，且走且看，總會柳暗花明的……。」

今年適逢職務的轉換，又在時序流轉之際病了一場，或許是因爲季節交替外感風寒？或許是磨合適應、求好心切、無形中給自己太多壓力？病中難免消沉與心焦，卻得到許多溫馨的支持、關心與鼓勵，讓我重拾勇氣、自信與從容優雅的態度，漸次好轉與上手。今年不論工作、環境、生活、心情、機緣、際遇對我而言都是有所「轉」的一年。「山窮水盡疑無路」的困境，卻是「柳暗花明又一村」的契機，恰恰是最沮喪荒涼的時候，卻有令人驚喜的轉機。所以二〇一二年的代表字我就投給「轉」。

鼠

蝙拂簾旌終展轉，鼠翻窗網小驚猜。

～李商隱〈正月崇讓宅〉

廚房遭老鼠入侵了！全家頓時陷入捕鼠大作戰的戒嚴狀態，不但得提防隨時可能竄出的鼠影，角落吱嘎作響的怪聲，心緒鎮日怔忡不自持，遑論想及漢他病毒、黑死病……，更是悚然心驚。難怪《一九八四》裡會使用老鼠作爲刑求逼供的工具。災情計有：每日的廚餘、垃圾桶均經翻攪、散亂一地、流理台內臭氣薰天、濾水器水管遭啃斷、米袋被咬破……。相傳老鼠精聽得懂人話，故討論捕鼠方案時切莫讓鼠輩竊聽。購置了「酪香」與「花生」口味的黏鼠板（沒想到好不容易黏得一隻，果然獐頭鼠目，叫聲淒厲、死狀甚爲悽慘，卻還有其他隻出沒）、捕鼠器（與克莉絲蒂的經典推理舞台劇同名，不過精心擺放了鹽酥雞、撒滿花生粉的豬血糕、香蕉等美食誘餌，還以報紙加以掩飾、僞裝，鼠輩卻都奸巧得不上當）、捕鼠瓶（號稱有新型專利）。到最後，還是正本清源找出鼠輩潛入的排水孔管道加以防堵，此患遂絕。

終於逐出鼠輩、消滅鼠患之後，全家人都累癱了，諾羅病毒趁虛而入，接連上吐下瀉、忽冷忽熱了好幾天。後來看了《二十三對染色體》才知道，原來壓力大時「可體松」會導致免疫力下降。人生好像總不免諸如此類的塵勞煩惱，而且像泡沫一樣，浮到水面的破滅解決了，卻又有新的源源不斷湧出。有時瑣碎的小事反而忒令人心煩，我們終究不能免於這些「囓齒性的小煩惱」？無怪乎張愛玲會說「生命是一襲華美的袍，爬滿了蚤子」？

十二生肖中最令人嫌惡的大概非鼠莫屬吧？今年「蛇」的吉祥話雖然也令人煞費苦心，但至少蛇還有「小龍」之稱，而且可別忘記老鼠是機關算盡才在十二生肖排行榜中奪魁，還把可愛的貓咪擠出十二生肖之外，真是可憎可鄙。想起與過年有關的吉祥話一則：「新年好，晦氣全無，財帛進門。養豬個個大，老鼠隻隻瘟。作酒缸缸好，作醋滴滴酸。」但可得留心句讀，千萬別讀成「新年好晦氣，全無財帛進門。養豬個個大老鼠，隻隻瘟。作酒缸缸好作醋，滴滴酸。」標點符號之用大矣哉！

李安饗噹噹、熱騰騰問鼎奧斯卡新作《少年Pi的奇幻漂流》中竟也有老鼠的蹤跡：

> 「……就在這個節骨眼上居然跑出來一隻耗子。這隻皮包骨的棕色老鼠就像是天外飛來的，莫名其妙就出現在側面座椅上，緊張兮兮，喘息不定。理查・帕克看起來就跟我一樣驚愕。耗子跳上防水布，朝我跑過來。震驚詫異之餘，我的腿軟掉了，我差點跌進櫥櫃裡。我

只能睜著兩隻不敢相信的眼睛，看著老鼠越過木筏的各個部分，跳到我身上，一路爬上我的頭頂，我可以感覺到牠的小爪子陷入我的頭皮，像抓住生命線一樣抓緊我的頭不放。」

「……我抓起老鼠，朝理查‧帕克丟過去。到今天我仍然能清楚地看見老鼠從空中飛過去的樣子——牠的爪子伸直、尾巴豎起，拉長的陰囊小小的，肛門像針尖一樣。理查‧帕克張開大嘴，不斷尖叫的老鼠不偏不倚落入牠嘴裡，就跟棒球飛進捕手手套裡似的。老鼠光禿禿的尾巴就像一根義大利麵給吸入嘴裡一樣消失掉。」

於是乎，老鼠最後祭了「大貓」理查‧帕克的五臟廟。理查‧帕克之名源於文書作業的錯誤，亦恰與十九世紀英國一場船難中被吃掉的十七歲雜役同名，背後的用典寓意令人不寒而慄。此案例在最近風行的思辨類書籍《正義》中關有專章討論，由之掀啓一場關於邊沁功利主義的論戰。《少年Pi的奇幻漂流》巧妙運用了敘述性的詭計，「故事」與「事實」其實模稜難分，看似不可思議的情節，在足夠分量的細節性描述下，竟也栩栩然具有現實的肌理。正如原著終章所揭櫫的：「只要說出口、用上了語言，不就有創造的味道了嗎？光是觀察這個世界不就也是一種創造嗎？」

容我借用李安的經典公式：「每個人都有屬於自己的奇幻漂流。」而我正在自己的奇幻旅程中，感謝有你們爲伴，一同克服人生的塵勞煩惱，一起探索世界與生命的美好。

馬

馬年賞馬。最近看了幾部電影中都有馬。《冬季奇蹟》中會飛的白馬，總是在千鈞一髮之際神乎其技地載著男主角闖越難關，跨越前世今生與時空，追尋眞愛奇蹟。《發現心節奏》（Fish Tank）裡沒有魚而有馬。這是一部英國的獨立製片，曾榮獲坎城影展評審團獎、英國奧斯卡最佳影片、英國獨立電影獎最佳導演、英國獨立電影獎最佳新進演員等獎項，以白描的方式敘述一個叛逆少女的成長日記。女主角一開始是個滿口髒話的小太妹，但隨著片子的進展，會漸漸看到她脆弱溫柔的一面。貫穿首尾的劇情就是女主角一直試圖想要去救一匹被拴住的馬，甚至因此差點遭惡少攻擊，最後她發現那匹馬還是死了，坐在地上哭泣。片名或許是暗喻女主角之前是宛如在魚缸裡去看這個世界，她對舞蹈滿懷夢想、對愛情也有所憧憬，沒想到現實如此殘酷醜陋。馬在電影裡是象徵自由或是主角自身的寫照？

若說電影《龐貝》中眞正的主角是維蘇威火山，馬絕對是片中最搶眼的配角之一。我本來以爲《龐貝》是由《獵殺幽靈寫手》作者的同名小說改編，不過看了之後發覺應該不是。電影版《龐貝》其實是個頗通俗的愛情故事，整部片宛如《輕聲細語》（男主角也是個「會說馬話的人」The Horse Whisperer）、《神鬼戰士》（《神鬼戰士》、《鋼鐵力士》和這部都有競技場格鬥的情節，男主角都淪爲奴隸）、《火山爆發》、《鐵達尼號》的綜合體。《龐貝》裡階級差異懸殊的男女主角正是因馬結緣。女主角的馬車半路上翻覆，男主角剛好是懂得馴馬民族裡的唯一倖存者，前來幫忙、安撫馬匹。後來女主角的馬「小飛」受驚（可能是預感到火山要爆發）在馬廄裡發狂，女主角就請男主角來幫忙，趁機製造兩人獨處的機會……。之後在競技場裡，還有追逐與最後逃難的高潮戲碼中，馬也都扮演不可或缺的角色。

既是提到了「因馬結緣」的電影，當然要提「因馬結緣」的愛情經典《簡愛》（Jane Eyre）。我是在今年看了由麥可法斯賓達 Michael Fassbender 主演的電影後，才重新對這部「《時代雜誌》史上一百大必看名著之一」、「浪漫奇情、揉合哥德式驚悚元素的愛情經典」感到興趣，還特地買了商周出版的新譯本賞讀。記得小時候看兒童版時，對簡愛的童年與學校生活也印象深刻，但現在卻覺得《簡愛》要從男主角羅徹斯特先生出場後才眞正精彩好看起來。不得不佩服 Charlotte Bronte 在情節構思上的巧思與才情。若要我來寫一個女家庭教師與男主人間的愛情故事，安排兩人的第一次見面，我可能只會想到在棘園（Thornfield）徵求家庭教師的「口試」時，羅徹斯特先生對簡愛進行一連串的盤問……。或者是簡愛由管家火狐太太（啊，Mrs. Fairfax 的字形實在太像 Firefox）決定錄用後，她與阿黛拉在教室上課時，羅徹斯特先生從外頭回來……。多麼平淡呆板的情節，難怪我成不了小說家！

且看才女 Charlotte Bronte 如何書寫兩人的初次邂逅：簡愛自告奮勇替火狐太太去寄信，在海伊路上坐著小憩片刻。「一陣唐突的噪音擾亂了溪水美妙的淙淙與呢喃，那聲音聽起來雖然遙遠，卻很清晰，是篤定的噠噠、噠噠，以及堅硬如金屬的噹啷聲，掩蓋了柔和的涓涓細流……。」馬來了，馬蹄卻不慎在砌道的薄冰上滑倒，頓時人仰馬翻。善良的簡愛熱心上前協助，騎士請她幫他把馬拉過來，馬兒卻很浮躁，不肯讓她靠近，牠不停踱地的前腳也把簡愛嚇到。騎士只好請她攙扶他走到馬那邊（「看來山不可能被帶到穆罕默德面前，妳只好幫助穆罕默德去接近山」），在那男女授受不親的保守年代，兩人也順理成章有了第一次的肢體接觸。男主角其實已經從對話中知道簡愛的身分，簡愛卻渾然不知眼前的騎士正是棘園的主人。電影中這幕的光線似乎也特意調黯，讓人看不清羅徹斯特的相貌，增加神祕感。之後羅徹斯特在壁爐前用妖精傳說調侃簡愛是不是對他的馬（那匹馬叫「梅蘇爾」）施咒，兩人機智幽默的言語交鋒、詼諧雋永的對白令人百讀不厭。最後，簡愛驚喜的發現，那噠噠的馬蹄並不是錯誤，來者不是過客，而是歸人。

電影中男女主角相戀後，有一幕是羅徹斯特騎馬回來，簡愛開心地跑上前去，把頭枕在他跨坐在馬的大腿上，羅徹斯特一邊用手愛撫她的髮絲。我覺得也很浪漫：

Rochester: What is it? Jane Eyre with nothing to say?

Jane Eyre: Everything seems unreal.

Rochester: I am real enough.

Jane Eyre: You, sir, are the most phantom-like of all.

順道一提，麥可法斯賓達也有演出《發現心節奏》。若想欣賞更多他的馬上英姿，也可看看《世紀戰魂》，這部片的英文名 Centurion 其實是羅馬時代的一個軍階叫「百夫長」，講的是羅馬帝國第九軍團離奇失蹤的祕辛傳奇。

馬年讀馬。「長安古道馬遲遲，高柳亂蟬嘶」、「古道、西風、瘦馬」、「曲岸持觴，垂楊繫馬」、「山迴路轉不見君，雪上空留馬行處」、「寶馬雕車香滿路，鳳簫聲動，玉壺光轉，一夜魚龍舞」、「郎騎竹馬來，遶床弄青梅」、「五花馬，千金裘，呼兒將出換美酒」、「此日六軍同駐馬，當時七夕笑牽牛」、「嗟余聽鼓應官去，走馬蘭臺類轉蓬」、「但使龍城飛將在，不教胡馬度陰山」。這些關於馬的古典詩詞眞是愈吟詠愈有趣。

馬年戴馬。其實我從小就很喜歡馬，覺得馬很漂亮，所以我蒐集了很多跟馬有關的物品。例如：故宮郎世寧駿馬圖的明信片、馬造型的擺飾、布玩偶、燈籠等等。最近買了一條山本美樹的夢想起飛展翅飛馬鎖骨鍊，精緻的飛馬造型，在鎖骨間熠熠生輝，整個人也隨之神采飛揚亮麗起來。

馬年養馬。相信很多人跟我一樣喜歡馬，但馬畢竟不像貓狗一樣是一般人就可以養在家裡當寵物的，難怪有 My Horse 的養馬程式因應而生。程式中的馬擬眞3D、栩栩如生，於是乎我每天餵食牠、撫摸牠、訓練牠、幫牠洗澡、讓牠參加比賽、替牠拍照，忙得不亦樂乎。不知牠是否能長成「日啗芻豆數斗，飲泉一斛，然非精潔即不受；介而馳，初不甚疾，比行百里，始奮迅，自午至酉，猶可二百里，褫鞍甲而不息不汗，若無事然。此其受大而不苟取，力裕而不求逞，致遠之材」的千里馬呢？

香

轉台時恰巧看見電影《香水》的片段，原以爲是如同《蝴蝶春夢》般（The Collector）耽溺、癡狂的異色美學，再加以達斯汀霍夫曼這位戲精的襯托，想必精彩可期，未料卻沉悶得令人大失所望，似還不如研讀世界地理雜誌千禧年元月號的香水搜奇專題。但記得旁白悠悠提到葛奴乙所習得的語彙早已不足以描述他所探知的香味世界。倘若法文已捉襟見肘，來學中文吧！且看王沂孫〈天香〉（詠龍涎香）：

孤嶠蟠煙　層濤蛻月　驪宮夜采鉛水
汛遠槎風　夢深薇露　化作斷魂心字
紅瓷候火　還乍識　冰環玉指
一縷縈簾翠影　依稀海雲天氣
幾回殢嬌半醉
剪春燈　夜寒花碎

更好故溪飛雪　小窗深閉
荀令如今頓老　總忘卻　樽前舊風味
謾惜餘熏空篝素被

在色聲香味觸法中，「香」確乎是最幽微、飄忽，最難以捉摸、把持、名狀、以文字凝固定型的。然而中國古典文學眞是芳香四溢：蘭是「著意聞時不肯香，香在無心處」，荷是「嫣然搖動，冷香飛上詩句」，牡丹是「傳情每向馨香得，不語還應彼此知」，芍藥是「晚春早夏渾無伴，暖豔暗香正可憐」，菊是「露濕秋香滿池岸，由來不羨瓦松高」、「寧可枝頭抱香死，何曾吹落北風中」，梅是「向人自有無言意，傾國天教抵死香」、「天與清香似有私」、「自有幽香夢裡通」……。這百般顏色百般香，該怎麼提煉蒸餾？倘若葛奴乙向詩人學會了如何以文貯香，是否就可免卻一場殺戮？

我卻禁不住太濃烈的香氣。先前一位實習生撲鼻的香水味，逼得我暫且走出辦公室在外頭的迴廊漂蕩。友人自法國攜回相贈的一盒香水，被我供奉在玻璃櫃裡作爲精緻的擺飾。總覺得生活可以簡單一點，不搽香水也不點薰香精油的我，倒挺喜愛《浮生六記》中馥郁而逸趣橫生的文字：

……但見隔岸螢光，明滅萬點，梳織於柳堤蓼渚間。余與芸聯句以遣悶懷，而兩韻之後，逾聯逾縱，想入非夷，隨口亂道。芸已漱涎涕淚，笑倒余懷，不能成聲矣。覺其鬃邊茉莉濃香撲鼻，因拍其背，以他詞解之曰：「想古人以茉莉形色如珠，故供助妝壓鬢，不知此花必沾油頭粉面之氣，其香更可愛，所供佛手當退三捨矣。」芸乃止笑曰：「佛手乃香中君子，只在有意無意間；茉莉是香中小人，故須借人之勢，其香也如脅肩諂笑。」余曰：「卿何遠君子而近小人？」芸曰：「我笑君子愛小人耳。」

……船家女名素雲，與余有杯酒交，人頗不俗，招之與芸同坐。船頭不張燈火，待月快酌，射覆爲令。……時四鬟所簪茉莉，爲酒氣所蒸，雜以粉汗油香，芳馨透鼻，余戲曰：「小人臭味充滿船頭，令人作惡。」素雲不禁握拳連捶曰：「誰教汝狂嗅耶？」芸呼曰：「違令，罰兩大觥！」素雲曰：「彼又以小人罵我，不應捶耶？」芸曰：「彼之所謂小人，益有故也。請幹此，當告汝。」素雲乃連盡兩觥，芸乃告以滄浪舊居乘涼事。素雲曰：「若然，眞錯怪矣，當再罰。」又干一觥。

……靜室焚香，閒中雅趣。芸嘗以沉速等香，於飯厥蒸透，在爐上設一銅絲架，離火中寸許，徐徐烘之，其香幽韻而無煙。佛手忌醉鼻嗅，嗅則易爛；木瓜忌出汗，汗出，用水洗之；惟香圓無忌。佛手、木瓜亦有供法，不能筆宣。每有入將供妥者隨手取嗅，隨手置之，即不知供法者也。……夏月荷花初開時，晚含而曉放，芸用小紗囊撮條葉少許，置花心，明早取出，烹天泉水泡之，香韻尤絕。

近來面臨若干工作及生活上的變動，對未來十分惴慄惶惑，加之秋老虎發威晴空悶熱，進出冷氣房的溫差忒大，似又誘發了寒痰咳嗽的症候。我也不知為何會放任自己陷在焦慮自卑的心緒裡，過去那種船到橋頭自然直的樂觀到哪兒去了呢？食慾不振，味覺似也變得駑鈍，只得仰賴嗅覺，頻以茶、萬精油、行軍散的香氣提神醒腦。就是要那股沁入心脾的涼，才足以紓解胸口的鬱結。

「馨香盈懷袖，路遠莫致之」。恰恰是最難寄送與保存的反而最能長久嗎？「唯有衣香染未消」、「零落成泥碾作塵，只有香如故」。怕只怕，「歌脣一世銜雨看，可惜馨香手中故」！

鬼

訪舊半爲鬼，驚呼熱中腸。

～杜甫〈贈衛八處士〉

I am not in love with him.
I am in love with ghosts.
So is he.
He is in love with ghosts.

～*The English Patient*

風踏著細碎的蓮花步而來，似有旋無，欲去還留。在這樣飄忽不定的天氣裡想來談談「鬼」。

試想一個人鬼共處的世界將是如何：暗夜裡，美麗的吸血鬼朝你走來，點了一杯紅酒，共度春宵以後，卻只見一堆白骨！誰知所愛盡成灰？

如果驚覺周遭的親友、情人甚或你自己是鬼，你該如何自處？繼續癡戀徘徊於人世，抑或慨然將孟婆湯一飲而盡，早早奔赴下一趟輪迴？人死了以後去了哪裡？變成什麼？「鬼」的存在，作爲一切灰飛煙滅後殘餘的選項與信仰。

或許是死而有憾的人才會變成鬼吧？李紳〈眞娘墓詩序〉：「嘉興縣前有吳妓人蘇小小墓，風雨之夕，或聞其上有歌吹之音。」詩鬼李賀便將這則鄉野奇譚以極其空靈淒迷的詩行詠歎出來：

幽蘭露，如啼眼。
無物結同心，煙花不堪剪。
草如茵，松如蓋。
風爲裳，水爲珮。
油壁車，夕相待。
冷翠燭，勞光彩。
西陵下，風吹雨。

蘇小小是這樣一往情深，縱身死爲鬼，仍不忘與所思綰結同心。然死生異路，終未能了卻心願，遂懷著纏綿不盡的幽怨在冥路遊蕩。從中是否也可窺見古往今來才高命蹇、遷客騷人的影

子？《西谿叢語》：「唐末，館閣諸公泛舟，以木蘭爲題。忽一貧士登舟作詩云云，諸公大驚，物色之，乃義山之魄，時義山下世久矣。」原來是「虛負凌雲萬丈才，一生襟抱未曾開」的李商隱魂兮歸來，寫下一闋四座驚豔的〈木蘭花〉：

洞庭波冷曉侵雲，
日日征帆送遠人。
幾度木蘭舟上望，
不知元是此花身。

「雖爲異類，情亦猶人。」「料應厭作人間語，愛聽秋墳鬼唱詩。」鬼，以其神祕詭譎、變幻多姿的意象，成了文學、電影熱愛的題材。大體而言東方的鬼似乎較陰森縹緲而無所不在，西方的鬼則偏於血腥而具實體感。並不特別喜歡鬼片，但《教父》名導柯波拉的《穿梭陰陽戀》（Haunted）將光影錯落的溫情迷夢揉以敘述性的詭計，倒是深得我心。在所有的鬼故事中，我卻對吸血鬼傳奇情有獨鍾，究係出自對闇夜、生死和鮮血的恐懼、迷惑和不安，抑或是渴望著噬頸／被噬頸的快感呢？只不過比起現在正熱門的《暮光之城》（Twilight），我還是私心喜歡古雅邪魅的德古拉伯爵多一點，史托克採用新聞、日記、書信夾雜的原著，遠非當今第一人稱的小說所能比擬，電影中最喜愛的則依舊是柯波拉衆星雲集的版本。號稱《南方吸血鬼》系列，結合魔幻與推理，以詼諧的筆觸剖析擁有讀心術和吸血鬼情人的利弊，感覺也比《暮光之城》精彩、香豔許多。所以從對「鬼」的品味也可洩漏一個人的年齡：我已遠離相信純愛的年代，不再年輕了啊！

仗著八字重而自認未曾感知過鬼，學識豐富的鄰居卻說恰恰是八字重的人才容易看到鬼呀！還煞有介事地引用門神的由來以資佐證。或許有時我們見到的是鬼影而不自知？雖然，一向覺得人比鬼恐怖得多。聊齋裡的鬼魂花精狐魅個個有情有義，對照人類的兇狠、薄倖、負心，更顯可親可愛。依然有許多人不相信有神，但相信有鬼。倘若眞夜行怕鬼，余光中在〈鬼雨〉裡建議不妨吟詠莎翁的輓歌 Fear No More 來壯膽。這闋詩有些像「昨暮同爲人，今旦在鬼錄」的西洋版，所詠歎的是生的煩憂與死的恬靜，生的無常與死的確定。世間靈魂匆忙來去。死亡無所不在，亦無所不容。我們都終將成爲一堆白骨、幾縷青絲，和一片森冷的燐火！

笑

可還記得上一次開懷大笑是什麼時候？

據報載，美國科學家研究認爲，人類的「笑」可能比語言還早幾百萬年出現。他們並把人的笑分爲兩種，也就是「單純表達喜悅的笑」和「傳達社交訊息的笑」。

美國伊薩卡學院心理學家，針對人類的「笑」做專案研究，計畫主持人威廉教授接受美國趣味科學網站訪問時說，「笑」是人類用來協調集體行動和確立等級制度的早期溝通工具。與獨處時相比，有別人在場時，人會多笑約三十次。年歲漸長，單純的喜悅似乎多不復見。取而代之的，是對生活的惶惑、是人際相處的摩擦。然而我們被期待要樂觀開朗堅強，要懂得待人處世的圓融智慧。於是乎，我們學會了強顏歡笑。「一日三大笑，醫生來不了」，連強顏歡笑都是有用的嗎？

中國古典詩詞的迴廊裡也是笑語盈盈。「回眸一笑百媚生，六宮粉黛無顏色」、「巧笑倩兮，美目盼兮」、「一笑傾人城，再笑傾人國」、「一笑相傾國便亡，何勞荊棘始堪傷」、「娥兒雪柳黃金縷，笑語盈盈暗香去」是何等的魅惑？「壯志飢餐胡虜肉，笑談渴飲匈奴血」、「談笑間，強虜灰飛煙滅」是何等的豪氣？「萬里歸來年愈少，微笑，笑時猶帶嶺梅香，試問嶺南應不好，卻道，此心安處是吾鄉。」是何等的豁達？「一瓢濁酒喜相逢，古今多少事，都付笑談中」、「舊酒沒，新醅潑，老瓦盆邊笑呵呵」、「偶然值林叟，談笑無還期」又是何等的快活？

然而，並不是所有的笑都那麼美好。「兒童相見不相識，笑問客從何處來」，在家鄉的土地上流浪，是否就是這樣淒涼、荒謬、諷刺的心情？「醉臥沙場君莫笑，古來爭戰幾人回」，一語道盡戰爭的殘酷與無奈。「合昏尚知時，鴛鴦不獨宿。但見新人笑，那聞舊人哭」，喜新厭舊似爲人性通病，無怪乎納蘭性德歎道「人生若只如初見，何事秋風悲畫扇。等閒變卻故人心，卻道故人心易變。」世事無常，人間情愛的永恆許諾眞是靠得住的嗎？「情到多時情轉薄，而今眞個悔多情」、「多情應笑我，早生華髮」、「多情卻似總無情，唯覺尊前笑不成」、「牆裡鞦韆牆外道。牆外行人，牆裡佳人笑。笑聲不聞聲漸悄，多情卻被無情惱」有時想想，多情似乎沒有無情好，無情就不會有這麼多牽絆、困擾、傷痛、悵惘與苦惱。付出眞情，可能得到眞情，卻也可能傷得澈底。保持距離，可以免於受傷，卻註定永遠孤單，這當中的取捨抉擇，就看每個人的因緣、智慧與造化吧！

去看微笑彩俑了嗎？我們不知又將留給後世怎樣的時代表情？您又有多久沒開口大笑了呢？

年

1

年是一隻小小的獸。

2

在報上看到一篇〈過年，隨人擺布的日子〉：「……害怕過年，有的是因爲要面對逼婚的長輩，有的是過去關係不睦的親人，有的是文化習俗、政治理念、家庭背景迥異的姻親。所以每到過年，大家總當成災難：一家老小長途勞頓擠車返家，勉強吃一堆大魚大肉，看電視、賭博、放鞭炮、發壓歲錢、聊天打屁……匆匆度過寶貴的年假，再塞車回程，又是上班的日子。」眞是於我心有戚戚焉，雖然我現在回家不會被逼婚，也許我父母已經放棄了吧，也或許是他們也無法確定結婚一定比較好。但我似乎是從小就不怎麼喜歡過年。或許是因爲個性喜歡安靜、極簡，不喜歡繁文縟節、喧囂、兵慌馬亂、車水馬龍……。也或許是因爲生性怯懦膽小，除了玩個仙女棒、蛇炮（點了之後灰燼猶如一條蛇）以外，鞭炮、沖天炮之類的聲光效果總令我駭懼。

3

我今年的賀年簡訊用了辛棄疾《蝶戀花・戊申元日立春席間作》上半闋：「誰向椒盤簪綵勝，整整韶華，爭上春風鬢。」所詠爲民間春節舊俗，天眞爛漫的青年男女（「整整」是辛棄疾所疼愛的一名吹笛婢名）紛紛自椒盤中取出彩綢插上兩鬢，春風拂來，多麼好看。然而多愁善感的詞人面對興高采烈、歌舞昇平的節慶景象，卻怎麼也樂不起來：「往日不堪重記省，爲花常把新春恨。春未來時先借問，晚恨開遲，早又飄零近。今歲花期消息定，只愁風雨無憑準。」難怪有人說文人總是「傷春悲秋不長進」啊！也許這闋略嫌冷僻的詞和我的心境不謀而合，所以當初一看到就喜歡上了！去年則是用王安石的〈元日〉：「爆竹聲中一歲除，春風送暖入屠蘇。千門萬戶曈曈日，總把新桃換舊符。」賀歲詩詞寫得好的訣竅是「不獨措辭精粹，又且見時序風物之盛，人家宴樂之同。」我喜歡替別人解釋「屠蘇」、「曈曈」的意思（哎，人之患，患在好爲人師，果然）。

4

從除夕到現在已經收到二十多封賀年簡訊。有水果總匯：「送你一籃拜年水果：願您蘋安富貴，橘祥如意，杏想事成，核家歡樂，莓有煩惱，甜如甘蔗，柿事順心，幸福如葡萄！」數字總匯：「祝你虎年大吉大利，一切順心，二人同心，三陽開泰，四季如春，五福臨門，六六大順，七喜來財，八方鴻運，九九吉祥，十分美滿！」、「新的一年到來，祝你好運接二連三，心情四季如春，生活五顏六色、七彩繽紛，偶爾八點小財，身體健康九九，獻上我十心十意的祝福！」吉祥話總匯：「祝福您新年好，心想事成沒煩惱，虎年行大運，事事都如意，發票中頭獎，樂透中頭彩，愛情事業都得意，幸福如意一整年！」……親友滿滿的祝福，讓人感覺暖洋洋的很開心！疲累困頓、惴慄惶惑時，見了溫馨的祝福與鼓勵，便有了繼續下去的信心與勇氣。

5

不知何時起，我開始害怕別人問我過年要做啥？有何計畫？新年有何新希望？……等等。嘿，過年一定要有特定的計畫、一定非做什麼不可嗎？難道就不能放空、沉澱、「do nothing」嗎？想起報上一位女藝人的訪談，我好像也是「笑容掩蓋很多情緒，似乎不容易眞的快樂」、「我好像是很麻煩的一個人，但我同時又很容易被搞定：比方一杯咖啡、一顆巧克力」、「沒辦法眞正攤開自己、率性作自己，看來只能壓縮自己的生活方式和想法」、「總是有太多的擔憂，事情明明還沒發生，就已經開始煩惱。」、「……去陌生的地方會是一種壓力，因爲有太多的地方想看、想走、想逛，壓力就來了……」、「人不要給自己沒有辦法達成的願望，那會讓願望變成一種壓力」、「我可以待在家裡一整天，什麼都不做。Do nothing 對我來說就是放假，放假的時候做什麼呢？就是 do nothing 啊！」所以，我新年只想許小願，悠哉睡到自然醒。一次許下太多希望的結果是都不會去實現，不如一次只設立一個比較容易達成的目標。至於一時之間無法改變的事，不如就暫時不去想，否則該如何讓自己快樂起來呢？新的一年是個美妙的開始，把所有的不如意都留在過去，用心珍惜所擁有的就是最棒的幸福！

6

春寒料峭、雨霧迷濛的假期中照常出門採買、租片。我感謝所有年節假期仍堅守工作崗位的人。

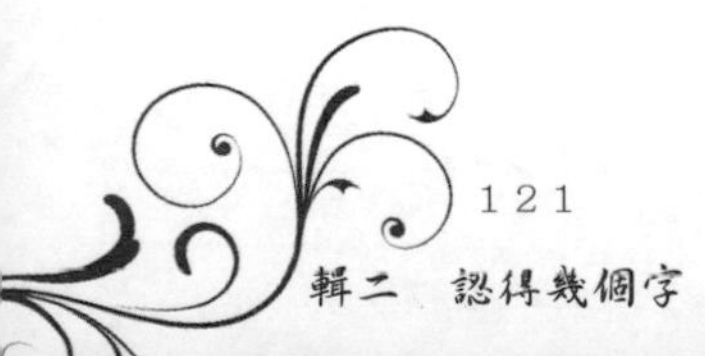

7

此次春節兼情人節與集晴閣的六歲生日，要怎麼慶祝才好呢？

8

大戶人家怎麼過年呢？紅樓夢第五十三回〈寧國府除夕祭宗祠，榮國府元宵開夜宴〉裡描述榮寧二府為了迎接農曆新年到來，不但換了門聯、掛牌，從大門到內部正堂，一路門大開，一色朱紅大高照燈，「點得兩條金龍一般」。在年菜方面更是令人咋舌的準備：「大鹿三十隻、……龍豬二十個……各色雜魚兩百斤、活雞、鴨、鵝各兩百隻、海參五十斤、大對蝦五十對、榛、松、桃、杏穰各二口袋、乾蝦兩百斤、兔子兩百對、熊掌二十對……」各色年菜中，我似乎對「罈起薰香飄四鄰，佛聞棄禪跳牆來」的佛跳牆最情有獨鍾！

9

虎年過年時租了《醉後大丈夫》（The Hangover），編劇相當有創意，配樂烘托出瘋狂、頹廢的賭城風情，使得看似荒誕不經的劇情也順理成章：例如廁所裡居然有老虎！無獨有偶史蒂芬金也有篇〈Here There Be Tigers〉，爲何老外喜歡想像廁所中有老虎？這卻令我想起「馬桶」一詞的由來：原先溲溺器名虎子（人畏虎的報復心理？），唐人避李虎諱，改名馬子或獸子，見雲麓漫鈔。

10

年是一隻小小的獸。

石

人石化了將會如何？是所有夢想與煩憂的終結？是萬事不關心的了然與漠然？抑或是心有所憾的惆悵與不甘？

很多、很多年前的一個子夜，還是小女孩的我在夢境中化爲石頭。嚇醒之後仍驚魂未定、眞假莫辨，惶惶然地嚷著：「我要變成石頭了！」還眞伴隨著四肢逐漸麻痺的幻覺，引來父母一陣虛驚，折騰了一晚。清醒之後才想起這噩夢應是脫胎自白日所看的電視劇情節：潛入神祕洞穴的探險者只要一回頭，就會成爲石柱！日有所思、夜有所夢，誠然歟？據說凡是見到梅杜沙眼眸的人都將化爲石頭。哈利波特和波西傑克森的冒險歷程中也都有石化的魔法。在古老的傳奇中，有人的心被掏空，有人用自己的心去換一顆沉澱澱的石心，有人把心事付諸流水，在琵卓河裡石化老去，免於心碎。石化，究竟是一種詛咒，抑或是一種解脫？

在學習成長歷程中，曾遠赴山林溪澗拾掇各色形質的石頭，一邊記誦著安山岩、玄武岩、花岡岩……等等的分類。後來才知道，石頭除了硬梆梆的學術分類以外，還有五彩繽紛的各色好名字，像是：魚腦凍、雞血、艾葉綠、鍊蜜丹棗、桃花水、硯水凍、鸜鴿眼、桃暈、洗苔水、晚霞紅……。年歲漸長，愈益深居簡出的一度空間生物轉而至古典文學的迴廊拾石：「亂石崩雲，驚濤裂岸，捲起千堆雪」、「遠上寒山石徑斜」、「蝸牛角上爭何事，石火光中寄此生」、「明月松間照，清泉石上流」、「天梯石棧相鉤連」、「平明尋白羽，沒在石稜中」、「銀河倒掛三石梁，香爐瀑布遙相望」……。其中最令人驚喜的莫過於李商隱的〈亂石〉：「虎踞龍蹲縱復橫，星光漸減雨痕濕。不須併礙東西路，哭殺廚頭阮步兵。」一向擅長描寫蝶、鶯、瑟、蟬、燭……等纖細柔美事物的義山，夜行偶然間見亂石縱橫，有感而發，寫成這首簡短精緻、抑揚頓挫、豐盛飽滿、意味深長、引人悠悠懷想的絕句。首句的豪邁、次句的細膩、後兩句的窮途之慟、抑塞之憤又引領我們進入歷史的縱深，發思古之幽情，眞是絕妙。無怪乎他會成爲我最心愛的詩人啊！

曾有一位追求未果的男子寫了一封傷心的情書，形容我是「美麗的石頭」，初收到時又好氣又好笑，本來感情與緣分就不能勉強，「美麗」雖好，但爲何非要是「石頭」不可？難道不能是星星、珊瑚、寶玉之類？這些年過去了，我似乎尚未能覓得自己的姻緣。有人揶揄我老愛挑三揀四，總以爲往後的路上還會有更大更美的石頭，因而看不起眼前腳下硜硜然的小石子，也許往前盡是荒漠、再無石頭可拾掇也未可知。我卻始終知道：我是寧缺勿濫、不輕易動感情，但一動感情就會很深情也很專情的人。一旦眞愛上了，必然眞誠深摯、歷久彌新、堅若磐石！

猜

聽聞老字號綜藝節目《我猜、我猜、我猜猜猜》可能步入尾聲，不禁有些悵然。畢竟《我猜》是少數我偶爾會看的綜藝節目。在忙碌了一週後，喜歡在週末沒有壓力的夜晚活絡一下腦筋、訓練自己的判斷力。〈人不可貌相〉以主題式呈現若干臺灣流行文化的現象，我最喜愛的則是其中〈眞的假不了〉單元，以眞假虛實交錯的方式介紹諸多奇人異士，每當正確猜中誰在說謊時，又總不免沾沾自喜起來。

「猜」的樂趣，可不是現代人的專利。「幾處高燈掛粉牆，人人癡立費思量。秀才風味眞堪笑，贈彩無非紙半張。」（佚名．都門記略）猜燈謎的熱鬧自不在話下。就連觥籌交錯的飲宴間，「猜」也是不可或缺的餘興節目。李商隱無題詩：「隔座送鉤春酒暖，分曹射覆蠟燈紅。」前者是傳鉤於某人手中藏著讓對方猜，後者是藏物於巾帕之下讓人猜，不中者罰酒。而其實義山詩的本身就是一闋闋迷人的詩謎。既是談到了詩謎，除了我在《中國字謎》讀書筆記中引用的「春雨綿綿妻獨睡」、「無邊落木蕭蕭下」（各射一字）等字謎以外，不能不提的是宋朝女詞人朱淑眞的「斷腸謎」：

下樓來，金簪卜落。
問蒼天，人在何方。
恨王孫，一直去了。
詈冤家，言去難留。
悔當初，吾錯失口。
有上交，無下交。
皂白何須問，
分開不用刀，
從今莫把仇人靠。
千里相思一撇消。

除了詞境哀婉、想像空間無限以外，每句都是精緻的字謎，連起來恰是一二三四五六七八九十，您也猜出來了嗎？令人由衷佩服朱淑眞的才氣。相傳，她不但會作詞，還擅長繪畫、通曉音律，是一位才貌雙全的女子，卻嫁給一位不能解情識意的庸碌男子為妻，婚姻生活的不愜意，使她的詩詞中都滿溢哀淒憂怨的情感（才女們應引以為鑑？），還自號幽棲居士。在她的作品中，

我最愛的卻是這闋甜蜜歡樂的《減字木蘭花．清平樂》：

惱煙撩露，留我須臾住。
攜手藕花湖上路，一霎黃梅細雨。
嬌癡不怕人猜，和衣睡倒人懷。
最是分攜時候，歸來懶傍妝臺。

詞中的女子，難得與情人單獨親近，而今相會於幽靜的場所，遂難自持。「感郎不羞郎，回身就郎抱」、「一向偎人顫，教君恣意憐」，就這麼大方地睡倒愛人懷中，對他的依戀已不想掩藏，也不願隱蔽，不在乎別人驚猜，就這樣天真地表現出來，終於有了相戀以來身體上第一次甜蜜的體驗。寫來香豔多情而不褻。蓮子居詞話讚道：「易安『眼波才動被人猜』，矜持得妙；淑真『嬌癡不怕人猜』，放誕得妙。」只不過，感情要達到如此歡暱熱情的境界，之前或多或少都要經過一段試探、猜測的時期吧？深怕猜錯了對方的心意，落得連朋友都作不成的下場。無怪乎有人怨「曖昧讓人受盡委屈，找不到相愛的證據」，但也有人讚「愛在曖昧不明時最美麗」。

人既非全知，人生難免得猜。既猜題目，也猜答案。

島

孤島始終是遁世的誘惑。你是否也曾在某個心緒怔忡不自持、惴慄惶惑的時刻，想要暫時放下一切，隻身一人到一座島上，離群索居、休養生息，「不顧一切的，帶著一點對日常責任的背信」，像一次逃離、一次重新出發？

今春因緣際會地至龜山島一遊。許久沒有坐船了，早晨搭賞鯨船時，一直擔心自己到底會不會暈船，幸好風和日麗、豔陽高照，風浪也不大。雖然沒賞到鯨豚，但看到不少次飛魚（飛得眞遠！），還有海鷗在藍天碧海間自在翱翔，鳶飛魚躍，海風習習，讓人有心胸開闊、寧靜之感。陽光愈益燠熱，走進軍事坑道則分外沁涼，且頓時覺得人長得不太高也有好處（有身高超過一八〇的旅客必須彎腰而行免得撞到頭）。繞島一圈賞「龜山八景」，印象較深刻的是海底溫泉冒煙及造成類似陰陽海的奇觀。龜山島的龜尾湖和環湖步道十分詩情畫意，導覽惋歎地說可惜野百合今年遭逢蟲害，否則一定更美！我卻懷疑我是否還有可能再至此地遊歷？想起《梭羅日記》中的句子：「有些生命在我們再也不會去的地方恣意滋長著。」島上懸著斗大的標語：「島孤人不孤。」人孤心不孤，那萬一正是心靈感到孤寂呢？為何我在幽居斗室扃牖而居時不感到孤獨，反而總是

在人群中感到寂寞？

倘若不忌諱海盜橫行的歷史，那麼康柏島似乎是個幽雅閒適的度假好去處。傳說中這座風光明媚的小島屬私人家族所有，只有極少數傑出人士才有榮幸登臨，由於單純寧靜與絕佳的安全性，向來是權貴名人心嚮往之的隱密休閒勝地。英國女作家P.D.詹姆斯在《燈塔》（The Lighthouse）中以悠緩細膩的筆調，娓娓鋪陳島上疑雲重重的謎案。並用一個L字母涵蓋所有謀殺動機：愛（Love）、恨（Loathing）、財（Lucre）、慾（Lust）……。這本小說開場介紹人物的部分十分細緻，每個角色大概都有一個獨立章節來介紹其身家背景、生命歷程乃至其居住環境、食用餐點等等，個人是覺得稍嫌繁冗了一點，推薦序卻反而認爲這是本書令人著迷的特點：「對詹姆斯來說，每個登場人物都是重要角色。他們有自己的天命，而不僅僅是推理遊戲中的串場棋子。不管是否願意，謀殺案都對他們的人生造成深遠影響，即使案情已水落石出，他們的故事還得繼續下去。……」論者總愛把詹姆斯與Agatha Christie相互比較，而《燈塔》確實也令我聯想起Agatha Christie的《零時》（Towards Zero），其章節安排也是先介紹各個人物，之後各角色聚集後才是謀殺案的正式開場。不過Agatha Christie用十分精簡的篇幅，就營造出人人都有謀殺動機、山雨欲來的氛圍，且預藏了破案之鑰，節奏較爲明快、緊湊。孰優孰劣實見仁見智。據說詹姆斯曾撰文批評Agatha Christie小說欠缺寫實性，是否也是文人相輕？基本上Agatha Christie與詹姆斯的路數是完全不同的吧！年歲漸長，我倒反而懷念起Agatha Christie的「單純」……。

要到哪兒面對自己的心魔、罪愆與眞相呢？《治療》中的精神科醫師拉倫茲在愛女裘依絲神祕失蹤後，選擇來到帕庫姆島上療傷，尋回一段失落的美好時光：「不久之前，我還生活在一座夢幻小島上。……當時天暖花開，舒適宜人。妻子每天與我電話熱線，說很快就會來探望我。村長替我維修發電機，船夫會送給我航行時捕獲的鮮魚。黃金獵犬貼心地躺在我的腳邊。最重要的是：裘依絲跟我生活在一起……。」而你是否也如我一樣，早早從他夢囈式的告白中窺見了駭人的眞相？其實這本書的開場很像茱迪佛斯特主演的《空中危機》（The Plane，劇情描述她的女兒在飛機上離奇失蹤），暴風雨中的小島場景很像李察吉爾與戴安蓮恩主演的《羅丹薩的夜晚》，結局的轉折則令我聯想起《隔離島》、羅素克洛主演的《美麗境界》，虛實莫辨的情節甚至也有那麼一點《香草的天空》的影子……。

而我們最想去的，應該還是愛人所在的島嶼，以求一解懸隔兩地的相思之苦。鄭愁予〈小小的島〉：

你住的小小的島我正思念
那兒屬於熱帶 屬於青青的國度
淺沙上 老是棲息著五色的魚群

……

你住的那小小的島我難描繪
難繪那兒的午寐有輕輕的地震

如果 我去了 將帶著我的笛杖
那時我是牧童而你是小羊
要不 我去了 我便化做螢火蟲
以我的一生爲你點盞燈

而我們自己不也是座島嗎？「每個人都是孤島，但在深深的深深的海底，我們偷偷牽手。」也是張曼娟的文字：「是的，我其實是一座荒島，不只是我，很多人都是一座荒島吧。我們孤獨的被生下來，要經過好多歲月與學習，才能與人交流與溝通，有人甚至一輩子也沒能與人眞正的心意相通。許多時候，我們因孤獨的存在而覺得憂傷，更多時候，我們卻又在旁人靠近的瞬間想要逃，或者是在別人付出情感的時候感到猶疑。我們都希望愛情能帶來巨大的、根本的改變，讓我們變成更理想的人。可是，一旦感覺到變動，便又立即驚惶失措，每個人都是獨特的個體，不該爲任何人和事而改變的。於是，我們拒絕愛情，拒絕愛情的負擔與改變。我們願意變爲荒島的

原始，等到愛情眞的走了，等到幸福確實離開，我們再度陷進悲哀。一座荒島，便是我們的宿命。」掌握幸福，珍惜所有，有夢滋潤，有愛灌溉，我的荒島，豐饒馥郁，不再孤寂。

窗

窗外的樹木被砍斫了，斗室豁然亮了起來。晨起更衣時，卻聽見鳥雀啁啾，究竟窺得多少閨情？偶或樹葉簌簌作響，有花貓信步施施然走來，隔窗與我對望，兩顆寂寞的心。而你是否也憧憬著「日長繡窗閒」的逸致，陶醉於「綠滿窗前草不除」的樂趣？又或你是否也曾從窗口遠遠偷望著思慕之人，怦然心動？

作爲窗型電影的濫觴，希區考克《後窗》（Rear Window）的地位不容抹煞。經典就是經典，註定成爲後人膜拜模仿的對象。因傷賦閒的記者透過後窗旁觀著鄰居的生態如浮世繪，卻在偶然間偵破了一樁謀殺案。片中的葛蕾絲凱莉眞是風華絕代，她始終是我心目中最美豔的王妃，即便是凱特（啊，我小時候養的三色毛貓正是名喚凱特）也略遜一籌。義大利電影《外慾》（Facing Window）中的女主角被家庭與工作壓得喘不過氣來，她隔窗偷窺英挺神祕的鄰居，又碰巧收留了一位迷失的老者，意外得知一段塵封過往不爲人知的禁忌戀情，讓她有勇氣與自信去追尋人生的新方向與契機。友人G說她十分喜歡這樣的過程，所以非常喜歡這部電影，我則對義大利文吟唱的主題曲情有獨鍾，雖然我一個字也聽不懂。鬼才名導伍迪艾倫的大堆頭浮雕浪漫愛情新作《命中注定遇見愛》裡，過氣的作家遭遇創作與婚姻的瓶頸，轉而隔窗與對街的紅衣女子大膽調情。後來他如願搬到對面與紅衣女子同居，卻反過來透過窗戶凝望前妻更衣。是因爲隔窗所見的、得不到、或已然失去的總是最美好的嗎？

曾想去看連淑惠的〈窗〉畫展，她以巧妙的手法凝駐窗與簾間多姿的光影風息，隱喻著人際間微妙的種種互動與情愫。當時種種的想望與心情後來都被我濃縮在〈簾〉裡了，貫徹我「將多情深心守到雲開見日的意念」。而我卻憶起我「寂寞的十七歲」是在吳錫和的〈窗〉聲中度過的：

今天，想去看你
所以我就去
站在你敞開的窗子前
看你正趴在桌上睡著了
蕭邦的音樂像風一樣
吹過苦悶的哲學
你背後的盆花遂有了思想的顏色
每一本書，都是一個階梯
讓我看見不斷上升的風景
……

思想的弓拉動時間的小提琴
韋瓦第的四季
明媚了我窗前的風景

而我該如何誘你到我窗前，共賞這片美景？

「啊，星子們都美麗
而夢中也響著的，只有一個名字
那名字，自在得如流水……」

～鄭愁予〈天窗〉

杯

先前選杯時總是以實用考量，選用樸拙、有蓋、不怕摔碎的不鏽鋼杯多時。最近新買了一對德國 KONITZ「駿馬群」與「馬到成功」的精美瓷杯，設計師描繪出駿馬的神韻，栩栩如生充滿動感，而馬恰好與貓、兔並列三種我最喜歡的動物。小心翼翼捧著駿馬瓷杯在手，喝起茶來竟也特別溫潤有韻，整個人也跟著洋溢活力與雅興，煥然一新。所以人不該害怕改變；不該因為遷就現實、功利的考量而忽略了美的悸動與體驗；不該因為害怕心碎，就不去追求夢想、不敢去愛……。

且至中國古典文學的長流裡啣觴賦詩，以樂其志。細細品味「肯與鄰翁相對飲，隔籬呼取盡餘杯」的恬適，「晚來天欲雪，能飲一杯無」的溫馨，「勸君更進一杯酒，西出陽關無故人」的離情依依，「一曲新詞酒一杯，去年天氣舊池臺，夕陽西下幾時回？」的無可奈何，「三杯兩盞淡酒，怎敵他晚來風急」的落寞冷清，「葡萄美酒夜光杯，欲飲琵琶馬上催」的兵馬倥傯與笑看生死。這些對不可知與不可預測人生、命運的幽微試探、叩問與喟嘆，只合用杯慢慢獨享啜飲，不足為外人道也。

既是談到了杯中物，又怎能不提寫酒詩寫得無人能及的李白？「抽刀斷水水更流，舉杯消愁愁更愁」、「烹羊宰牛且爲樂，會須一飲三百杯」、「蘭陵美酒鬱金香，玉碗盛來琥珀光」（美酒當前，杯尚嫌不夠，得用碗了？）……，最鍾愛的還是〈月下獨酌〉，兒時習誦唐詩時，只知有前四句：「花間一壺酒，獨酌無相親。舉杯邀明月，對飲成三人。」後來讀到「月既不解飲，影徒隨我身。暫伴月將影，行樂須及春。我歌月徘徊，我舞影凌亂。醒時同交歡，醉後各分散。永結無情遊，相期邈雲漢。」那迭宕起伏的韻律與情味，玄天寰宇的神祕感應與敻絕的宇宙意識深深攫住了我，在在令我驚豔。

最近曉風颳起的「剩女」旋風，讓張曼娟〈誰來與我相愛〉再度被引用。談到才女的戀愛，我卻對《永恆的傾訴．可以把握住》特別印象深刻：「杯子，也是相當私人的用品。所以，雖然擁有那麼多杯子，但是，我們最想用的常常是戀人的那隻杯子，分明不屬於我，卻想要擁有它。我曾經喜歡過一個男人，我們之間保持著一種美好的關係與距離，連指尖都不曾碰觸過。是一個很熱的夏天，我去辦公室找他，他看著我被太陽曬得緋紅的臉微笑，急著要找清涼的飲料給我。我斜倚在他的桌邊，看見他喝水的那隻極其普通的馬克杯，銀灰色的，杯緣有一個唇痕，我握起那隻杯，忽然有些衝動地嚷著：『好渴啊，先喝囉。』沒等他反應，我對準唇痕，將杯中的水一飲而盡。在那突然沉寂的五秒鐘裡，我看見男人怔忡的臉，變化出細膩溫柔的表情。既然用這種方式親吻了，接下來當然是免不了要談一場戀愛的。那男人就像馬克杯，溫厚實在，卻缺少了玻璃杯的剔透危險，偏偏那時候我還是憧憬一點刺激的。」那樣隱晦、含蓄，卻又無疾而終的戀曲，像《不說話，只作伴．誰在碼頭等我》一樣令我感慨。

也是張曼娟的文字：「什麼都靠不住也握不牢，唯有一隻杯，只要你不摔爛它，便永遠在身邊。我對自己這隻杯便有著這樣的感情，它已經陪伴我十幾年，超過任何一個男人，任何一段愛戀，當我伸出手，隨時可以把握住。」我卻覺得杯固然難免成住壞空，人也難免生老病死、聚散離合，但廖輝英說得好：「我們的人生，不也就是這個人陪一段、那個人陪一段，把握相愛的時候，瀟灑面對可能有（也可能根本沒有）的變局，人生所有的事，不就是這樣？」

蝶

村上春樹的響噹噹、熱騰騰新作《1Q84》中，最令我魅惑的，不是兩個月亮高懸夜空的魔幻場景，而是那彩蝶紛飛的神祕溫室，既恍惚甜美如夢，又暗藏玄機、殺機與轉機，試看這段耽美的描述〈第七章　青豆　要輕悄悄的別驚醒蝴蝶〉：

「可以跟蝴蝶成爲朋友嗎？」

「要跟蝴蝶成爲朋友，首先你必須成爲自然的一部分才行。消除人的氣息，在這裡安靜不動，把自己完全當成樹木和花。雖然花時間，不過一旦對方對你放心之後，就能自然地成爲朋友了。」

「妳會給蝴蝶取名字嗎？」……

「不會給蝴蝶取名字。但就算沒有取名字，只要看到花紋和形狀就能分辨出每一個人了。何況給蝴蝶取名字，反正蝴蝶不久就會死去呀。這些人，是沒有名字的極短暫期間的朋友。我每天來這裡，跟蝴蝶見面打招呼，什麼話都說。不過蝴蝶時間到了就會默默的消失無蹤。我想一定是死了，但就算找也找不到屍骸。就像被吸進了空氣中一樣，不留任何痕跡就這麼消失無蹤了。蝴蝶是比什麼都脆弱優美的生物。牠們不知從哪裡生出來，只安靜地追求有限的極少東西，然後又悄悄地不知消失到什麼地方去，可能是跟這裡不同的世界。」

溫室中的空氣溫暖而帶著濕氣……而且很多蝴蝶，就像將沒有開始也沒有終了的意識之流分隔開來的句讀那樣，隨處出現又隱藏。青豆每次進到這個溫室，就彷彿失去時間的感覺似的。

一位友人曾大惑不解地問我：「為什麼人們喜歡蝴蝶？蝴蝶不就是長了翅膀的毛蟲嗎？」哎，也許蝴蝶的本質仍是毛蟲，但蝶的形象實在太輕盈、柔美、纖細、脆弱、神妙、奇幻、繽紛了，所以自古以來有那麼多多愁易感的騷人墨客憐牠、歌牠、詠牠，也正因為蝶來自毛蟲，又更多了象徵蛻變與新生的豐饒意涵。是張愛玲說的吧，蝶是花朵的靈魂，飛回來找尋自己，於是乎我們有了《蝶戀花》的美好詞牌，於是乎我們有無盡關於蝶的美麗想像與傳奇。感人肺腑的紀實文學《潛水鐘與蝴蝶》中，「潛水鐘」指的是生命形體所囚禁的困頓，「蝴蝶」則隱喻生命在想像中具有的本質自由。「在困頓如繭的肉體裡，一個勇敢瀟灑的靈魂，寫下一則毫無自憐之情，卻幽默輕盈如飛翔之蝴蝶的回憶錄，化生存的絕望為文學的奇蹟。」《蝴蝶公墓》則「以蘇州河畔

的白俄醫院及殺人事件爲經，男女主角的離奇身世與感人愛情爲緯，配合『莊周夢蝶』、『梁祝化蝶』的典故，演繹出一個充滿懸疑精彩又感人的解祕之旅」。《蝴蝶效應》則彰顯了世事的環環相扣與無法操控，即便逆轉時光，依然充滿迷蝶一般的難題與幸福啊……。

且隨彩蝶翩翩，遨遊詩國：「曲檻柳濃鶯未老，小園花暖蜨初飛」（蜨爲蝶的異體字）、「紙灰飛作白蝴蜨，淚血染成紅杜鵑」、「流鶯應見落，舞蜨未知空」、「蝶戲脆花心」、「蝶舞袖香新」、「彩蝶黃鶯未歌舞」、「蝶舞梨園雪」、「花中來去看舞蝶」、「鶯歌蝶舞韶光長」、「蝶舞已無多」、「蝶翻輕粉雙飛」、「蝶嬌頻采臉邊脂」、「花蝶辭風影」……。我最愛的詩人李商隱也忒愛以其深情細膩之筆詠蝶，詩集中直接以「蜨」爲題的就有好幾首，最愛的則是這一闋：「蘆花唯有白，柳絮可能溫。西子尋遺殿，昭君覓故村。年年芳物盡，來別敗蘭蓀。」還有一首〈蠅蝶雞麝鸞鳳等成篇〉的戲作。〈柳枝五首〉以「花房與蜜脾，蜂雄蛺蝶雌」爲始，記一段錯過的情緣。一定要提的當然是〈錦瑟〉中的千古名句「莊生曉夢迷蝴蝶，望帝春心託杜鵑。」原來，在溫情迷夢和浪漫詠歎的背後，是無限的悽惘、深沉的孤獨和難言的憂懼……。

曾經與心儀之人上山尋蝶，卻直到下山時才見到一隻最平常不過的白紋蝶悠然飛過。曾帶著愛貓凱特在溪畔漫步，見牠以迅雷不及掩耳之姿撲向蝴蝶，這才驚覺自己豢養了一隻靈敏殘忍、不懂得憐香惜蝶的小獸。曾經以爲執守的感情會開花結果，曾經以爲單純美好的童年不會消逝。

可是感情不能勉強，而世事如蝶夢般短暫無常，真沒有不變的情誼與人事物。我要如何告訴凱特：

Happiness is a butterfly, which, when pursued, is always just beyond your grasp, but which, if you will sit down quietly, may alight upon you!

雲

捧月三更斷，藏星七夕明。纔聞飄迥路，旋見隔重城。
潭幕隨龍起，河秋壓雁聲。只應惟宋玉，知是楚神名。

～李商隱〈詠雲〉

緩逐煙波起，如妒柳綿飄。故臨飛閣度，欲入回陂銷。
縈歌憐畫扇，敞景弄柔條。更奈天南位，牛渚宿殘宵。

～李商隱〈齊梁晴雲〉

要如何才能畫出一朵雲呢？

依稀記得孩提時期學用水彩畫雲，要先用藍色打底，趁著染料未乾，再用白色滴在上頭，邊緣就會暈成毛絨絨的質感。而我總是笨拙地加了太多水，淚花了雲朵的笑靨。最近聽一位同事說以前學程式設計的期初作業是寫出「乒乓球自動觸牆反彈」的程式，期末作業就是寫出一個「自動畫雲」的程式，令我大為訝異：雲怎麼可能用電腦畫出？就像龍應台在《目送．星夜》中所

言：「如果科學家能把一滴眼淚裡的所有成分都複製了，包括水和鹽和氣味、溫度——他所複製的，請問，能不能稱作一滴『眼淚』呢？」

「用心看，雲不只是白的。」解構雲朵的色澤，是畫家維梅爾與戴珍珠耳環少女間的愛戀密碼。我最心愛畫家馬格利特的妙筆下，雲幻化成椅、裸女與法國號（《陰森森的天氣》）。餓了，索性用個高腳杯盛朵雲來吃，吃進多少旖旎的迷夢？（《心弦》）。且伴著馥郁的葡萄香，隨Keanu漫步在雲端……。

他們說亞特蘭提斯的天空是沒有雲的，我說那樣的世界豈不太單調？雲是夢的痕跡、仙子的衣裳、青龍的鱗片、波心的投影，是雪花也是烈焰，是蒼狗也是白衣。倘若蒼穹無雲，人間會少了多少詩篇、傳奇與歌謠？《歐赫貝奇幻地誌學．靛藍雙島》載道：「採集雲草的棉絮要趁著颳大風，並使用非常輕巧的網。一定要在棉絮掉落地面之前採集：棉絮一旦著地，便失去其強韌及輕盈無比之特性。棉絮的顏色和天空一樣。若在黎明拂曉採集，它們是白色；在曙光乍現之時，它們呈現粉紅色；正午時分，變成藍色；夕陽西下，則金黃橘紅。最受好評的是夜晚採集到的雲草絮，那是美麗的靛藍色。」雲綢謎樣的美麗，引得最市儈的俗人也踏上尋訪縹緲雲鄉之旅……。

「行到水窮處，坐看雲起時」、「只在此山中，雲深不知處」、「遠上寒山石徑斜，白雲深處有人家」、「峽裡誰知有人事，世中遙望空雲山」、「當時只記入山深，青溪幾曲到雲林。」世外桃源

總是雲霧繚繞，而我們這種大隱隱於市的人也只能拈來幾句雲詩洗塵：「八千里路雲和月」是壯闊的雲，「雲想衣裳花想容」是柔媚的雲，「雲雨巫山枉斷腸」是香豔的雲，「愁雲黲淡萬里凝」是悲苦的雲，「微雲未接過來遲」是神話的雲，「碧雲天，黃葉地，秋色連波」是鄉愁的雲，「彩雲易散琉璃碎」、「去似朝雲無覓處」是無常的雲……。「白雲千載空悠悠」、「玉壘浮雲變古今」，從古到今，大概沒有兩片雲是一模一樣的吧？

「歎浮雲，本是無心，也成蒼狗。」變幻無常，想是雲的宿命，人生亦然。所以畫雲、攝雲格外有將剎那停格爲永恆的快慰。看清風徐來，雲漪盪開；或是白雲融化在冷湛藍天裡，閃著晶瑩剔透的光。雲豈好變哉？雲不得已也！因爲人與雲殊途而同歸，所以我們仰望天際浮雲時，總是滿溢心靈的悸動與美的感喟……。

燈

皎潔終無倦，煎熬亦自求。花時隨酒遠，雨後背窗休。
冷暗黃茅驛，暄明紫桂樓。錦囊名畫掩，玉局敗棋收。
何處無佳夢，誰人不隱憂。影隨簾押轉，光信簟文流。
客自勝潘岳，儂今定莫愁。固應留半焰，回照下幃羞。

～李商隱〈燈〉

有人的地方就有燈。有燈的地方就有光、有溫暖、有希望、有故事、有柔情千萬縷、有相思淚滿地……。

除非想仿曉風來場幽光實驗，否則長夜漫漫豈能無燈乎？「近床賴有短檠在，對此讀書功更倍」，且隨余光中一同伴燈夜讀：

燈有古巫的招魂術

隱約向可疑的陰影
一召老杜
再召髯蘇，三召楚大夫
一壺苦茶獨酌著三更
幢幢是觸肘的詩魂
是古人逡巡來相窺？
是我悠悠神遊於幽昧？
一盞青燈
身前身後怎照得分明？
只剩樹濉伴我不寐
一山蟲吟，幾家犬吠

或者，神遊至中國古典文學燈火通明的迴廊：「行路難至此，燈樓望欲迷」、「驀然回首，那人卻在燈火闌珊處」、「微霜淒淒簟色寒，孤燈不明思欲絕」、「今朝剩把銀釭照，猶恐相逢是夢中」、「人生不相見，動如參與商。今夕是何夕，共此燈燭光。」、「分曹射覆蠟燈紅」、「重重翠幕密遮燈」、「悠揚歸夢惟燈見」、「珠箔飄燈獨自歸」、「醉裡挑燈看劍，夢回吹角連營」、「星斗橫幽館，夜無眠，燈花空老。」……。原來最孤寂的與最熱鬧的，最豪邁的與最溫婉的，最淡漠的與最深情的，全都寫在燈裡。迷惘與頓悟、失落與追尋、歡會與別離、濩落的生涯、未乾的墨痕、寄不出的情書、不足爲外人道的日記，燈都一一見證。因爲有些路只能一個人走，所以燈成了夜行者唯一且最終的依靠。

添茶回燈之後，映照的是煢孑一身的淒清，抑或是久別重逢的狂喜？

附錄：舊作〈暗夜燈火〉

「在寂靜的黑夜裡，我不再對上天祈禱，因爲我知道祂聽不到……。」這是一個沒有腳的小男孩的心聲。當你在抱怨沒有名牌鞋子可以穿時，你是否想過世界上有人連「腳」都沒有？當你把一切視作理所當然時，是否曾經想到：有很多人在絕望的暗夜中掙扎著、尋覓著，尋找一盞溫暖的燈火？

這句小男孩的話是從《知風草之歌》中看到的。這本書詳實地記敘了世界各個角落不幸而苦難的人。看了這本書後，我便知道，像我們這些太幸福的人是沒有權利怨天尤人的！我們應該把「怨天尤人」的精力用在關懷別人、散播愛和希望的燈火上。我常想到史懷哲和南丁格爾，這兩

個提燈的人。史懷哲放棄了自己原本優渥的生活，提著溫暖的燈火照亮了蠻荒瘴癘的黑暗大陸；南丁格爾，則是從富家千金搖身一變為提燈的天使，她照亮了充滿殺伐之氣的克里米亞戰區，照亮了離鄉背井的戰士們的心靈，也照亮了無數因她的事蹟而感動的人們。

我們也許沒有像史懷哲、南丁格爾那樣無私奉獻的大愛，我們也毋須割捨舒適富足的生活，但我們依然可以成為提燈的使者。透過世界展望會、慈濟功德會等機構，我們也可以照亮那些絕望的人們。以前我們班上曾聯合認養一個小孩，看著他逐漸成長，看到他臉上漸露出燦爛的笑容，我們也笑了，是的，我們看到了希望！

我很想告訴那個沒有腳的小男孩，也許上天聽不到他的聲音，但我們聽得到！我們會為他點起一盞暗夜中的燈火，傳播希望，傳播溫暖，傳播愛。

輯三　三更有夢書當枕

夜讀——與聖艾修伯里的心靈交會

我在深沉的夜裡重讀聖艾修伯里的著作，他那詩意和哲思兼具的文字再度感動了我，不僅觸動我心靈深層的渴望和追尋，亦引發我對人類生命的省思和熱愛。我心中澎湃洶湧，充滿了少不更事的冒險情懷，想要從此地出發做永不終止的跋涉和追尋……。

「仍然活著，仍然要飛行。」詩人白萩在他的詩作〈雁〉中如是說。此夜隨聖艾修伯里飛越山脈和沙漠，飛過悲喜激情和血淚，飛過橫逆和憂傷。在永恆的飛行歷程中，我們可以閱讀風沙星辰的傳奇和對話，可以體驗自然曠古的魅力和情懷，可以探索內在心靈的旋律和獨白，而人類對生命的執著、奔赴夢想的熱情，以及人類的信心、勇氣、價值和光輝，均在飛行的歷程中，得到了充分的體現。

試想聖艾修伯里在文明的荒漠中乍見小王子的詫異。原來兩顆孤獨的心相遇，竟是彼此一臉的錯愕！小王子在廣袤的沙漠中向飛行員訴說他的旅程，從中透露出聖艾修伯里對現實人生的委婉諷刺。狐狸的一席話更是驚醒了在物質文明中打滾的人。處在庸俗生活的濁流裡，心弦粗硬的現代人可曾想過：「唯有用心才能辨識事物的價值，光憑肉眼看不到事物的精髓」？

聖艾修伯里諷刺現實，愛好飛行、寫作和冥想。他不僅描述飛行員的生活和思想，蘊藏在廣袤沙漠中的慾望和記憶，亦描述悲劇性的情愛。和聖艾修伯里一同飛行，我常驚嘆於他如何能翱翔在生命的不可知和不可預測之間，悠遊於自然的殘酷和自然的美之際。我在風沙星辰中得到少有的震撼：我看到有人在沙漠中等待結局，有人在山脈間和巨大的風暴搏鬥，還有一些被終點遺忘的旅人，駕著飛機駛入詩句和詩句間的空白，從此沒有再回來……。

夜讀聖艾修伯里的著作就好似夜間飛行。他的字裡行間隱藏著天空的神祕，耐人尋味。而聖艾修伯里自己的結局亦耐人尋味：他在一九四四年消失於地中海的上空。我常想他究竟是飛回了生命的原鄉，抑或是飛進某種幽冥浩渺的境界？在聖艾修伯里的文字中我繼續無止盡的追尋，尋覓一個結局……。

我所知道的愛倫坡

我忘記我是在何時何地結識名爲愛倫坡的作家。感覺上我似乎是在知道他的名字之前就先接觸了他的作品，因而在心中留下了難以磨滅的烙印。似乎是十分久遠的日子了，在那習慣接受截然分明的是非觀念、習慣於皆大歡喜結局的年歲裡，我偶然闖入了坡的異闇世界。坡好似魔國的王者，華麗卻森冷，神祕而詭魅，他淒豔迷人的風格，他才高命蹇的生命，他踽踽涼涼的靈魂，像詩鬼李賀一樣困惑了我很多很多年……。

子曰：「名正而後言順。」愛倫坡的全名是 Edgar Allan Poe，其中 Edgar Poe 是他原來的姓名，Allan 則是與他相處不甚和睦的養父的姓。他成年以後的簽名，就只寫 Edgar A. Poe，故意不把 Allan 拼出來。已故英美文學大師朱立民教授認爲坡一定挺不樂意中文稱他爲「愛倫」坡，而且捨 Edgar 的大名不用，改採中名「愛倫」相稱，也不合翻譯西洋姓名的慣例。因此以下本文將採用「坡」的說法，而不用大家常說的「愛倫坡」。

坡的一生，容我借用 Arturo Perez-Reverte 在小說《步步殺機》的一句話來形容：「他濃烈的一生源自於一連串的迷惘、失落、背叛以及忠貞。」一歲時父親失蹤，三歲失恃，此後坡成爲富商約翰・愛倫的養子，直到他和養父交惡絕裂爲止。坡的親生父母都是命途多舛的巡迴演員，據說坡激情、衝動的性格、酗酒的惡習，乃至愛爾蘭式的詭麗幻想就是遺傳自他的親生父親，因此我有時不禁懷疑坡的悲劇是否可以歸因於一種宿命式的詛咒，他們一家子似乎都註定了顛沛流離、才命相妨，孤獨地走來，孤獨地離開，在孤獨中演出，也終究必須在孤獨中死去。

唉！坡是怎樣的一種人呢？在庸俗惶惑的人世中探尋出路，縱然命運對他需索無度，他依然盡心盡力、渴盼救贖。坡早已習慣孤獨，漂泊者註定找不到歸宿，問題是路上的疲累憂懼該向誰滔滔泣訴，只怕像坡這樣的人並沒有資格哭。

活著，不斷地被放逐。坡曾先後因浪蕩不羈的行爲被迫自維吉尼亞大學輟學、被西點軍校開除，又因爲耽於杯中物而遭《南方文學信使》及《葛雷姆雜誌》革職。雖然現在西點軍校裡豎立著坡的銅像，一如牛津大學學院供著雪萊的雕像，眞是一大諷刺，人生最無聊的事莫過於死後成名。

而坡那起伏繽紛的多段戀情也是一樣不得善終。十四歲時愛上同學的母親，後來又愛上鄰家女孩，二十七歲娶了溫柔羸弱的表妹維琴妮雅，並以之作爲多篇作品中女主角的原型。一八四七年維琴妮雅在貧病交迫中死去，坡受到打擊一度沉浸於幻覺之中，隨後又展開「怪異至極的多角戀愛生活」。他同時追求、迷戀多位女子，在墓地向女詩人求婚，又在接近生命終站的一年裡與二十多年前的情人舊情復燃。坡恐怕是一個多情又迷亂的人吧！他的作品充滿了無所依傍的天才

和魅惑，令人沉醉卻也令人恐懼。坡一方面一往情深執迷不悟，另一方面卻嗜酒如命澈澈底底地不可靠。坡的悲劇在某一程度上也是咎由自取，他的情人們明白終究是不可能拯救坡什麼的，他們的結合不會給誰帶來任何好處，除了繼續的不幸和無邊的痛苦。坡也落寞地走開了。

據說，坡的臨終遺言是：「神呀！請救助我這個可憐的靈魂！」

可是，坡眞的曾經愛過這麼多人嗎？這個人，這個寫出〈大鴉〉的詩人，他那麼絕望，怎麼能愛？或許他只是形單影隻、心有所求吧！誰知道呢？或許坡有時也寧可不要解脫救贖，而甘願耽溺於自己狂醉幽深的顚倒夢想中吧！一如我願意暫時拋開對他不負責任、戕害自我的深惡痛絕，盡情享受坡奢華的文學形式，隨著他的故事沉入深不見底的陰影中去……。

超現實主義畫家 **Paul Klee** 曾說：「我在這世上，是完全難以被理解的。因爲我是和尚未出生的東西在一起，同時也是和已死的東西在一起的關係。……從我這裡發出的，究竟是熱量還是冷氣？在超越灼熱的彼岸，一切的問題都是沉默的……。」哎呀！我連一個字都不用改，就可以說成坡。從來沒有人眞正了解坡，他的美學是太極致了，他的辭句是太精準、太純粹了，他的想像力是太靈奇、太豐沛了，從南極黑洞的鬼魅到蘇利文的蠻荒之島，從鬼影幢幢的豪宅到殮屍街的謎案，天空、陸地和海洋都在坡的筆下臣服了。劉鶚曾說他寫作《老殘遊記》的動機是「以文字代替哭泣」，我覺得坡的作品亦可以作如是觀。不論是偵探推理故事、恐怖懸疑小說、科學冒險奇譚，坡的字裡行間始終貫注著人類煢煢獨立的夐古意識，血淚斑斑……。

以下介紹坡的偵探推理小說：

1. 1841，〈莫爾格街兇殺案〉（The Murders in the Rue Morgue）

一八四一年是坡一生中最少憂慮，也是創作最豐的一段時期。這時他擔任《葛雷姆雜誌》的主筆，陸續發表了多篇精采的傑作，據說因此使該雜誌的銷路從五千本增加到三萬七千本。眾所周知，〈莫爾格街兇殺案〉被公認爲史上第一篇偵探推理小說，坡不但在其中創造了史上第一個「密室」的詭計，同時偵探 Dupin 以觀察爲主的解謎方式，被稱爲「現實派偵探小說」。雖然之前伏爾泰（Voltaire）的《查第格》（Zadig, 1747）和葛德溫（Godwin）的《卡列布・威廉斯》（Caleb Williams, 1794）中都已含有某些疑案性的前兆成分，但直到坡才眞正確立了偵探推理小說的原型和基本元素（才智過人的名探＋忠實的助手，或者是「我」＋愚蠢的警察＋殺人謎案＋推理與解決問題＋出乎意料的兇手……。）

Sir Thomas Brown 曾言：「海上女妖唱的是什麼歌，以及阿奇里斯藏身在女人堆時，用的是什麼名字，雖然都是些令人費解的謎，但也並非完全無法推測的。」一如這段前引文所揭示的，〈莫爾格街兇殺案〉是神祕主義和科學主義微妙和諧交會之下的產物。「Morgue」一字源白法文，原義爲「陳屍所」，因此亦有人將它翻譯爲《殮屍街兇殺案》。小說以法國巴黎爲場景，主角

也是法國人。讓我再來「正名」一下吧！這位史上第一位偵探的全名是 Chevalier Auguste Dupin，中文譯成杜邦、杜賓，或杜平，他是一位家道中落的青年紳士。他和敘述者「我」第一次邂逅是在一座冷僻的圖書館裡，因為他們兩人都在找同一本「很稀少而又很重要」的書，所以就逐漸接近。「我對他淵博的學識感到驚訝，特別是他的想像力表現出來的熱烈不羈及生動新鮮，使我覺得自己的靈魂也燃燒了起來。……我想如果能夠有像他這樣的朋友作伴，那將會是無價之寶，便把我這種感覺坦白告訴了他。」於是，他們兩人便在荒郊租了一棟「風雨剝蝕而風味獨特」的大宅，住在一起。

說到這兒，不知大家是不是聯想起福爾摩斯和華生合租貝克街公寓的經過呢？不過 Dupin 的手頭似乎比福爾摩斯更拮据，因此房租和家具都是由「我」來出錢，而且這二位顯然有更多的怪癖。別的不說，光是那棟大宅本身就夠怪了。「這房子因為迷信的關係，長久沒有人住，可是我們也沒有追問。」而他們倆詭異的癖好更為這房子糝上一層「頗為幻異的沉鬱格調」，天剛亮時他們便把厚重的百葉窗關上，點起幾枝「配了大量香料的小蠟燭」，在夢寐似的幽光中讀書、寫作或談話。等到天真正黑了，他們便衝到街上遊蕩，「要在光影錯雜的城市中，以靜靜觀察來尋求精神上的無限刺激」。

坡把 Dupin 描寫成這樣一個有幻想奇癖又癡愛黑夜的人，但他同時又具有廣博的學識和特殊的分析天才，並對這種能力的運用有熱切的喜好，他常一邊吃吃地低笑，一邊向「我」誇口，而每到這時候，「他的態度就變得很冷，臉色眼神就會變得茫然空洞，平日像優美男高音的聲音也昇高成了顫音，要不是他言語從容而發音清晰，眞會讓人覺得他在跟誰賭氣。」

我個人覺得最好玩的是 Dupin 似乎有「讀心術」的本領，他曾精確地推測出「我」的思路，一語道破「我」的心事。同時文中提出一種極其有趣的心智遊戲，大家不妨試試看：「人在一生當中，時或會追思逆想那些使他們達到當時心境的經過……，這種遐思往往充滿了趣味，第一次作這樣嘗試的人，會因爲出發點與目的之間所呈現的無限距離而感到驚訝。」

2.1842，〈瑪莉・羅傑謎案〉（The Mystery of Marie Roget）

這篇小說的副標題是〈莫爾格街謀殺案續篇〉，展現出「科學偵探小說」的方向。小說一開始，坡就以奢侈的筆調繼續勾勒出 Dupin 耽溺玄想的貴族生活：「莫爾格街的悲劇謎團解開後，Dupin 立刻把整件事丟在腦後，而且故態復萌，掉進了他憂鬱幻想的老習慣裡。他整天都茫然出神，我也很容易就跟著他一起神遊去了。……我們將『未來』付諸東風，在『現在』中安靜沉睡，將圍繞著我們的平凡世界，全部織入幻夢中。」

瑪莉・羅傑是一位寡婦的獨生女，也是一位活潑迷人的女店員，擁有不少的仰慕者。然而，她突然離奇失蹤了。四天後，她的屍體被人發現漂在塞納河上。由於這件疑案始終未能發現任何

線索，民衆騷動的情緒因而高漲了起來，擒兇的賞金也已高達三萬法郎。Dupin 在警察局長的請託下進行調查。這和上一件案子有什麼不同呢？Dupin 自己是這麼說的：「這件案子遠比莫爾格街的那件謀殺案來得複雜許多，這兩者只在一個重點上有所不同：在這個案子裡並沒有什麼特別奇怪之處。就因爲如此，你可以發現，大家都認爲應該很容易破案，但在同樣的理由下，這個案子也顯得相當困難，不容易解決。……平常人遇上『前所未有』的情形時往往會沮喪不已、信心全失，但對於一個思想受過訓練的人來說，這反而給了他最可靠的成功象徵；然而同樣的心智遇上瑪莉・羅傑一案中所有平凡的性質，卻有可能完全陷入迷霧之中……。」

在此案中，Dupin 沒有像上次一樣到現場勘察，他反而像犀利的時事評析家，以深刻的洞見對多家報紙的新聞報導進行批判比較，從中一步步推演描摹出事實的眞相，是典型的安樂椅偵探。

3.1843，〈金甲蟲〉（The Gold Bug）

一八四三年，坡在費城的《美元報》投稿〈金甲蟲〉，得到短篇小說優勝獎和獎金一百美元。這篇小說結合了刺激有趣的尋寶探險和神乎其技的密碼破譯，因此膾炙人口。其實在一八三七年坡閒居紐約的日子裡，他就曾在報上刊登一則啓事，宣稱他可以破譯任何密碼，也願意爲任何將密文寄給他的求助者效力。據說坡果眞沒有任何一種解不開的密碼，他就憑著這種新奇的「打工」方式讓全家人暫時不致挨餓。從〈金甲蟲〉中我們不難窺見坡驚人的博學和不凡的智力，〈金甲蟲〉也被譽爲「全世界最好的密碼小說」。

小說的背景在南卡羅萊納州，查爾斯敦港附近的蘇利文島。該處在美國獨立革命時，曾由毛特烈將軍在島嶼上建立了一個要塞，南北戰爭時，南方政府在毛特烈堡發動叛變，內戰就此爆發。坡本人在一八二七年以化名進入美國陸軍，曾在島上服役一年。而這個人煙罕至、被遺忘的荒涼角落也隨著〈金甲蟲〉享譽世界。

小說的主角威廉·李格朗也是一個沒落了的世家子弟，他和一位忠心耿耿的老黑奴朱彼得一起隱居在島上的一間小茅屋裡。李格朗和 Dupin 一樣有著超乎尋常的心智能力，只不過「他受到憤世嫉俗的觀念影響，被乖張的情緒所左右，有時顯得相當熱情，有時卻又憂鬱無比」。李格朗最大的嗜好便是射擊和釣魚，或是沿著海岸，穿越桃金孃林去閒逛，撿貝殼或搜集昆蟲標本。一天，他在海濱捕捉到了一隻金光閃閃的甲蟲，一段逸趣橫生的尋寶歷程於焉展開……。

4. 1844，〈汝即真兇〉（Thou Art the Man）

「我現在要拿伊底帕斯的神話來解那個拉特爾市的謎語。因爲只有我能夠向你們說明那個造

成奇蹟的陰謀之原委——這是一個大家公認沒有爭執的眞正奇蹟——這使得拉特爾市民當中的不信神思想都一掃而空，而把所有原先敢於懷疑的那些世俗人心都改變了，來相信老祖母的正統信仰。」一段富於暗示性和宗教意味的話語，爲這故事染上一層玄祕的色調，甚至隱隱約約浮動著些許陰森邪魅的妖氣。然而，怪誕的超自然事件在坡的推理小說中沒有立足之地，一路讀來，我們看到的是坡特有的「理智的清新感」，以及他那精確得可怕、無比細膩的計算和設計。坡的每一篇小說「全是經過最周密的效果測定，有如鐘錶零件般完美地組合起來」，〈汝即眞兇〉亦不例外。

坡的這五篇推理小說都是以第一人稱的角度寫成，〈汝即眞兇〉的筆觸尤爲冷澈。在其他四篇中的敘述者「我」都是扮演類似偵探助手的角色，但在此篇中的「我」卻提供了讀者一個綜觀全局的視野，好似一個事不干己、無足輕重的旁觀者，旁觀者註定從不同的角度看事情，到最後，讀者驚訝地看到，原來……。坡在〈汝即眞兇〉中說明近代科學鑑定發射的子彈和槍械，也介紹腹語術。以現在的眼光看來坡的推理小說或許顯得不夠精妙，但坡奇特而富創意的詭計卻是往後精采傑作的濫觴，它產生模仿，它使許多心靈豐饒，因此在歷史洪流的激盪下，坡永遠不會被遺忘。

5.1845，〈失竊的信函〉（The Purloined Letter）

如同 Conan Doyle 的《波宮祕史》（A Scandal In Bohemia）一樣，〈失竊的信函〉也是偵探必須從已知的人物那兒取回某樣特定的物品。所不同的是 Sherlock Holmes 遇上的是蕙質蘭心美麗聰慧的艾琳．亞德勒，使他對女性的刻板印象澈底改觀；Dupin 則遇上了大膽放肆又細心狡黠的D部長，於是展開了一場「雙D之間的心智較勁」。

感覺上 Dupin 和D部長似乎是「親密的仇敵」，他們對彼此都十分了解。Dupin 深知D部長的習性，D部長熟稔 Dupin 的手筆。他們兩人都是「不馴的怪才」，兼具詩人和數學家的特質。「從前在維也納時，D跟我有點小過節，當時我相當和氣地告訴他說，咱們後會有期……。」Dupin 自己是這麼說的。他顯然十分討厭D，他說這位部長「善於逢迎巴結、不擇手段、很魯莽」，但正因爲他和D相恨又相知，所以他能精確地採取另一套高度巧妙的方法，而不是一成不變的「巴黎警局式的搜查方法」，又因爲他決不輕敵，所以他能以遠比 Holmes 漂亮的身手完成任務，同時也完成了私人「不見血」的復仇。

「這件難解案子所以令他這麼頭痛，正因爲它實在『太』明顯了。」〈失竊的信函〉是心理分析派偵探小說的先驅，巧妙指出一般人見樹不見林的心理盲點。名探是博學造就的，從這篇小說中我們更能看到 Dupin 詩人的氣質、優雅的手段，以及知己知彼獲致成功的高明策略。

法國作家 Paul Valery 曾說：「我絕對無法忘記坡那數學式的鴉片的陶醉……。」波特萊爾則歎道：「我在坡的作品中不僅找到了我在夢中已然見到的情節，而且還讀到了我在心中已經構想出來的整個句子，可是他早在數十年前就寫出來了。」關於坡，我不知道的多於我所知道的，我想說的多於我能說的，我還能多說些什麼呢？只是突然想起幾句古老的詩行：

知我者，謂我心憂。
不知我者，謂我何求。
悠悠蒼天，此何人哉！

追尋愛倫坡暗影

可曾驀然被某種「不務正業」的執念攫住？

對於一位從未謀面的詩人，能有多深的感情可言？是怎樣的魅惑，讓一位青年律師拋下收入豐厚穩當的工作、合作無間的諍友、青梅竹馬的未婚妻，只為尋求一個真相？——自然是坡那「數學式鴉片的陶醉」、生死邊際的徘徊迷惶，以及才高命蹇的哀嘆。容我借用坡在〈情約〉（The Assignation，一闋奇詭憂傷的殉情詠歎調）的開場白：「命運乖違而又神祕難測的坡呀！因你自己想像的光輝而眩惑，復因自己青春之火焰而殞逝。昆汀．克拉克又在幻想中見到了你！……揮霍恣縱你的一生於昇華的冥想中，這才是你該有的風采！除了這塵寰，一定另有天地；除了眾生的俗念，必定另有玄妙；除了浮詞臆說，必定另有精意誠理……」那麼，誰又可以懷疑昆汀．克拉克的行徑？誰又可以責他空想廢生，或譏他「不務正業，徒勞於那些閒事，而事實上那都不過是沛然精神之自然洋溢？」

「愛倫坡是怎麼死的？」「坡筆下神探杜邦的原型是誰？」如果不曾問過這兩個問題，你大概也沒興趣看《愛倫坡暗影》。但如果你對這兩個問題充滿好奇，閱讀本書也不會給你標準答案。所以重要的或許不在答案，而在於追尋；不在於解惑，而在於除魅——破除對於「分析天才」及所謂「眞相」的迷思。畢竟，這終究是一個各自表述、人人信其所欲信者之世界。Chevalier Auguste Dupin 從來就不可能是具象的存在，如同《大國民》中的 Rosebud。無怪乎當杜邦被冠上推想天才的名號，不禁觳觫起來，忙不迭地想解脫包袱；相反地杜邦男爵爲了自己的財源，汲汲營營地想對號入座，正如其所聲稱的：「只有坡可以回答原來的杜邦是誰，但他已經死了。解答遙不可及的時候，我們要如何解答？眞正的杜邦是能說服人心的那個，他會是僅存的那個。」事實上昆汀・克拉克最後也頓悟：「坡沒有從巴黎的新聞報導發現杜邦，他是從人類靈魂裡發現杜邦的。……坡的意義，不在他的生命，也不在外面那個世界，而是在他的文字裡，在它們的眞相裡。杜邦的確存在，他存在於那些故事裡，也許杜邦的眞相就藏在我們大家的能力之中。杜邦並不在我們之間，他是在我們之內，是我們的另一部分，我們的一個集合，強過任何一個可能與杜邦在姓名或特色上略有相似的人……。」坡那謎樣的猝逝亦然，所謂的 Dying Message，可能只是不具任何意義的夢囈。極喜愛書中的「幽靈」約翰・班森所言：「群衆喜歡怎麼看坡，就會怎麼去看，不管是把他當成受難的人還是有罪的人，這您阻止不了。……或許我們並不關心坡眞正的遭遇。我們把坡想成死的，是爲了我們自己的目的。其實以某種角度來說，坡還活得好好的，他還會繼續受到改變。就算您能找出眞相，他們也會憑藉新的懷疑來將它否定……。」

也是約翰．班森的告誡：「生命中最危險的誘惑，就是忘記自己的正業。您必須知道，對自己要有足夠的尊重，才能維持自己的利益。如果爲了別人的目標——即使是出於慈悲——而妨礙了自己的幸福，那就免不了兩頭皆空。」昆汀．克拉克究竟是鍥而不捨、追根究柢的偵探，亦或是妄尊自大、捕風捉影的狂人？他當初爲何自以爲可以找到眞相？令我動容的不是他的執著與堅持，反倒恰恰是那些他猜疑徬徨、想要放棄的時刻。到頭來，這或許仍是一個季札贈劍的感人故事：即使是未說出口的承諾，也要恪遵；即使是已然逝去的委託人，也要盡力爲其辯護。生命中能這樣暫時放下日常的領域與責任，脫逸平穩順暢的康莊大道，轉而義無反顧、不計得失地捍衛「你明知偉大，別人卻盡力污衊的人事物」，或許是幸福的。也或許我們的靈魂都曾閃現過類似的衝動與渴盼，只是不見得有勇氣、契機與閒財付諸實現而已。但昆汀．克拉克最後畢竟是有好的結局，他所豪賭拋擲的家產、名聲、愛情、友情一一失而復得，一般人是否也會那麼好運？不務正業是一種奢侈，也得靠本錢。

圖書館之戀

在 Neargo 圖書館內的一方金陽裡，可以發現酣睡的三色毛貓 Mana；翻動書頁時，貓咪 Crink 會叼來一片樹葉作籤，與你共享閱讀之樂；在米蘭圖書館從事文化調查時，卡素朋與有著綠色眼眸的莉雅邂逅了；身穿黑衣的天使悄然隱形出沒在柏林圖書館裡聆聽凡人的心聲；古色古香大學圖書館的春晚，Paul 在卡座裡發現一本印著 Drakulya 及綠龍的神祕書籍，結識了美麗堅毅的 Helen，又險遭吸血鬼館員攻擊，由之掀啓一段尋訪卓九勒的冒險歷程……。

從《貓國物語》、《傅科擺》、《慾望之翼》到《歷史學家》，這些關於圖書館的傳說眞是越讀越有趣，反觀我個人的圖書館經驗可就相形失色，無何奇遇與浪漫可言。所憶及的，盡是些微不足道的瑣事：諸如在老舊的圖書館中節節「轉進」尋找一個沒有漏水的座位；SARS 風暴期間，進圖書館前還得先過「量體溫」的關卡；在一本書的借書卡上偶然發現一位曾經交契、終卻相失友伴的簽名；在借得的《梭羅日記》裡，夾著一紙不知名前任讀者的眉批：「大自然的力量會仁慈地癒合一切的創傷」……。這些小事，在疲累困頓、惴慄惶惑、煢煢孤寂時回想起來，卻歷歷在目，格外覺得清晰甜美。借用張系國〈地〉的一段話：我想我實在是很平凡的人，才會沉醉在這些平凡的回憶中。不過既然是平凡的人，索性就安於平凡的生活，反而能更快樂。

童年的愉快記憶和圖書館是分不開的。每當閒暇時光，總會央求母親帶我至社區的圖書館，徜徉流連於書海之際，總不忘物色幾本精彩的讀物借回家品味。可以享有又不用擁有，可以盡情閱讀又可省卻出資購買的花費及保管存放之煩，Snoopy 的漫畫中說一張小小的借書證是通往無涯知識領域的敲門磚，並不是太誇飾的說法。諸如《傑姆與大桃子》、《小王子》及《白色山脈》等奇幻溫情的作品都是在那時首次接觸，最鍾愛的則是一套鹿橋文化出版的世界文學名著精粹漫畫版（英漢對照），全套七十二本，以細膩深情的畫風，引領著小讀者隨 Jules Verne 一同環遊世界八十天，暢遊海底六萬哩與神祕島；闖入愛倫坡的異闇世界，從鬼影幢幢的豪宅到殮屍街的謎案；在霧氣迷濛的荒原裡與福爾摩斯一同探案；而哈代筆下那些荒原上、人世間的偶然與巧合，在那時我好像懂得，又好像不懂……。

學苑裡的圖書館是兩極化的：老舊者如陰濕壅塞的地下墓穴，瀰漫著一股詭異的霉味，可惜沒有遇見英挺邪魅的吸血鬼公爵，倒在角落裡不經意地發現一卷松尾芭蕉的徘句；豪華者如鋪著紅色地氈的五星級大飯店，空間清淨敞亮，有著木質的桌椅、齊整的書架、幽靜的迴廊、琳瑯滿目的書籍，讓人有恍若置身百貨公司或博物館的錯覺。原本圖書館應該是讓人享受恣意瀏覽信手亂翻的愉悅，或是蒐羅資料、尋覓解答的所在，不過島嶼學苑內的圖書館每當考季時就有些質變，變得像是大型的 K 書中心，校方還不得不祭出刷學生證劃位、定時巡視等管制性措施以遏止「占位」之風。每人準備考試的癖性各自不同，一位友人偏愛廟宇附近的圖書館，她說在那裡唸書可以聽到鐘聲和誦經聲，如同得到佛祖的庇佑。而我，以往每當考季時反而會儘量避開圖書館，與其說是「自律性強」，不如說是「懶得挪窩」，家裡的冰箱總是重要的後勤補給站，再加以我總是恪遵「口到」的精神，又富於觀察人生百態的好奇心，如果在圖書館，我很容易就看著A生用五顏六色的螢光筆把教科書畫得朱墨爛然，彷彿整本書都是重點；聽著B生用橡擦急切地擦拭著什麼，整張桌子也隨之嘎嘎作響；見C生文思泉湧、振筆疾書；觀D生仰望著天花板，若有所思；而我就坐在那兒東張西望、左顧右盼，帶去的一疊書卻都沒有動到……。

當心緒怔忡不自持，想要逃避什麼，又想要追尋什麼時，圖書館始終是個安定心靈、消磨時光的好去處。李黎在〈圖書館裡的天使〉中說：「『虛擬圖書館』其實是個自相矛盾的詞。沒有了迷宮似的層層迴廊、重重書架；沒有與浩瀚書海面對面的震懾與感動；沒有隨意瀏覽信手亂翻的愉悅，意外找到書海遺珠的驚喜；沒有圖書館特有的那股紙與木渾然一體的好聞氣味、歲月塵封的溫醇書香；更別提前人的藏書章、註語眉批、蠹魚蛀蝕的小洞，甚至於厚重的書桌和桌上的斑斑墨跡……，沒有了這些，圖書館還能叫圖書館嗎？而這一切又怎能『虛擬』呢？」你有多久沒去圖書館了呢？在圖書館走入歷史以前，趕緊去圖書館重溫一下那專默精誠的氛味，嗅嗅馥郁的書香，拿著如密碼似的索書號尋幽訪勝找到你想要的寶藏吧！

Farewell, My Books

「近來，我卻怕得到新書。因爲我知道，我已經找不到位置安置它們。書房各角、書桌上，到處都堆得亂七八糟，不再有系統。我做了許多整理工作，有的書送人；有的，我知道不會再讀的，就賣了。」布拉格作家伊凡．克利瑪（Ivan Klima）在〈書——既是朋友，也是敵人〉一文中如是說，這話眞是於我心有戚戚焉。前些日子爲了還自己一個清淨敞亮的空間，終於發憤清理書房。卻發現堆積如山的幾乎都是我戲稱爲「雞肋」的書——食之無味，棄之可惜——在絕大多數的時刻裡都像是多餘的存在，但眞少了它卻又若有所失，怎樣都不自在。丟或不丟，這是問題所在。

痛下決心清出一疊自認再也用不著的書籍，卻又戀戀不捨地看它們最後一眼——猝不及防讓我跌入對曩昔的回憶中。

首先是幾本東方出版社的亞森．羅蘋。年歲漸長，自詡理性的我總覺得比較偏愛福爾摩斯，因爲 Maurice Leblanc 實在是個無可救藥、不切實際的唯美浪漫主義者。他筆下盡是些賞心悅目的俊男美女、瑰麗明迷的珍寶古玩、敻古神祕的地圖密語、永遠不再的優雅風華……。然而此刻在慵懶的午後舊書重讀，卻又覺得他是突發奇想的詩人，心血來潮欲把塞納河的樓影盡收筆下，引領我們進入一個「由俠盜一手偷來而非由上帝創造的」夢一般的世界。

「東方」這個名字也引發我的惆悵。遙想重慶南路書街的盡頭，那中學時期令我放學後流連忘返的所在，現已成了藥局和牛排店。憬然了悟「物換星移、滄海桑田」的眞諦。

兩本世一出版社的科學漫畫——《南極歷險記》和《神祕的南北極》。十幾年前買下這兩本書的我到底在想些什麼呢？到極地去，開疆闢土、破冰前行嗎？我那少不更事的冒險情懷、雲遊四海的雄心壯志又到哪裡去了呢？現在即使鎮日窩居家中也能感到恬適自在的我，究竟是學會知足了，還是變得蒼老了？

也許記憶力眞的是愈益消耗鈍耄了吧！現在我最印象深刻的唐詩都是我小時候不懂意思時背的，這本《好兒童讀唐詩》實在功不可沒。一翻開恰好是我最愛的李商隱——短短二十字的〈登樂遊原〉，爲大唐帝國寫下了最高華凝鍊的墓誌銘，以致於每當我看見夕陽時，總是不禁感慨萬千：多麼令人驚嘆的絢麗，多麼令人悽惘的迅逝，多年以前，李商隱看到的也是同樣的落日嗎？彷佛昭告著最美好輝煌的年代已然過去，大唐帝國的傳奇被熔鑄成一幅圖像——落日的圖騰。所有的叱吒風雲都已成爲一個遙遠的夢，明日黃花般的夢。因爲才高命蹇的詩人註定不能力挽狂瀾，所以日落成了千古以來文人們的傷心事。

智茂出版社的恐怖冒險小說精選集。這套書以簡潔流暢的筆觸譯介了愛倫坡、布萊恩・史托克、瑪麗・雪萊等驚悚大師的作品。在那習慣於皆大歡喜結局的年歲裡，我偶然經由這套書闖入了妖氣森冷、神祕詭魅的異闇世界，懞懞感知人類對黑夜和生死的恐懼、迷惑和不安，從此我竟也變得「愛聽秋墳鬼唱詩」了。

一套小學時期的作文範本。令我驚訝的是，當時我竟用拙劣的字體，在編輯精挑細選的範文旁寫下了自以爲是的評語。若不是眼見爲憑，我眞忘記原來我也曾如此狂傲。愛書的我怎麼會如此蠻橫地污染書頁呢？——不過話說回來，要怎樣證明你愛一本書？爲了找它而踏破鐵鞋？把它讀得韋編三絕朱墨爛然？把它呵護得完好如新？隨身帶著它，即使顛沛困頓也不離不棄？還是把它送給一個比你更需要的人？

幾本圖文並茂的童書。《青鳥》是人類對幸福的永恆追索，《老公小貓》則在廣漠的人間尋求溫情。隨《睡美人》一同陷進百年孤寂的迷夢，詠嘆《人魚公主》悲劇性的情愛……。像這些膾炙人口、娛樂勵志兩相宜的精緻繪本似應好好珍藏，傳諸子孫，只是誰知道未來的生活將會如何？也許更新更好的書籍、更精彩更刺激的故事將會出現；也許全面e化的時代終將到來，屆時我將不再有清理書房的困擾，但也不再撫觸紙張的質感、靜聆書頁的翻動、感知書本的芬香和體溫，這樣的生活究竟會更好些還是更壞些？更快樂些還是更痛苦些？抑或生活依然不變，依然充滿謎一般的難題和幸福？

眞要和這些書告別嗎？我會不會重蹈伊凡・克利瑪的覆轍？——「事後出現了一個有趣的現

象：在以後的幾天裡，我居然急需用這些書，可是它們早已從我身邊消失。沒有其他辦法，我只好讓我心愛的書漸漸地把我擠出房子。」雷蒙・錢德勒（Raymond Chandler）在《漫長的告別》（The Long Goodbye）中說「告別，等於死掉一點點。」人世本來相見時難別亦難，與書告別竟也不大容易。

所以我總是花了大半天的時間，卻只清了一小疊的書。這不是懶散，而是深情款款的捨不得啊！

廣漠人間的最後溫情——歐亨利的短篇小說

最後一葉落下後，便是黃昏了。來到這裡，是爲了履踐二十年前的盟約。遇見風燭殘年的老畫家，用油彩凝住生命的餘暉。原來菜單裡有破鏡重圓的密碼，而寂寞是化敵爲友的契機。聖誕節來時，你要送心愛的人什麼禮物？

有些小說與電影是以「結局」取勝，在書末或電影結尾的字幕往往還不忘加上「勿洩漏結局」的警語，以免妨害了其他人的觀賞樂趣。電影方面譬如《靈異第六感》、《神鬼第六感》、《陰森林》（The Village）。短篇小說方面《巧克力冒險工廠》的作者 Roald Dahl 及《本店招牌菜》的 Stanley Ellin 都是箇中佼佼者。Roald Dahl 的短篇小說集索性就名之爲《Tales of the Unexpected》。不過，我讀他倆的短篇小說，固然峰迴路轉，但總覺得看到的只是嫻熟的文學技巧和智性上的趣味，深層的心靈悸動卻付之闕如。在忘記結局以前，絕對不會想要再看第二遍。歐亨利（O. Henry）的小說則不然，出乎意料的結局之外，滿滿是溫馨的感動、辛辣的幽默、人類的歡喜與哀傷、人性的高貴與弱點……，讓人拍案叫絕、回味無窮。所以他和愛倫坡並列爲我最喜愛的兩位短篇小說家。

《聖誕禮物》（Gifts of the Magi）和《最後一葉》（The Last Leaf）是歐亨利最著名也最感人的作品。我們兒時應該都讀過這樣的故事：一對阮囊羞澀卻深愛彼此的夫妻，在聖誕節到來時絞盡腦汁、煞費苦心要爲對方準備最好的禮物。一個纏綿病榻的年輕女畫家，竟將生命之光彩與希望懸繫於狂亂秋風中的長春藤葉，她深信當最後一葉凋零時，她也將隨風而逝，此時該如何鼓舞她求生的意志？

原來眞愛不是自私的占有，而是犧牲與成全。在歐亨利的小說中，處處是人間情愛的謳歌。《一段不爲人知的戀情》（An Unknown Romance）是闃空靈優美的詠歎調，《世外桃源的過客》（Transients in Arcadia）宛若大和拜金女的百老匯版本，《菜單上的春天》（The Detective Detector）是破鏡重圓的傳奇、《出租的房間》（The Furnished Room），《入場券》（In Mezzotint）奇詭憂傷不下於愛倫坡的《情約》（The Assignation），《愛情迷幻藥》（The Love-Philtre of Ikey Schoenstein）、《尋寶記》（Buried Treasure）、《伯爵與婚禮的客人》（The Count and the Wedding Guest）、《財神與射手》（Mammon and the Archer）讓我們看到愛情是如此工於心計，後者更爲「錢是否可以買到愛情」作了有趣的辯證。

歐亨利本人的愛情與婚姻亦極富戲劇性。西元一八八六年，歐亨利在慶祝州議會新廈落成的舞會上邂逅了嬌小玲瓏、細心虔敬的 Athol Estes，隨即墜入情網。女方之父母憂慮歐亨利的經濟狀況，因而不贊成兩人的婚事。一天，Athol 到城裡爲母親辦事，卻恰好在街上與歐亨利不期而遇。歐亨利說什麼也不肯放過這個大好機會，叫了馬車把兩人載到教堂，Athol 卻發現衣服破了個洞，說什麼也不肯走進教堂。歐亨利便蹲下身去用別針把破洞別住，兩人就在祭壇前結了婚。斯時歐亨利二十五歲，Athol 十九歲。然而好景不長，Athol 婚後身子一直十分孱弱，生了女兒瑪格麗特後，更常在生死邊緣徘徊。後來在一八九七年不幸撒手人寰，芳齡僅二十九歲。到了一九〇五年春，歐亨利突然接到一位童年好友 Sallie Coleman 的來信，兩人開始通信使友情復活，進而互定終身。

歐亨利曾因被控侵占第一銀行的公款而遭判處有期徒刑五年。這是否是一樁冤獄，已成文學史上之無頭公案，而我們或許永遠也不會知道眞相。也許正因有身陷囹圄的經驗，歐亨利筆下常常出現寬厚的執法者：名作如《歧路新生》（A Retrieved Reform）、《心與手》（Hearts and Hands）、《二十年後》（After Twenty Years）。《二十年後》可能是歐亨利所有作品中時空跨度最大、也最適合改編成劇情長片的一篇。一個人願意冒著怎樣的風險去赴一個二十年前的約定？這是一個關於深摯的友誼、諾言與掙扎的故事，加以歐亨利高明的敘事手法，十分令我動容。輕諾必寡信，人生本就是重然諾。而我一向欣賞不輕易給承諾，但一給承諾就一定會做到的人。

歐亨利刻畫大都會的忙碌與漠然更是淋漓透澈，且看《使圓成方》（Squaring the Circle）中的這段描述：

「他將身子倚靠在一座石建大樓的銳利牆角上。數以千計的面孔在他面前掠過，沒有一個人向他瞧上一眼。一陣突如其來的愚蠢恐懼攫住了他：他覺得他已經死了，變成一個幽靈了，沒人可以看到他了。接著，這座城市就以冷漠扼殺他了。」

《忙碌經紀人的羅曼史》（The Romance of a Busy Broker）及《駕駛台上的御者》（From the Cabby's Seat）中忙得忘記自己到底結婚沒的男人，更是令讀者忍俊不禁。然而，即使在忙碌生活的步調裡、在廣漠荒涼的人世間，經歷了牢獄之災、愛人驟逝種種的打擊與磨難以後，我們發現歐亨利依然篤信人性本善。他筆下似未出現過眞正大奸大惡之人，連《紅酋長的贖金》（The Ransom of Red Chief）中的綁匪都憨厚笨拙，被肉票耍得團團轉。他筆下的角色往往見義有爲、寒冬送暖、爲善不欲人知，能通過人性自私貪婪的試煉。歐亨利也相信命運、相信緣分，相信有情人終成眷屬，該在一起的總是會在一起的，即便有洪喬之誤、情敵作梗等等的波折。即便懸隔兩地多年，情遠得不知該不該信相思，我們依然會再相遇相愛。

據說，歐亨利的臨終遺言是「把百葉窗打開吧！讓我再看看紐約，我不喜歡在黑暗中走回故鄉……。」我覺得歐亨利像是一個嘗盡人情冷暖的老頑童，永遠用他悲憫、深情而詼諧的眼眸看著這個世間，用細膩的筆觸寫下一則則才情、哲思、趣味兼具的短篇小說。他在熙來攘往疏離冷漠的都會間踽踽獨行，尋覓獨特纏綿的情感與傳奇、美麗而高貴的心靈、日常生活中令人啼笑皆非卻又發人深省的場景。永遠抱持著樂觀進取的信念，永遠不放棄希望。在故事的結尾，永遠給我們意想不到的驚喜。原來我們每天在街上、在市場邊遇見的人，他們的心和世上所有的名勝古蹟一樣豐富。我們無法旅行回歐亨利創作這些傑作時的紐約，但透過歐亨利的作品，我們重新覓得廣漠人間的最後溫情。

克莉絲蒂的推理世界

推薦書單

必讀經典

羅傑・亞克洛伊命案（The Murder of Roger Ackroyd）
一個都不留（And Then There Were None）
東方特快車謀殺案（Murder on the Orient Express）

私心喜愛

池邊的幻影（The Hollow）
柏翠門旅館（At Bertram's Hotel）

口碑佳作

尼羅河謀殺案（Death on the Nile）

美索不達米亞謀殺案（Murder in Mesopotamia）

五隻小豬之歌（Five Little Pigs）

本末倒置（Towards Zero）

危機四伏（Peril at End House）

ＡＢＣ謀殺案（The A.B.C. Murders）

底牌（Cards on the Table）

謝幕（Curtain）

克莉絲蒂作品中的常見元素

窗

Ellery Queen 在《荷蘭鞋子的祕密》中，曾對著一堵結實的牆抱怨道：「這兒真應該開扇窗的！」在 Agatha Christie 的作品中，窗也經常是謎局的掀啓與破案的關鍵：某一扇窗究竟關上了

沒？窗可以通往哪裡？從那扇窗究竟能窺見什麼，卻看不到什麼？洗窗工人是否恰巧目睹了命案的經過？探頭窗外是否會有大難臨頭？推開落地窗而來的神祕美豔女子所爲何來？從窗口流洩而出的話語，是否隔窗有耳種下殺機？……

然而近來 Agatha Christie 作品中對「窗」最令我印象深刻的描述，是在她以 Mary Westmacott 爲筆名發表的非推理小說《幸福假面》（Absent in the Spring）中，關於一對壓抑的戀人如何隔窗對望：

> ……他們兩個站在窗前向外望時，看到了什麼？她是否見到了她園中的的蘋果樹和銀蓮花？他是否見到了網球場和金魚池？還是兩人都見到了愉悅的灰白鄉間以及遠山朦朧的樹林？那是從阿謝當山頂上見到的景色……。

戲劇

Agatha Christie 本身也是劇作家，畢生著有十八個劇本，其中《捕鼠器》從一九五四年以來，至今仍在倫敦戲院上演，堪稱最長壽的舞台劇。她也參與她的小說《檢方證人》（Witness for the Prosecution，或譯《情婦》）的電影改編，在她的自傳前，有張她爲此片工作時在倫敦刑事法庭的留影。女主角是當時非常有名的演員 Marlene Dietrich，導演比利懷德也曾和錢德勒合作過黑色電影《雙重保險》。

高羅佩的狄公案《黃金奇案》中，狄仁傑因為和忠僕一起去看戲，意外得到了破案的靈感。「戲如人生，人生如戲」，深諳此道的 Agatha Christie 自然也在作品中對此做了具體而微的體現。白羅最後探案《謝幕》的書名也明顯用了舞台人生的意象。她的作品中「戲味」最濃的當推《十三人的晚宴》（Thirteen at Dinner）和《三幕悲劇》（Three Act Tragedy），書中的主角本身就是演員。這兩本恰好都提及西方迷信在「十三人的晚宴」中，先離席的一人會遭逢災厄的典故。楊照更在《克莉絲蒂一二〇誕辰紀念版，全球暢銷 Top12》的序〈藏在日常細節中的冒險〉中，表示他特別偏愛《十三人的晚宴》，認為這本在開創本格類型上大有影響力。在我個人最偏愛《池邊的幻影》中，泳池畔的槍擊現場看起來就是一幕事先安排好的舞台劇，似假還眞……。聽說這本小說在英國眞的有改編成舞台劇上演，希望有機會可以欣賞。

信札

「雲中誰寄錦書來？雁字回時，月滿西樓。」從隻字片語、字裡行間可以推理出無限廣袤的世界。克莉絲蒂作品裡的往復書簡往往充滿著懸疑的謎情：缺頁、缺角的信、寫錯地址的信、沒有寫出收件者姓名的信、沒有註明日期的信……，甚至連信封上的郵票有時也暗藏玄機。膽大心細的兇手，有時因為發錯一封電報而露出了破綻。《絲柏的哀歌》和《魔手》中的匿名信、

《A.B.C.謀殺案》中的殺人預告信、《死無對證》裡遲到的信、《十三人的晚宴》結局兇手的告白信……，這些信很不同。最令人感慨不已的，或許是《一個都不留》的瓶中信，和白羅《謝幕》時寫給至交海斯汀的信吧！

大衆運輸工具

《三幕悲劇》中有個角色如此形容白羅：「案件找人，不是人找案件。爲什麼有的人生活精彩刺激，而有的人卻平凡無奇？……像赫丘里．白羅那樣的人，他不必尋找犯罪案件，案件就會自己找上門來。」誠然歟？爲何白羅好像不論搭乘哪種交通工具都會遇上謀殺案？搭火車有《東方特快車謀殺案》和《藍色列車之謎》，搭船航行有《尼羅河謀殺案》，連搭飛機也會遇到《謀殺在雲端》！提醒：不論搭乘水陸空哪種大衆運輸工具，請先注意是否有位蛋形頭、留著特殊八字鬍的小個子比利時偵探與你一同……。偶爾也得留神對向來車的車窗，或許會瞥見《殺人一瞬間》！

記（回）憶

請參〈迷迭香的名字〉。

「親愛的，我隨時都能來杯茶，再沒有比喝一杯好茶更享受的了，濃茶尤其是我的最愛！」我讀了《絲柏的哀歌》後突然飢渴得想要吃鮪魚三明治配熱茶。這本和《池邊的幻影》都是整本洋溢著濃郁芬芳的茶香，空幻莊園的女主人露西・安卡德（Lucy Angkatell）知道人人都喜歡喝茶，所以她總是順手將水壺放在爐上燒，卻又總是迷糊健忘地任其沸騰……，所幸貼心的管家早已儲存了半打的備用水壺……。《柏翠門旅館》的下午茶極富優雅的貴族氣息：「旅館裡有許多印有徽章的銀托盤，英皇喬治時代的銀茶壺。還有瓷器，即使不是羅金漢和達文波特的，看起來也很像。白伯爵茶點最受人歡迎。茶都是上好的印度、錫蘭、大吉嶺、蘭普森茶……」「入口大廳……還吸引了許多美國客人，他們在這裡能看到英國貴族認認眞眞、平心靜氣地喝著傳統的下午茶。」

白羅在《第三個單身女郎》中，一邊吸飲管家喬治爲他準備的大麥茶，一邊用「小小的灰色腦細胞」思考，他的思考方式別具一格，這種篩選思緒的技巧，和玩拼圖遊戲時挑選圖塊頗爲相似。慢慢地，那些思緒會拼湊起來，成爲一幅清清楚楚、相合無間的圖樣。此刻重要的是進行選擇、加以識別……天空的圖塊、碧綠河岸的圖塊，還有些類似老虎斑紋的條文圖塊……。

Sophie Hannah 獲克莉絲蒂基金會授權的續作《白羅再起：倫敦死亡聚會》（The Monogram

Murders）中，神色慌亂的謎樣女子珍妮一進咖啡廳就說：「我沒事，謝謝你，麻煩跟平時一樣，給我來杯熱濃茶就好了。」雖然白羅本人似乎喜歡咖啡與熱可可甚於茶，女服務生菲菲一直說服他改喝茶：

「我對珍妮有個看法：她是個愛喝茶的女生，所以至少腦袋裡還有點東西。」

「喝茶的女生？」

「沒錯。」菲菲朝白羅的咖啡杯嗅了嗅。「我覺得你們這些愛咖啡勝過茶的人，腦袋比較不靈光。」

謀殺前，查案前，公布謎底前，都先來杯茶吧！

牌

克莉絲蒂作品中多次出現牌戲的場景，最著名的當然是《底牌》，四偵探對上四嫌疑犯的隆重架構，在牌戰方熾之際，竟有人趁機暗殺了宴會的主人！《藏書室的陌生人》裡的嫌疑犯在案發當時竟都在玩橋牌，人人有動機，個個沒機會？

「你現在面臨的問題有如打橋牌，你可以看到所有的牌，可是我只要求你預測發牌的結果。」《謝幕》在克莉絲蒂的作品中是十分特別的，白羅一開始就告訴海斯汀他已經知道兇手是誰，反而要找出誰是潛在的被害人……。幾場牌局把史岱爾莊老闆夫妻的個性刻畫得逗趣又鮮明：

「一局就好，我會自制的，不會把喬治罵得狗血淋頭。」

「親愛的，我知道我的橋牌打得很糟。」

「那又怎麼樣？那不正好讓我欺負你、數落你，好從中得到莫大的樂趣？」

《池邊的幻影》中除了橋牌，還有輪迴紙牌、算命牌……，撲克牌與角色個性、際遇與命運的對應令人不勝欷歔。一場丈夫、妻子、情婦、情敵的牌戲，克莉絲蒂先速寫各個牌手的特點，然後隨著牌局的進展交織對白、互動與眼神的交會，簡鍊地凸顯各個角色的關係與性格，精彩又耐人尋味，令人百讀不厭：

約翰愉悅地說：「一次幸運的偷牌！」

荷立塔猛地抬頭往上看。她瞭解他的語調。他們的眼神相遇了，她的眼睛垂了下來。

她站起身來，走向壁爐台。約翰尾隨著她。他以話家常的口吻說：「妳不常讓自己落入

別人的掌握中，不是嗎？」

荷立塔平靜地說：「也許我是有一點兒太明顯了。想在遊戲中獲勝是多麼卑劣！」

「妳的意思是妳想讓吉妲贏這局。妳想帶給人們歡樂，但這並不表示妳不會進行欺騙。」

「事情被你說得多麼可怕！但你總是十分正確。」

「似乎我的搭檔也分享了妳的願望。」

那麼他注意到了，荷立塔想。她曾懷疑自己是否做錯了。愛德華是那麼老練，沒有任何妳能逮住的錯誤。他只輸過一局，他的首發牌太容易被識破，但其實只要出張別那麼容易被識破的牌，就保證會贏。這使荷立塔擔心愛德華，她瞭解他，為了讓她贏，永遠也不會按牌理出牌。為此，他過於偏離了英國人的運動精神。不，她想，他只是不能容忍約翰・克里斯托又一次勝利而已。

克莉絲蒂本身應該是喜歡玩牌的吧！不知她是否也像李清照一樣，其實是位擅長博弈的才女？易安居士〈打馬圖序〉：「自南渡來流離遷徙，盡散博具，故罕為之。然實未嘗忘於胸中也。今年冬十月朔，聞淮上警報，江浙之人，自東走西，自南走北；居山林者謀入城市，居城市者謀入山林，旁午絡繹，莫卜所之。易安居士亦自臨安泝流，涉嚴灘之險，抵金華，卜居陳氏第。乍釋舟楫而見軒窗，意頗釋然。更長燭明，奈此良夜乎？於是乎博弈之事講矣，且長行、葉子、博塞、彈棋，是無傳者。打揭、大小、豬窩、族鬼、胡畫、數倉、睹快之類，皆鄙俚，不經見。藏酒、摴蒲、雙蹙融，近漸廢絕。選仙、加減、插關火，質魯任命，無所施人智巧。大小象戲、弈棋，又惟可容二人。獨采選、打馬，特為閨房戲。」

讀書筆記

原已《謝幕》的 Hercules Poirot 最近隨著《白羅再起：倫敦死亡聚會》重出江湖，猝不及防將我帶回對克莉絲蒂推理小說的熱情與興趣中，我恍若又回到學生時代每逢課後餘暇，便奔往圖書館搜尋克莉絲蒂小說的日子。除了《一個都不留》我是讀星光版（當時譯為《童謠兇殺案》）、《謀殺在雲端》是志文版、《藍色列車》是萬象版以外，我當時拜讀的都是遠景的譯本，記得封面都是著名插畫家徐秀美的作品。

這次先挑之前沒讀過的幾本開始補遺，遂從《藏書室的陌生人》中的戈辛頓莊、《池邊的幻影》空幻莊園、《絲柏的哀歌》杭特伯利莊，一路漫步、神遊至《死無對證》小綠屋、《三幕悲劇》鴉巢屋和《第三個單身女郎》橫籬居……。在班崔上校夫婦的藏書室發現一具豔屍；對照《謝幕》裡史岱爾莊的今昔，「雕欄玉砌應猶在，只是朱顏改」；在小綠屋和小狗小寶一起玩球；

在杭特伯利莊的玫瑰園邂逅一位如野玫瑰花般嬌嫩的美女；獲准進入曾舉辦《十三人的晚宴》的齊西克河畔豪宅，牆上嵌著精美鑲板的大廳，仔細罩起的燈盞發出幽暗的光亮，帶有一種舊世界的氣氛……。我的預定旅程還包括《葬禮變奏曲》的恩德比山莊和巴石立花園街，歲末則打算與白羅一起在戈斯洞莊共度聖誕假期！

賞讀克莉絲蒂的作品是可以寫實也可以浪漫，可以很出世也可以很入世的。可以當成優雅的智性遊戲，可以當成生動鮮活的英國風俗畫，可以當成對幽微人性的探索，也可以當成犯罪心理學與毒物學的專業論文……。運用之妙與閱讀的多重風味、樂趣，存乎一心。

《藏書室的陌生人》（The Body in the Library）

遠流出版《克莉絲蒂一二〇誕辰紀念版，全球暢銷Top12》中，除了《池邊的幻影》和《藏書室的陌生人》這兩本以外，其他十本我都在學生時代讀過了，分別是《一個都不留》、《東方快車謀殺案》、《尼羅河謀殺案》、《ABC謀殺案》、《羅傑艾克洛命案》、《史岱爾莊謀殺案》、《藍色列車之謎》、《底牌》、《五隻小豬之歌》和《殺人一瞬間》。

《藏書室的陌生人》據說是《白羅再起：倫敦死亡聚會》作者Sophie Hannah十三歲時第一本接觸的克莉絲蒂小說，她讀完後驚豔不已，也許我因此期待過高，看了卻有些失望，覺得詭計有些牽強，推論稍嫌跳躍、證據也很薄弱，對角色的內心刻畫不夠深入。這本書最令我印象深刻的部分，反而是一開始一段關於聲音的描摹：「新的一天開始了，……有人打開樓下客廳的木製大百葉窗，她彷彿聽見了，又好像沒有聽見。這種小心翼翼、輕手輕腳弄出的聲響，一般要持續半個小時，但並不擾人，因爲太熟悉了。最後會是走廊裡輕快、有節制的腳步聲，印花布洋裝細微的摩擦聲，茶盤放在門外桌上時茶具發出的柔和叮噹聲，以及進房拉窗簾前的輕輕叩門聲……」，讓我想起陳黎〈聲音鐘〉：「這些鐘可不是一成不變地只會敲著噹、噹、噹的聲音，或者每隔一個鐘頭伸出一隻小鳥，『布穀、布穀』地向你報時。他們的報時方式、出現時機，是和這有情世界一樣充滿變化與趣味的。他們構築的不是物理的時間，而是人性——或者更準確地說——心情的時間。」

《池邊的幻影》（The Hollow）

近來所讀克莉絲蒂小說中最令我驚豔的傑作！明明躋身全球暢銷 Top12 之列，在學生時期我卻從來沒聽過這本，遲至今年才有幸拜讀，低迴不已，頗有相見恨晚之感，卻有些不知該如何來介紹、談論起，一方面不想洩漏關鍵情節與結局以免影響讀者閱讀樂趣，一方面或許正如唐諾在錢德勒《漫長的告別》導讀中所言：對於很喜愛的事物，反而會捨不得去拆解、去分析吧！遂只能拉雜寫來，聊述所感。

Agatha Christie 與 Mary Westmacott 在《池邊的幻影》中相遇了。在克莉絲蒂的推理小說

中，我不曾讀過這麼深、這麼濃，又這麼幽微、壓抑的愛與恨，甚至是熾烈的情慾。《池邊的幻影》讓我們一窺人間情愛的多樣風貌：相知契合的愛、禁忌不倫的戀情、崇拜的愛慕、情人猝逝的哀慟、當發現感情不對時放手的勇氣、暗戀、單戀……。酷似《零時》的鋪敘筆法，卻循著《心之罪．愛成謎》的主軸，一如書腰上摘錄的克莉絲蒂語錄：「隨著歲月流逝，我對孕育罪行的過程比較感興趣。深藏在心底的怨恨與不滿不一定總是會顯露出來，但可能突然爆發，轉成暴力。」她的小說中不只一次揭櫫「每個人都是潛在殺人兇手」的觀念，是啊，也許我們每個人都曾有謀殺的慾望與衝動，只是沒有遇緣爆發而已。白羅畫龍點睛的出現，標示著《池邊的幻影》除了糾葛的愛恨情仇以外，仍然是一部正宗、好看的本格推理！在讀畢那令人不勝欷歔的結局與謎底以後，再回頭從頭細細品味一遍，更能體會出克莉絲蒂營造浪漫懸疑氛圍、安排謎局與伏筆的絕妙！

《池邊的幻影》描寫人物的功力令人讚嘆！誠然克莉絲蒂的作品因為布局精緻，有時出場人物眾多，某些作品中的配角難免淪於「浮雕」式的寫法。但《池邊的幻影》中的角色個個是那麼鮮明、立體、生動，各自有各自的優點與弱點、情感與意志、勇氣與惶惑、有好豐富的生命歷程與故事，克莉絲蒂這個慧黠的女子以悲憫之筆，寫出一個個可憐又可愛的生命，讓讀者一窺他們的生命縮影。我曾讀過某本號稱改革本格派的推理小說，一開頭耗費三個專章鉅細靡遺介紹書中三個主要角色的身家背景，乃至其居住環境、室內擺飾、食用餐點等等，讀來枯燥繁冗，索然乏味。我個人還是偏愛克莉絲蒂用簡鍊的篇幅就營造出人人都有謀殺動機、山雨欲來的氛圍，且預藏了破案之鑰。

《池邊的幻影》眞正達成「每個章節都有如一個獨立舞台，作者給予每位主配角各自詮釋的空間，道出各自對愛情的渴望、對職場的擔憂、對生命的感嘆。所有人的七情六欲和喜怒哀樂，盡在讀者眼前淋漓盡致地展現。正因如此，讀者不會只顧觀詳命案，而能靜下心來貼近角色的靈魂深處，進而挖掘他們內心善與惡、承諾與背叛、忠誠與傲慢等互相抵觸的複雜面向……。」一開頭透過露西與米琪的對話勾勒出的趣味人物速寫，讓我們對應邀前來空幻莊園的賓客個個充滿好奇，後續接楯巧妙的各章，引領讀者貼近每個角色的生活，我們得以貼近觀察醫師看診與《怪醫豪斯》式的疑難雜症、雕刻家如何在巷陌間尋找模特兒，將靈感透過手指凝塑、藝術心靈的活動，也分擔了家庭主婦的焦慮……，意識流的手法令人拍案叫絕。他們彷彿不再是書裡的角色，而是活生生躍然紙上，是我們所認識的人了。《池邊的幻影》不僅讓讀者在角色尚未出場前就抱持期待，甚至對已退場的角色，也透過他人的追憶描繪出不同的面向，「看不見，但依舊存在」，這又有些類似希區考克《蝴蝶夢》、克莉絲蒂自己的《五隻小豬之歌》和《魂縈舊恨》的敘事手法了。

《池邊的幻影》擅於呈現角色間的對照：一開場古靈精怪、迷人優雅的露西與「絕不會讓人

產生虛幻或仙女下凡感覺」的米琪；善解人意、蕙質蘭心的荷立塔與樸拙的吉妲；活潑的約翰與木訥的愛德華。「下午的陽光使約翰那金色的頭髮和藍色的眼睛糁上了一層光采。一副背負著征服使命上岸的維京人，他的嗓音溫暖而有共鳴，使人們的耳朵著迷，而他整體的人格魅力則鎮懾整個場面。這種溫暖的魅力和這個客觀的事實，並沒有對露西的形象造成絲毫損害，實際上，反而襯托了她那古怪小精靈般的不可捉摸。倒是愛德華，好像突然和約翰形成了鮮明的對比，他缺乏活力，像是一個陰影，微微弓著腰。」《池邊的幻影》不但呈現每個角色不同的愛情觀，也映照出每個角色對「工作」的不同態度：有人眞正熱愛、投入自己的工作，將之當爲畢生志業，但即使是如此敬業樂業的人，難免有時也會遭遇工作上的瓶頸與煩惱；有人則不得不爲五斗米折腰；也有人渾然不知「工作」爲何物：「愛德華從未想過，事實上，從早晨九點到下午六點、中間一小時午休時間的工作，把一個女孩和有錢階級的娛樂和消遣截然分開。除非米琪犧牲自己的午休時間，否則就不能去參觀畫廊、不能去聽下午場的音樂會、不能在某個美好的夏日外出郊遊，或是在某個遠些的餐館悠閒地吃一頓午飯……這對他來說是個新奇而不愉快的發現。……」這是喜歡生活在過去的安斯威克貴族愛德華與女裝店店員米琪，米琪如是說：「我是一個勞動者，這恰恰就是爲什麼過得舒適對我那麼有吸引力：黃楊木的床、羽絨枕頭……一大早，茶就輕輕地放在床邊、盛著許多熱水的瓷浴缸、芳香的沐浴、那種你可以完全陷進去的安樂椅……。」

小小上班族的異想世界，是否也令你心嚮往之？

順道一提，我很喜歡荷立塔在書中畫的「乾坤樹」插畫，會讓我聯想到《小王子》中饒富童趣的猴麵包樹！

但丁的禮讚——丹・布朗《地獄》

冷僻的中世紀藝術史和符號學在現代還有什麼用呢？看似無用者卻有大用（如何，是否很有老莊哲學的況味？），不但是抽絲剝繭的線索、偵查破案的關鍵，更是暢銷小說的商機。一直覺得丹・布朗是 trendier 版的安伯托・艾可，一樣博學強記、旁徵博引的風格，丹・布朗卻顯得平易近人許多。這個年假過得很丹・布朗，既看了《天使與魔鬼》的 DVD，又看了他熱騰騰剛出爐最新小說《地獄》。

但丁的詩謎、波提且利的名畫、魅影般的預言，背後究竟藏著什麼樣的陰謀？結合歷史、藝術和馬爾薩斯的人口論，《地獄》是我所讀過最精彩的丹・布朗作品，既是對但丁的禮讚，也是精彩的義大利旅遊指南。且隨蘿蔔藍燈教授（哎呀，用注音輸入法打羅柏・蘭登眞的會變成這樣，不過好像好記多了，懶得揀字也可以這麼理直氣壯？）和金髮馬尾美女醫師席耶娜一同探索碧堤宮、瓦薩里走廊、維奇奧宮、但丁教堂、聖母百花大教堂、聖喬凡尼洗禮堂、鍍金繆思廟……的風華、密徑與堂奧，處處都有「山窮水盡疑無路，柳暗花明又一村」的驚奇。書中有許多巍峨壯觀的建築物，我最喜歡的卻是對威尼斯尋常市井那「鮮明景觀、氣味與聲音」的描述：

「清爽的海風混雜著車站外街頭攤販的白披薩香氣。今天，風從東方吹來，空氣也帶著附近大運河寬廣水面上一長排水上計程車的柴油味。幾十個船長向遊客揮手叫喊，希望吸引到新乘客光顧他們的計程車、貢多拉、水上巴士和私人快艇。」、「威尼斯幾乎沒有任何汽車或機動車輛，得天獨厚地沒有通常的交通、地鐵與警笛噪音，聲音空間完全留給明顯非機械式的人聲、鴿叫聲與戶外咖啡座娛樂顧客的輕快小提琴聲的交織。威尼斯聽起來的聲音跟全世界大都會的中心都不同」。

《地獄》的架構十分有趣，男主角一開始就莫名喪失了兩天的短期記憶，於是乎書中的「偵探」在一開始反而成爲書中最無知、最狀況外的人。我對人類記憶的建構與解消一向很有興趣，還記得我寫的〈迷迭香的名字〉、〈失憶的準備〉嗎？蘿蔔藍燈教授失憶的模式倒是和《別相信任何人》、《還記得我嗎？》都不相同，反而比較接近電影《索命記憶》中的詹姆斯麥艾維，所以男主角也飽受現實、回憶、夢境、幻覺混雜不清之苦，重建記憶的過程則頗有《醉後大丈夫》的況味。連串解謎的進程讓我想起我小時候根據一本童書的靈感在家裡設計的一個藏寶遊戲，就是我做了好幾張紙條，我媽媽要照著一張紙條上的指引找到下一張，全部都找到之後，把每張紙條的第一個字串起來，才知道我把她的禮物藏在哪裡。

「啊，爾等擁有過人才智者，明察隱藏在此的教誨……，在詩句的面紗下如此隱晦。」書中多是擁有過人才智的人物：高明的莎劇女演員、智商二〇八的天才兒童、偏執狂傲的生化學家、對西洋藝術史、歐洲教堂內的珍奇、古玩、祕道、閣樓如數家珍，如逛自己家後花園的蘭登教授……，這些人物卻又有各自的陰影、過去與恐懼，讓人感覺豐富而具有立體感。書中陰謀的主導者其實一開始就跳樓身亡了，但他的死亡不是結束，反而是整本小說的掀啓。這個透過他人的追憶「說」出來的人物，其實是書中最邪魅、讓人感興味的角色。女主角則讓我想起張愛玲的〈天才夢〉：「我是個古怪的女孩，從小被目爲天才……。」

喜歡書中曖昧的道德困境、沒有截然分明的是非善惡，亦正亦邪、亦敵亦友的角色設定。丹．布朗其實本來就挺擅長「雕琢出表象與現實相左的情節，讓讀者每繞過一個角落立刻瞠目驚奇」。在《地獄》裡丹．布朗更將敘述性詭計發揮得爐火純青。巧妙的代名詞轉換與篇章接楯，不著痕跡地誤導讀者，身分的錯置、文字與所見解讀的多義可能性，一直到讀到後面的文本才驚呼被作者騙了，但回首之前的篇章又覺得在細微處有伏筆而不覺突兀。

《地獄》自然也是本電影感很強且容易改編成電影的「電影小說」。看得出丹．布朗本身應該也是電影愛好者，男主角迷戀影星黛安．蓮恩，也信手拈來《太空城》、《情定日落橋》等電影橋段，書中不忘調侃即將改拍成電影的《格雷的五十道陰影》。我也興致勃勃地開始替《地獄》電影選角：蘿蔔藍燈教授已經內定由湯姆漢克斯續演了，我覺得可以由茱蒂丹契演 WHO 的總幹事，由史卡莉嬌韓森演席耶娜醫師，佐布里斯特倒還沒想到由誰來演，也許《索命記憶》的文森卡索或《雷神索爾》中的洛基能演出那份邪魅？

自《天使與魔鬼》、《達文西密碼》以降，丹・布朗就開創出一種另類的「福爾摩斯＋華生」型態，系列中固定出場的偵探自然是蘿蔔藍燈教授，讓讀者有個熟悉的主角，也串起系列小說的經緯，但搭配的美女助手卻是集集不同：從《天使與魔鬼》中研究「反物質」的科學家維多莉亞、《達文西密碼》中疑似耶穌血蔭的蘇菲公主、到《地獄》中的席耶娜，蘿蔔藍燈似乎豔福不淺，頗有文化歷史推理界的○○七每次冒險搭配不同龐德女郎的況味。偏偏蘿蔔藍燈卻又像「絕緣體」與「防颱中心預報失準」似的，《地獄》中說他「一向喜歡自己單身生活所帶來的孤寂與獨立」，所以想看他和美女助手有什麼浪漫韻事的讀者總是失望，更遑論什麼香豔刺激、纏綿悱惻的看頭了，但喜歡《地獄》中某種微妙不說破的情愫。相傳但丁嘗言：「記住今晚，……因爲這是永恆的開始。」我們有時對「永恆」似乎有莫名所以、不切實際的執著，不僅要「曾經擁有」，更要「天長地久」，是誰說的：「人類的可悲與可笑，就在於明知沒有永恆，仍努力使眼前的一點一滴累積成永恆。」、「只要妳懂得怎麼看，佛羅倫斯就是天堂。」想起《大嗓門傳奇》中說的：「只有愚蠢的人會以爲不變的事物才是永恆。花只要開過一次，就永遠在看過花開的人心中開著，這就是永恆。」也許只要懂得，剎那的石火即是永恆的星辰（註）？

註：看過《地獄》的人，應該都能對於我以「星辰」作為本文結尾的原因會心一笑吧！

和《歷史學家》有關的絮語——書信、口述歷史、人生及其他

下面這些絮語我本來無意形諸文字，但近來煩亂疲累的心緒迫使我從現實中暫時逃開，轉而關注來自東歐的陰闃鬼影和纏綿情愛，究竟會交織出怎樣的風情？說來奇怪，歐亞歷史中吸血鬼蹤跡的追尋與失落，究竟與我這個困守孤島的人何干？Elizabeth Kostova 筆下那浩瀚厚實的山水素描、異國美食，乃至古老神祕的建築、典籍與歌謠，我連作夢都沒有足夠的想像力夢見他們，但此刻我卻對那個我不曾去過的迢遞時空感到莫名的「離愁」。

離愁，或許緣於我對信札、口述歷史和神祕事物氛圍的迷戀，而《歷史學家》（The Historian）巧妙地將這三者的魅惑冶於一爐，透過「早熟而又閉塞的青春」靈魂（容我借用友人名作的篇名來借代書中的 Narrator），在筆下綻作一片絕豔。這三者，在這「耐心比雞的牙齒還稀少」的年代，確乎益發像是奢侈的幸福，試問：你上一次接到一封「眞正的信」是什麼時候呢？

我指的當然不是那些以FW字樣開頭、大量惱人得令你急切渴望寄件人將你自他的通訊錄中刪去、或是複沓制式純以滑鼠右鍵製作的生活文本，而是筆鋒蘸滿眞情，「Only for you」的信。現在連這樣的 e-mail 都很罕見，更遑論一封「用手寫的信」？

雖然也日漸仰賴 e-mail 的快速與便捷——不再需要費心揀擇信箋與郵票，也不再有怪罪洪喬的可能與藉口，但依然覺得「手寫的信」有著 e-mail 永遠無法取代的熱度與質感。《英倫情人》的男主角問女主角"What do you love? "，她不假思索地便答道："Your Handwriting."。

在某一個暮秋時分，拖著受冷咳寒痰所苦的病體，逡巡於巷弄間只爲找尋一個郵筒，寄出一封用手寫的生日賀卡給遠方思慕的人，恐怕是所做過最浪漫的事。

噫！雲中誰寄錦書來？雁字回時，月滿西樓。

所以，像「客從遠方來，遺我雙鯉魚，上言加餐飯，下言長相憶」、「玉璫緘札何由達，萬里雲羅一雁飛」、「雙璫丁丁聯尺素，內記湘川相識處」、「夢爲遠別啼難喚，書被催成墨未濃」這些古老而美麗的詩行，是否終將漸漸淡出現代人的時光和記憶？

所以，在仲夏時分接獲一張飄洋過海的風景明信片，上頭有我渴望收藏已久的字跡時，我不禁感動得泫然欲泣。

所以，今年中秋友人寄贈《The Historian》作爲我的生日賀禮，令我如獲至寶般驚喜。她以一慣工整如篆刻的筆觸寫道：「自妳返鄉服務後，音訊間斷至今……（這本小說）在這由地獄鬼門走向天上鵲橋的日子裡，或許還是本應景的讀物……庶務繁雜，匆匆塗過數筆，只是希望寄託一段想念、表達一份祝福而已。」

所以，《歷史學家》中那個大夥兒都還有耐心閒情寫信的時空，才如此令我憧憬。在書裡我

們看見各式信札：父母寫給女兒，老師寫給學生，身陷困境的人寫給不知名的友人……。最扣人心弦的，當然還是第四十九章裡，那封永遠無法寄出的情書，極其熱烈而沉痛地追憶保羅和海倫最初相愛的時光；以及羅熙寫給「親愛而不幸繼承人」的遺言——悚人心驚的口吻，「瓶中稿」式的詩意與絕望，殘酷而無法逃避的意識，這種濃重陰霾的宿命感，正是貫穿全書的基調。

關於「書信文學」迷人之所在，我覺得還是李黎在〈最後的情書〉一文中說得最好也最透澈：「寫信時的情境，待到收信閱讀時已不一樣了；書信體小說具有臨場感與即時性的特色，而閱讀書信這樁行爲本身又具有時間的延後性，這兩者的並存與扞格造成一種藝術上的弔詭。」至於「口述歷史」的意義與價值，則可以管理學大師 Peter F. Drucker 在《旁觀者・伯爵與女伶》中的一句話一言以蔽之：「他告訴我的，不只是他個人的故事，更是一個失落的時代，一個斷了線的夢……。」多年以前，我曾爲了學校歷史課的報告訪談過住家的管理員，聽他娓娓道來對日抗戰時期人性的殘酷面與光明面，可惜這位慈祥的老先生後來就調離了。

人生自是聚散無常。透過閱讀和傾聽，讓我們有機會親炙、窺見另一個生命的軌跡，試著去了解和分享一段我們來不及也無從參與的歲月。其實人生不就是如此，我們與各路人馬或擦肩而過或朝夕周旋，一同走過人生及歷史，混合著喜悅與哀愁，交契與衝突，不論你喜愛他們也好，憎惡他們也罷，在相識相逢的當下，他們就已成爲我們生命記憶的一部分。

雖然在形式和內容上都是對 Bram Stoker《Dracula》的致敬與禮讚，《The Historian》反而更令我聯想起 Umberto Eco 的《傅科擺》（Foucault's Pendulum）——書中盡是些「如海綿般浸在知識裡」、「散發性感學術光輝」的飽學之士；男女主角照例是在圖書館中因爲「同時尋找一本很稀少又很重要的書」而相識（E.A. Poe〈莫爾格街兇殺案〉中的偵探 Dupin 和敘述者「我」亦然）。現代人還會因爲找書而邂逅嗎？更遑論掀啓一闋戀曲？

《The Historian》和《Foucault's Pendulum》一樣帶給我們魔幻時空的魅惑。華美詭祕的文句，刺激讀者的視覺，空氣中震盪著無限神祕的因子，任何事都可能發生。作者的目的似不僅在於說故事，他們用撩撥人心的謎句，堆砌繁瑣冷僻的知識，爲的是建構、留守一種美好的氛圍——在那兒，有博學深思美麗堅毅的佳人、風度翩翩雍容優雅的貴族、奢華詭麗的建築、幽玄靈妙的儀式、謎樣的話語和手札、如夢的片斷——您說，這不是頗令人嚮往憧憬嗎？

然而，即使在這樣的氛圍中，《歷史學家》並不走傳統吸血鬼小說「邪不勝正」、「吸血鬼被消滅後，男女主角從此過著幸福快樂日子」的路線。書中的角色大抵都「不得善終」：有的客死異鄉，有的煢煢獨立，有的終其一生走不出恐懼的幽谷。他們，像許多令我惆悵的人物一樣（如卡爾維諾「樹上的男爵」、電影「海上鋼琴師」、Conan Doyle《Valley of Fear》的主人翁），雖然擁有奇遇、浪漫與冒險，過了精采、熱烈、豐富、多姿的一生，卻終究不能「死而無憾」。所以人生究竟該怎麼活？該勇敢追求眞相抑或忍辱偷生？在《歷史學家》試讀活動首獎作品〈一段愛與大蒜的傳奇〉中，也提出了類似的叩問。全身保眞貴己，是否就一定比鍥而不捨、追根究柢卑

劣？或者那不過是人生的另一種選擇？

或許，與其追索歷史又惶惑於未來，倒不如活在當下。恰如晏殊所言：「滿目山河空念遠，落花風雨更傷春，不如憐取眼前人！」而若能知道並掌握自己何時該堅持，何時該放下，人生大抵也就可以無憾了吧。只是說來簡單，做來又談何容易，這些人生謎一般的難題與幸福，我們恐怕永遠也無法參透啊！

《天鵝賊》

親愛的讀者：

《天鵝賊》是一個有關「迷戀」的故事，探討的是我們對人或藝術（有時兩者都有）的迷戀。很久以來，我一直想寫一部有關畫家的小說，因爲我對繪畫的過程深感興趣，也對那些終其一生致力於以繪畫方式呈現這個世界的人士心嚮往之。書中也探討了許多形式的愛情，包括初戀、意想不到的愛情，以及人一生中最後的愛戀……。

～伊麗莎白・柯斯托娃

你是否也曾有過那樣心動的時刻：驀然間爲一個人、一幅畫所魅惑，緣瞻麗容，忽生愛慕，依戀不捨，如繭自纏，遂有今日？

《天鵝賊》是部關於「繪畫」與「愛情」的小說——兩個我極感興趣的主題。我是在調去T市以前就先預購了這本書，像給自己一個許諾、一個願景。調動第一天的向晚，百廢待舉，拖著疲累的身心去便利商店拿到《天鵝賊》，伴著友人自英國攜回的紅茶，陪我度過適應新生活、新工作、新環境的煩亂磨合期。每當自紛擾雜沓中忙裡偷閒，讀上幾頁《天鵝賊》，讓腦中浮現畫面，隨古老的情書細繹書中的戀曲，感覺是莫大的享受。

關於畫作的神祕性，莊信正在《文學風流．魅力》裡引經據典說得很透澈了，信手拈來數則美術變魔術的例證，讀來令人嘖嘖稱奇。《天鵝賊》並不用華麗、繁複的詞藻與修辭來描述畫作，而是以優雅細膩的筆觸娓娓道來，透過靈巧的視角轉換，書中畫的場景與映像、十九世紀的生活風情與沙龍競戲躍然紙上、如在目前。讓我十分好奇書中提及的畫家與畫作是否眞正存在？也渴望親睹碧翠絲筆下栩栩如生的天鵝、韋諾筆下柯洛風味的牛隻（柯洛是我最喜愛的畫家之一！），以及韋諾與羅伯特筆下不同風姿的碧翠絲……。

女性的豐富生命與複雜面向，應該會在不同愛悅者的心目中呈現不同的美吧？讓我想起俞伶〈戴珍珠耳環的少女——愛情是複數形式?!〉中的句子：「女人的美會因對象的迥異而展現另種姿態、表露另種風情？」韋諾與碧翠絲之間忘年的不倫之戀，是藝術心靈彼此的相知相惜終至互生愛慕，道德與愛欲的掙扎，格外令人動容。作者巧妙透過魚雁往返、日常生活與畫藝切磋的細微描寫，幽微地傳達出兩人間情愫的醞釀與越界。伊麗莎白．柯斯托娃確乎是書信體小說的高手，這點在《歷史學家》中已得窺見。

至於羅伯特對碧翠絲呢，與其說是書腰上所稱「一段令人著迷不已、渴望至極、無法自拔卻也無法實現的世紀戀情」，不如說只是一種單純的「迷戀」，喜愛張蕙菁〈堂皇迷戀〉的文字：

「愛情是一種命名，迷戀是命名還來不及發生的時刻。……所以，我恐怕沒有辦法好好地談論愛情。尤其當它老是跟幸福、婚姻、人生的出路之類過大的題目連結對舉。許多的戀愛發生了。許多的依賴，不安，與憤慨被偽裝成愛。但是如果把那些關係，還原到最小的單元，往往只是肇始於迷戀的時刻，那突如其來的，很可能是恍惚的一現。這樣乍現的迷戀值得我們更誠實的對待。它應該更堂而皇之。……迷戀近似一次出發旅行，一種忽然掉進你生活裡的動機、一個向量。為一次迷戀而開始的一些新嘗試，……。」羅伯特在大都會博物館的萬叢人間偶然瞥見碧翠絲的倩影，開始嘗試一系列謎樣的創作。她是他的繆斯女神，靈感的泉源。

《天鵝賊》也試圖描繪各種不同的情愛關係。凱特與羅伯特間由英雄救美式的初遇邂逅到步入婚姻，就婚姻生活的酸甜苦辣十分寫實，深刻刻畫凱特作為一位天才畫家配偶的辛酸與無奈。凱特為了支持羅伯特而自己放棄了畫筆。羅伯特也許是天才藝術家，但絕非稱職的丈夫與父親。有人說藝術家是墮入凡塵的精靈，是「把生活弄得一塌糊塗的人」，想來多少是有那麼一點不食人間煙火的況味，否則如何保持心弦的敏銳、纖細、易感？容我借用曉風〈畫布〉的喟嘆：「相愛，而不必在一起生活，事情就會簡單了。我們可以發狂地愛上一顆遙遠的電影明星，因為我們永遠看不到他戴著睡帽或垂著髮捲的臉。相愛，使我們覺得自己飛揚上舉，像一首歌，而生活，使我們感到自己平凡渺小，像一顆落在地下黝黑的種子。……」藝術家是否注定比較多情？說到底，人有辦法一輩子只愛一個人嗎？書中關於瑪麗的篇章似相形見絀，在鋪敘她與羅伯特的師生

戀筆法略顯生硬、難起共鳴，後來與馬洛醫師譜出戀曲尤顯突兀，或許只是作者希望讓做為故事主線敘述者的馬洛也能在書中談場戀愛，而且在其餘書中戀人終歸生離死別的淒迷離散之後，留下些許幸福姻緣的可能與許諾。

小說的結局與開場首尾呼應，引領讀者又回到十九世紀的冬季向晚，旁窺一位老畫家創作書中關鍵解謎之畫的歷程，看他如何以油彩將剎那凝結爲永恆。最終，《天鵝賊》想要告訴我們的，或許是縱然人世間充滿奸巧、惆悵與無常，唯獨藝術與眞愛永恆。

醫學懸疑天后——Tess Gerritsen 作品簡介

現代人常陷自己於「一心多用」、「蠟燭多頭燒」的窘境中，總是同時操煩著太多事，手頭上總是有恍若無止盡的待辦事項，總是惴慄惶惑於未來，想得太多太遠，卻忘了好好珍惜把握當下的幸福。好久沒有把一切煩憂、瑣事都拋到九霄雲外、這種「一頭栽進去」專注讀小說，淋漓暢快的沉醉感了。Tess Gerritsen 陰暗又帶有節奏感的文字，眞有這種攫住人心、讓人欲罷不能的魅力。無怪乎史蒂芬金曾說當你買下 Tess Gerritsen 的作品時，還得一併計入耗磨的燈光電費，因爲一翻開就會迫不及待想一口氣讀到天明……。

Tess Gerritsen 的經典當然首推話題處女作《貝納德的墮落》（Harvest），其次則是獲獎無數的《漂離的伊甸》（Vanish）。器官移植的黑幕，人口販運、逼良爲娼的悲歌，讓這兩本小說除了驚悚與推理的精彩度以外，更多了人道、社會關懷的深度與廣度。後者也讓人想起蕾秋懷茲主演的《失控正義》。女警瑞卓利和法醫莫拉合作的探案系列《莫拉的雙生》（Body Double）、《梅菲斯特俱樂部》（The Mephisto Club）、《祭念品》（The Keepsake）宛如連貫的三部曲，相較之下同一系列中《漂離的伊甸》似乎是獨立的故事。《骸骨花園》（Bone Garden）中莫拉・艾爾思更是

退居串場角色，而完全是個自成一格、神似《天鵝賊》筆法、神祕浪漫的歷史推理故事了。

推理小說迷對於「杜邦＋我」、「福爾摩斯＋華生」、「白羅＋海斯汀」的探案搭檔組合自是很熟悉了。《沉默的羔羊》系列中的「女警＋殺人魔」、《龍紋身的女孩》中的「記者＋駭客」讓讀者開始見識到不同的「合作」型態。Tess Gerritsen 獨樹一幟採用「雙女主角」的角色設定，兩個各有所長、各擅勝場的女子以彼此的專業合作無間，揭開一樁樁迷離曲折的奇案。不同於一般對女偵探易有的「女強人」刻板形象，Tess Gerritsen 以女作家特有的細膩角度，在緊湊的劇情之中，不著痕跡地融入兩名女主角各自的身世、家庭、生活、個性與婚戀，使兩位女主角更加可親可愛。

看似強悍勇敢的瑞卓利，卻曾因與兇手的對峙而在手上、心上都留下傷痕，她雖然有幸福美滿的婚姻，丈夫嘉柏瑞是個愛家、愛老婆、愛小孩、還會洗手做羹湯的好男人，她面對父母的離異，卻依然束手無策。她成爲新手媽媽，卻依然焦慮不已。莫拉的身世之謎令人嘖嘖稱奇，她與丹尼爾·布洛菲神父壓抑的禁忌苦戀，道德與情愛的掙扎，著實令人動容，「當初愛上他時，自己已做好心理建設。心，往往在不衡量後果的情況下逕自做決定，缺乏前瞻性，即使日後夜夜孤寂也在所不惜。」、「相聚的每一分每一秒都是偷來的，都見不得日光。儘管兩人笑成一團，她有時聽得出笑中隱含一種絕望的音色，彷彿拚命勸自己相信，現在過得快快樂樂就好，管他什麼罪惡感、欺瞞、多少夜晚獨守空房。」當妳的情敵是上帝時，妳又有什麼辦法呢？而壓抑有時也是愛情中頗令人著迷的面向，張曼娟〈月光箋〉：「我們之間的情感含蓄又隱密，還有著不能言說的幽微」。丹尼爾一定也是頗爲掙扎、煎熬的吧！像六世達賴倉央嘉措：「曾慮多情損梵行，入山又恐別傾城。世間安得雙全法？不負如來不負卿！」

Tess Gerritsen 擅長多條故事線穿插的敘事手法，時空跨度甚大，看似不相干的古今兩條主線，隨著劇情的進展，巧妙地融合呼應爲一。結局更常有出人意表的轉折，有「一案多破」的驚奇，再回顧之前的鋪陳，卻發現作者早就埋下伏筆，絲毫不覺突兀。除了情節的安排獨具匠心，Tess Gerritsen 對場景、氛圍的生動描繪更讓讀者宛若身歷其境。隔著迢遞的距離，我們依然可以感受到《梅菲斯特俱樂部》的冷度：「她獨自站在夜裡，任由雪花輕落在沒有帽子遮覆的頭上。……她踩落在剛落下的粉狀細雪上，雪花像白羽般在靴子前飄散。」和《祭念品》的熱度：「下車後，他們踏進濕黏的暑氣。瑞卓利原本就不乖的深褐色頭髮被烘成毛燥的泡麵。……八月是在熱如餘燼的柏油路面上舉步維艱。」、「在新墨西哥州的驕陽之下，黑色路面熱如烤盤，火氣蒸騰。……幾秒之間，汗珠立刻布滿她的臉，沙子似乎熱到足以燒穿皮鞋。沙漠的太陽亮得令人眼痛。」《莫拉的雙生》一開場的巴黎地下墓穴，據報載已獲選爲全球十大熱門的靈異場所（10 Creepiest Place On Earth）之榜首，相傳，一七八六年巴黎爆發瘟疫，將埋在市區所有公墓的屍骨轉移到原爲採石場的此處，並將其作爲公墓使用，滿滿的屍骨令人發毛，目前巴黎地下墓穴已改爲博物館，並開放一部分墓穴供民眾參觀。

據書封內頁的介紹，Tess Gerritsen 的法醫莫拉．艾爾思和女警探珍．瑞卓利系列已獲 TNT 電視台改編爲影集，創下該台電視影集的最高收視紀錄，收視人口達七百六十萬，不知我們這兒是否有轉播或可租到 DVD？中譯本目前只有六本，但黃國華的書評中提到其實她已經發表了二十餘本作品。希望能儘快讀到 Tess Gerritsen 的新作中譯本！

心理驚悚大師——費策克作品簡介

除了 Tess Gerritsen 以外，目前最讓我引頸期盼新作中譯本的作家非德國心理驚悚大師費策克（Sebastian Fitzek）莫屬了。他總是用高潮迭起、扣人心弦的謎情引領讀者一探人類的心靈、夢境、記憶、潛意識，佐以本格密室推理、敘述性的詭計與精準的文字氛圍掌控。他的作品目前有中譯本的只有《治療》、《遊戲》、《摧魂者》和《記憶碎片》。首先出版的《治療》、《遊戲》別出心裁的採用炭筆素描風格的封面和透明書腰，總是要真正翻開書頁之後才明白書腰上「一旦翻開它，就無法置身事外」、「看一眼就上癮，讀完它才能解脫」的警語不僅僅是宣傳標語而已……。

《治療》是費策克初試啼聲一舉成名之作。與《遊戲》都是以離奇的失蹤案爲始，呈現完全不同卻一樣引人入勝的風格與筆法，一如 krimi-couch 所言：「《治療》宛如精細的小劇場，而《遊戲》則是場面浩大，氣勢磅礡，真驚訝他是怎麼辦到的。」《治療》中拉倫茲醫師體弱多病的愛女意外走失後下落不明、生死未卜，多年以後，痛心疾首的拉倫茲前往一座荒僻的帕庫姆島療傷，透過接受《繽紛週刊》的專訪重新耙梳整理自己的思緒與過往，此時卻來了一位不速之客：一位不請自來的女病患，她所講述的病情與栩栩如生的書中角色，竟和拉倫茲的境遇巧妙冥合呼應著……。是巧合，抑或一切另有蹊蹺？來者是敵是友、是善是惡？費策克透過一場暴風雨把拉倫茲和神祕女病患困在帕庫姆島上，演繹的卻不是《羅丹薩的夜晚》式浪漫共患難的戀曲，而是一場審訊式的治療。費策克透過「今天，幾年以後」、「帕庫姆，真相大白前五天、前四天、前三天、前兩天、前一天、當天……」、「今天，威丁，一二四五號房間」與私家偵探的查訪，進行靈活的時空跨度與跳躍，密密織就緊張懸疑的謎局，引領讀者以忐忑不安的心情一步步逼近真相……。

當楊這廂一手拿著手機與雷歐妮正情話綿綿，另一手開啟門來卻接獲雷歐妮的死訊，這究竟是怎麼一回事呢？……歹徒挾持了廣播電台，隨機撥打市內電話，如果接到電話的人報錯口令，就處決人質一名！在費策克的作品中，最適合拍成電影的應該就是《遊戲》吧。果然慕尼黑Goldkind Film 已經買下電影版權開拍中。目不暇給的緊湊劇情，明快的節奏感與張力，人質挾持、警匪對峙、談判鬥智、令人毛骨悚然的恐怖遊戲……，這一切不正具備了賣座電影的元素，更讓人回味起《終極人質》、《謊言終結者》等影劇作品的經典橋段，尤其歹徒一步步逼甫受喪女之慟、酗酒又意圖輕生的談判專家伊娜揭露自身內心、家庭的隱私，更酷似《沉默的羔羊》的況味。

讀《記憶碎片》很難不讓人聯想到柯林・法洛主演的《攔截記憶碼》。前者的男主角至「學習遺忘」機構試圖消除一段悲慘的記憶，反之後者的男主角則去「記憶碼」公司試圖植入一段精彩刺激的雙面諜記憶。過程中卻似乎都出了差錯，主角隨即展開險象環生的逃亡歷程……。《記憶碎片》的男主角先後遭遇死而復生卻相逢不相識的妻子、轉瞬間憑空消失的高樓大廈、被關在地下室的人給了他一部劇本，裡頭記載著幾秒後會發生在他身上的事，還有一位出自《摧魂者》的角色……，是夢境、是幻覺、是陰謀？果真要「完成記憶拼圖，才能回歸眞實世界」嗎？人類記憶的建構與解消時常迷惑我，正如我在〈迷迭香的名字〉中的叩問：「據說科學家正在研究人腦的記憶中樞，也許有朝一日，我們終於能隨心所欲地控制自己的記憶。到那時，世界會更好些還是更壞些？人會活得更快樂還是更無聊些？抑或生活依然不變，依然充滿了謎一般的難題和幸福？……而解謎的鑰匙，自然就在羅斯瑪麗。第一朵迷迭香的名字，揭示了一切。」

《遊戲》可說是費策克作品中自成一格的電影小說。《摧魂者》則可謂居於《治療》與《記憶碎片》間承先啓後之作。《摧魂者》中的人物談起《治療》中的拉倫茲醫師有如悠悠講述一則鄉野奇譚，其中一名角色更延續至《記憶碎片》中再度出現，這或許也是一種另類的「置入性行銷」吧？《摧魂者》是費策克的作品中我最喜歡的，也許因爲我是喜歡猜謎的人吧。「幾處高燈掛粉牆，人人癡立費思量；秀才風味眞堪笑，贈彩無非紙半張。」《摧魂者》正是一本以「謎語」串起的小說，讀者與書中人必須一一解開謎語，才能得知「摧魂者」的眞面目。而且書中的謎語安排都饒富深意，暗藏著破案的關鍵，這讓我覺得《摧魂者》是費策克的作品中最適合改編

成電玩的一本小說。費策克擅長營造「密室」的氛圍，用湫隘的密室烘托加深緊繃的心緒。《治療》中的「密室」是對外隔絕的帕庫姆島、《遊戲》中的「密室」是廣播電台的播音室，《摧魂者》中的「密室」則是間危機四伏的醫院，你永遠不知道「摧魂者」會從哪個角落突然竄出來，猝不及防攝去你的心魂……。《摧魂者》整本書使用了「書中書」式的敘述性詭計，讓讀者不禁懷疑讀過此書後該不會也被催眠了……。「解開謎題，才能從故事中醒來。」書中出現的最後一個謎語是「在你需要我時把我扔掉，當你不再需要我時把我拾回」（射一用品），費策克留到書末的致謝詞中才予以提示解答（順道一提，費策克的致謝詞都寫得很詼諧幽默不落俗套喔），你要不要也來猜一猜？

禁忌愛情的奇幻旅程——《魔法覺醒》

很久沒看到這樣雅俗共賞得令人驚喜的吸血鬼小說，既有《歷史學家》的古雅，又兼具《暮光之城》的純情和《夜訪良辰鎮》的香豔。作者用輕靈的筆觸融合魔幻、愛情、歷史、品酒、美食、DNA與煉金術，交織勾勒出一個女巫、魔族、吸血鬼混跡其間，充滿無限可能的迷人世界。也或許你本身就是法力強大的巫覡而不自知？只是耐心靜待著命中註定的那人出現，為你解開禁制的咒語？

《魔法覺醒》眞是本「色香味俱全」的作品。書中充滿多幀色澤豐美神祕的古老煉金術手抄本插圖，暗寓古老元素的相生相剋，解構與重生，讓女主角欣喜若狂、如獲至寶般地撫摸研讀。其中最重要的當然是男主角珍藏的《曙光乍現》與貫穿全書的《艾許摩爾七八二號》。謎樣之書的追索，讓人想起《風之影》和《歷史學家》，但《魔法覺醒》顯得平易自然得多。你可曾碰過一本自己會嘆息的書呢？

「色不迷人人自迷」，果眞如此嗎？既是苦心營造了奇幻浪漫的氛圍，書中當然充滿了賞心悅目的俊男美女，讓人一飽眼福（有時直接承認自己是外貌協會反而比較乾脆，不是嗎？有誰的第一印象不是從外貌而來呢？如果是看不順眼的人，又如何期待能有進一步的發展？再說「相由心生」畢竟有一定程度的道理。），尤以吸血鬼爲最，男主角本身就是個「以讓人看得兩眼發直的俊美外型和過人魅力著稱」的吸血鬼，將吸血鬼的長項發揮到極致：英挺、強壯、矯健、邪魅、富裕、學識、長生、優雅……；相較之下，女主角似乎比較以「個性」取勝，至少作者並沒有把她刻意描述得美豔動人、清新脫俗、沉魚落雁，倒是她略帶男孩子氣的逞強、淘氣、認眞、爲愛執著的勇氣、邂逅時試圖掩飾魔法秉賦的笨拙，讓男主角對她動了心，在男主角眼中愈看愈可愛，遂「情人眼裡出西施」了。

誠如我在〈香〉一文中所言：「在色聲香味觸法中，『香』確乎是最幽微、飄忽，最難以捉摸、把持、名狀、以文字凝固定型的。」《魔法覺醒》令人驚喜地有許多關於「香氣」的描述，洋溢著書香、花香、酒香、茶香、還有戀人間的芬芳：「妳聞起來像柳樹的汁液，一朵在腳下踩碎的甘菊花……還有金銀花和墜落的橡葉……以及金縷梅的花朵和春天綻放的第一朵水仙。還有古老的東西……苦薄荷、乳香、羽衣草。我一度以爲我已經遺忘的氣味。我呢？」「肉桂，還有丁香，有時候我覺得你有康乃馨的味道，不是花店那種，是生長在英國茅舍花園裡的老品種。」

也許是因爲作者本身對品酒研究甚深吧，書中不但香氣四溢，更是美食當前，令人食指大動。我好想去男主角帶女主角去的那家隱身在牛津晨霧的咖啡店共進早餐，「每一口食物都冒著熱氣，氣味誘人，香酥的外層和入口即化的的柔嫩內層，搭配得恰到好處。」，也好想品嚐女主角阿姨的拿手炒蛋（蛋裡加了洋蔥、蘑菇、起司，還灑了一些莎莎醬！）和瑪芬蛋糕。喜愛烹飪的人有福了，《魔法覺醒》甚至對「如何宴請吸血鬼來家中作客」提供了實用食譜：

煙燻鮭魚（上擺新鮮蒔蘿，旁邊以酸豆、醃黃瓜妝點）

生鹿肉片（要切得薄到鋪在《牛津郵報》上都可以照樣讀報，佐甜菜，上面再刨幾片巴馬乾酪）

兔肉比司吉（用磨碎的栗子、橄欖油、發粉、鹽、水、迷迭香、胡椒作比司吉。兔肉輕煎，給吸血鬼吃的不能煎得太熟，標準調味料包括迷迭香、大蒜、芹菜，不過最好不要給吸血鬼吃大蒜）

起司、莓子、烤栗子

聞起來有杏桃香草布丁香味的葡萄酒

「從什麼時候開始，妳對酒這麼在意了？」（從我發現你對酒很在意開始，傻瓜）。這段男女主角懸隔兩地時的來電對談令人莞爾。喜歡一個人的時候，我們總是會盡其所能將對方的「效用函數」、興趣愛好納入自己的吧。試著去喜歡對方所喜歡的、關心對方所關心的一切。只要對方開心，自己也會高興。男女主角相遇的機緣很精妙（否則對的人在不對的時間遇見也是枉

然？），從一開始的相互猜忌、互有戒心、相互好奇、打探對方（在網路時代，好像只要 Google 對方的名字就可以發現些許過去的軌跡，就連千歲的吸血鬼也無法倖免），到共進早餐、練習瑜珈、街頭巧遇、談論歷史、科學……這些日常生活、相談甚歡、機鋒互見式的描繪中巧妙傳達出曖昧的悸動與情愫的醞釀，終至發現彼此情投意合、心靈契合、相知相惜，而打破禁忌、跨越藩籬，不顧世俗規範深深相愛，愛得纏綿熱烈，卻又壓抑苦戀。愛情的發生是命中註定、自然而然、心領神會、不假思索、無庸置疑，而壓抑又是愛情中頗令人著迷的一部分。先前網路上票選「最想經歷的電影情節」，第一名恰是「刻骨銘心的愛情」，所以《魔法覺醒》之所以成為近來最受矚目的魔幻愛情小說（華納已買下電影版權），除了文字華麗、情節醉人、詭麗奇幻的超現實場景以外，或許更在於其平實細膩卻又不失浪漫的一面，呼應、滿足了讀者對愛情的追尋、期盼、嚮往與憧憬。

當現實的紛擾雜沓、煩黷、挫折、難題與失落壓得你惴慄惶惑、喘不過氣來時，且隨吸血鬼戀人一同遁入時空隧道，來場時光漫遊吧！

羊毛拭鏡望星移，朝見微塵暮成土——《羊毛記》與《塵土記》

「再怎麼樣我們也不可能比電腦聰明吧？」
「但我們比電腦慈悲。」

~Hugh Howey《塵土記》

地球已經被人類所毀了，這種對自然貢獻最少但剝削最多的生物。正如《星際效應》所揭櫫的，要再找一顆適於人居的星球談何容易？如何讓五濁惡世再現淨土？索性毀掉一切全部重來，只是這次不是上帝，而是自命為上帝的人；不是大洪水，而是奈米微塵；不是挪亞方舟，而是將所有的記憶、愛、恐懼與憂傷，曾經付出過、抵銷過歲月的生死與血淚都深埋地堡，只剩地表的鏡頭，是唯一可外窺的窗。鏡頭總是需要羊毛來拭淨的，於是乎，每隔一段時間，就有人要「出去」……。

羊年當然要讀《羊毛記》。第一部〈出去〉本身就是結構完整的中短篇小說，用簡鍊的篇幅就橫跨三年的時空，勾勒出末日與反烏托邦的氛圍、眞假與虛實的辯證、觀看與被觀看的視角，長度上可以一口氣讀完，獲得完整的藝術體驗。描述未來地球上瀰漫毒氣，大家都住在地下，巨大的圓筒型地下碉堡，總共一百四十四層樓，每層樓高將近十公尺，從最底層到最上層，高度超過一公里，而且，地堡裡沒有電梯，只有一座中央螺旋梯。在地堡，最大的禁忌、最嚴重的犯罪，就是當眾說出「我想出去」。一旦說出口，就會被送出頂樓的閘門去用「羊毛」清洗地堡的鏡頭，吸進毒氣而死。這時「如果地堡裡有人在看，他們會看到什麼？」

作者其實當初就只有寫第一部〈出去〉，自費以電子書方式出版，沒有打算寫成系列故事，沒想到在網路上佳評如潮，才開始寫後續的故事，又寫了續集《塵土記：羊毛記完結篇》和前傳《星移記：羊毛記起源眞相》。可能是已經讀過像《一九八四》、《我們》這樣的反烏托邦經典吧，所以難免覺得《羊毛記》裡面的劇情和設定其實早就在其他的反烏托邦作品出現過了，隔絕外界世界的碉堡宛如《我們》中的綠牆、生育控制，每層碉堡的階級分區也很像奉俊昊的《末日列車》，強烈的影像感極適合拍成電影，難怪《出埃及記》大導演雷利史考特也深受震撼，迅速搶下電影版權，準備和《辛德勒的名單》編劇史蒂夫柴里安聯手打造下一部年度大片。《羊毛記》第二部〈精準口徑〉之後，步調就隨著首長的棒針以及她與副保安官拾級而下而悠緩綿長起來……。

《羊毛記》中首長與副保安官壓抑的情愫、保安官伉儷的鶼鰈情深，乃至茱麗葉與喬治間禁忌的戀情都頗讓人動容：

請你等我，我的摯愛，請等我

儘管這世界容不下我們的愛，但我多麼渴望你聽到我的祈求

多麼渴望我的話隨著你深深埋藏，那麼

那夜半無人的私語親吻將永遠在我們的愛中滋長，永遠長存

男女主角則是因爲看星星而邂逅的，所以女主角每回看到星空都會思念男主角。一如小王子中的經典段落：「許多人有許多不同的星星。對於那些旅行的人，星星是他們的嚮導；對於其他一些人，星星只不過是小小的亮光；對於那些科學家，它們是一些問題；對於那位商人，星星是黃金。但是所有的這些星星都不說話不作聲。然而你，你將有一些別人沒有的星星……。當你晚上仰望星空的時候，因爲我住在其中的一顆星上面，因爲我將在其中的一顆星上面笑，於是這對於你好像是所有的星星都在笑。你，你將有懂得笑的星星！這將是好像是，我不是給了你一堆星星，而是給了你一些會笑的小鈴……。」

《塵土記》中最令我感慨的是這段文字：「每個人的時間都是有限的。所以，如果你想挽救什麼東西，那可以算是一種愚蠢的念頭，特別是挽救生命。在人類歷史上，從來沒有人能夠眞正挽救生命。他們頂多只能幫生命拖延一點時間。萬事萬物都有盡頭。」人類沒有資格抱怨永恆，

因爲我們被鎖在時間這條線上，往死滅的方向走，永不回頭。而人類的可悲與可愛，或許正在於明知沒有永恆，仍努力使眼前的一點一滴累積成永恆。傑出反烏托邦作品的結局總是令人低迴不已：《我們》儼然靈魂和記憶墓誌銘的手記四十、《一九八四》溫斯頓仰望著老大哥的肖像、《華氏四五一度》流浪森林裡說書人的連禱、《自動鋼琴》最後的人類在廢墟裡試圖搶修一台自動販賣機、《一無所有》則帶讀者回到故事的開頭，形成回環往復的韻律……。那麼《羊毛記》與《塵土記》呢？始於一個毀天滅地的陰謀，終於一杯玫瑰花茶的芬芳：「當溫熱的茶水碰觸到嘴脣的那一刻，一股香氣立刻在嘴裡爆開，那種芬芳的氣味就像在市集上那些攤販的花，又有點像土耕區肥沃的土壤。那種滋味，又有點像初吻的甜美，像檸檬和玫瑰。……滿天的雲在夜空中飄蕩，偶爾星光閃爍。」

縱使額頭炙苦無盡
也從不放棄想像
一起在未來
（那美好無核無霾的未來啊）
雨後的草地

無憂地牽手緩步
無礙地前行

〜鯨向海〈多想有一夜山雨〉

讀者傳說

爲什麼要讀這些「閒書」？

從小，我便是個愛閱讀的女孩。書，也理所當然成爲我夢寐以求的獎品與禮物。每當得到一本新書，總是樂不可支、如獲至寶。沉浸、神遊在書中的奇幻世界，與書中人一同展開神祕刺激的冒險歷程，分享他們的喜悅與哀愁。也常因連上洗手間都手不釋卷而遭到責罵（不知今日的近視是否也是咎由自取）。年歲漸長，那樣自在徜徉書海的自在快活多不復見，取而代之的是紛擾雜沓的塵勞煩惱，是柴米油鹽的生活挑戰，是戰戰兢兢、分秒必爭的現實考量。不免自責於自己是否太不食人間煙火？爲何要浪費時間？爲何要讀這些閒書？爲何不用這些時間去學習一些實用的技藝，多做一些有益社稷民生的事？

出社會以來，這種焦慮時時困擾著我。然而，容我掠美《紅蕖留夢——葉嘉瑩談詩憶往》中的話語：「詩詞的研讀不是我追求的目標，而是支持我走過憂患的力量。……對於詩詞的愛好與體悟，可以說全是出於自己生命的一種本能。」文字與觀群怨、無遠弗屆的力量，即便是我在童稚時就已能懵懵感知，長大後卻反而自我懷疑起來。讀閒書眞的沒有用嗎？且撇開老莊「無用之

用」的深奧義理，事實上，我不知道若將我對閱讀、文學的愛好剝離了，我會變成什麼？還剩下什麼？我要如何面對這個無常、殘酷的世間？

曾在劉森堯《天光雲影共徘徊》的散文集（整本散文集都是關於文學和電影，我覺得很不錯呢！）中讀過一篇〈愛好文學的故事——從「朗讀者」這本小說談起〉。很喜歡文中的這段話：「年歲漸長，逐漸認識到外在世界的浮華虛幻和世事的詭譎滄桑，終究不免庸碌一場，不覺愈來愈往自己的內在世界退縮，從而再度在那裡瞥見到文學所散發的熾熱光芒，那無疑正是最佳的避風港。」這段話眞是於我心有戚戚焉。「朗讀者」（The Reader）就是《我願意爲妳朗讀》，後來改編成電影《爲愛朗讀》，由金獎影后凱特溫斯蕾和《英倫情人》雷夫費恩斯主演。（電影中女主角的演出眞的十分精彩，無怪乎她以此片榮獲金球獎及奧斯卡雙料影后。雷夫費恩斯似乎有些相形見絀。）這本書是以一個德國青少年的成長、追尋、啓蒙歷程爲經，以文學經典作品的朗讀爲緯，以納粹德國的罪惡與救贖爲背景，悠悠講述一個特異的情愛故事。書本的朗讀，在一開始似乎只是男女主角調情、挑逗的戲碼與儀式，卻爲往後故事的鋪陳與眞相留下了伏筆。

我個人倒是沒有「朗讀」的習慣。只有在寒窗苦讀準備考試時，曾恪遵「口到」的精神，大聲朗誦自以爲是的重點，用錄音機錄起來，晚上睡前放來反覆聽學，也算是另類的床邊故事或催眠曲？事過境遷以後，此刻我卻也忘記我那時究竟是睡得比較好些，還是比較不好？若是平常讀書，總覺得是私密的消遣，深怕驚擾了別人，所以總是低調、靜默的閱讀。也或許是認爲「開口

神氣散」，往往缺乏朗誦的興致。但假如能將書中人物眞的「唸出來」又將如何？《墨水心》的奇幻設想著實令人拍案叫絕，除了角色和情節的炫奇外，氛圍和景色的描寫也都很美。我很喜歡一開頭美琪在雨夜裡讀書：「那晚下著雨，低吟的細雨。多年以後，美琪只需閉上眼睛，就能聽到那陣像細小的手指般敲著窗戶的雨。」想起我們都愛的蔣捷《虞美人》，張曼娟如此詮釋：「少年的歡樂無憂，壯年的漂泊流浪，老年的閒淡了悟。那雨是恆久的背景，永不離棄的陪伴，也是知曉一切祕密的，人生的祕密、時光的祕密。新的百年開啓之際，我們從雨中醒來，有一種長途跋涉後的心滿意足。……」《墨水心》也有改編成電影，由《神鬼傳奇》系列男主角布蘭登費雪飾演能召喚書中人物的「魔法舌頭」，但整部電影看起來像是過度簡化的卡通式冒險故事，角色對書本閱讀的感情與愛好，書中細膩的場景描繪完全付之闕如。我也是電影的愛好者，電影及書本各有魅惑，但電影畢竟不能代替我們讀書。

最近剛讀完《風之影》和《偷書賊》。剛開始覺得《風之影》還不錯的原因是故事的背景設在西班牙巴塞隆納，一個異國風情的城市。書上說西班牙的作息時間與其他國家不同，下午兩點之後才是午餐時間，因此上班族可以在中午十一、二點出去喝咖啡、吃點心，眞令人神往！書中的主人翁是舊書商之子，關於書本的閱讀、賞愛、書中書《風之影》謎樣作者以及書中幽魂的追尋，頗有《墨水心》的氛味，男主角朗誦《風之影》給他所愛慕盲女聽的橋段也令我想起《我願意為妳朗讀》。

《偷書賊》和《爲愛朗讀》一樣與納粹德國和閱讀有關，尤其令我想起捷克電影《分道不揚鑣》。但《偷書賊》採取了十分新穎、別緻的敘事方式：以「死神」爲第一人稱敘事者，來描述一個小女孩如何透過閱讀與文字的力量，度過了戰火頻仍、顚沛流離的憂患歲月，「一個關於文字如何餵養人類靈魂的獨特故事，一個撼動死神的故事」，見證了人性的偉大與卑劣、光輝與殘酷、人類的可悲、可笑、可愛與可憐。書中夾雜了大量塗鴉、筆記、預言，還有書中書《抖字手》與《監看者》可讀，言語鮮活、意象鮮明，在殘酷而無法逃避的意識中，卻也有著淚中帶笑的黑色幽默。最令我印象深刻的是作者對「顏色」的描述與掌握，「世界之大，何處無色，何時無色，豈有一個民族會不懂顏色？」雖然當然不如中國古典文學對色彩的描述那般豐富多采、詩情畫意（參見曉風〈色識〉），但《偷書賊》用樸實、眞切的文字細膩描述各種顏色，對應書中的各種情景與人物的心境，讀來自有一種不同的風味。

閱讀，提供了遁入的契機，挑戰眞實生活的場景，任天馬行空的想像自由馳騁。這不是逃避、不負責任、浪費時間的行徑，相反地，讀書之後，我們更有智慧、開闊的胸襟、視野、勇氣與信心去面對不可知與不可預測的人生。「三更有夢書當枕。」一路走來有好友、好書爲伴，人生自當有福。

輯四　天光雲影共徘徊

From A to Z ～About The English Patient

Al'masy

英挺深情的艾莫西伯爵是傑出的沙漠探勘家，他在廣闊無垠的沙漠中探索人類未知的世界，以及歷史文明的遺跡，描繪地圖，也描繪自己的愛情版圖，在義大利的病塌上，於面目全非之際，他追尋自我，追溯往事，尋找風沙來處的名字和記憶，曾有的祕密和深沉熱烈的愛。他的承諾，他的執著和他的悲劇令我深深感動，從而有由A到Z，關於《英倫情人》的心靈手札。

Boundary

《英倫情人》中最令人感動並引人深思的，莫過於那種由「國界」和「限制」所引發出來的概念。

人類的可悲和可笑，在於我們不斷從無限中畫出有限，創造出人爲的隔閡和藩籬，把種種的

束縛枷鎖加諸己身，在褊狹的視域中彼此勾心鬥角，針鋒相對，從而有無盡的紛擾、動亂和殘酷的戰爭。

而人類的可愛和可敬，就在於人性的光輝、情操和眞愛能跨越時空，打破藩籬和限制，游走在史學和文學之間，追尋永恆的自由，而被永恆地歌頌。

Cave

一九三〇年，有人鑿開洞口，一次喜悅的驚嘆；我們看見古老的圖騰在光滑的穴壁上游走……。

沙漠中的洞穴，蘊含整座海洋的慾望和記憶，深藏所有愛意和憂傷。有人在冷冽深邃的洞中以夢探路，有人攀緣洞口，呼喊虛無。我給你水，因爲夜像一個無底洞；我給你回聲，因爲孤寂沒有洞口；我給你承諾，因爲愛在黑暗的洞中依然堅強。

來到洞裡，就知道我的心事，我愛恨之所繫。

Desert

廣袤神祕的沙漠激起旅人心中永不止息的冒險情懷，使他們陷入尋找自我的追逐戰中……。從前我對沙漠沒有特殊的好感，不是因爲沙漠的荒涼而是因爲沙漠的燥熱，我反而對酷寒的極地比較有興趣。但《英倫情人》體現了沙漠的風情和魅力，使沙漠成爲一種唯美的意象。有人在沙漠中作無止盡的跋涉和追尋，有人在沙漠中守候、張望、等待結局，有人在沙漠中喪失記憶，有人在沙漠中喪失生命，而有人穿過文明的荒漠回到家了……。

End

怎麼時間竟是沒有終站的？人類永遠也不知道自己的結局將會如何。被終點遺忘的旅人只好自行揣度奔赴的標的，滿懷悲痛孤獨飛越遼闊的沙漠，駛入詩句和詩句間的空白。

Fly

仍然活著，仍然要飛行。

思念於哀傷，怕不如淡忘於孤獨的飛行。冷冷的雲翳冷冷地注視著飛行者，明天我當有更高更遠的航程。

Ghost

夜裡有幽魂在廢墟和荒原間出沒，他們齊聲詠嘆、讚頌風沙星辰的傳奇和祕密。他們在虛無的空氣中浮游，悄然無息地滲透入夢。

然後我說：「我愛上了幽魂，我渴盼加入他們。」

Hope

在《英倫情人》中作跳躍式的閱讀，麥可翁達傑充滿詩意的筆觸，描寫戰爭、愛情、生死和血淚，體現在動亂的時代氛圍中，人類的抉擇和執著，幻滅的悲情與嶄新的憧憬、嚮往和希望。希望使人們有足夠的勇氣因應生活中的困厄和橫逆，使人們遠離往日的陰霾和詛咒，轉而積極尋求光明美好的遠景。

「雖不知明天將會如何，但相信會比今天美麗，因爲明天有我的希望。」多年前一張書籤上看到的話，至今仍深深感動著我。

Impression

我想《英倫情人》一定是觸動了我心靈深處的某些東西，引發生命深層的渴望和追尋，所以才會令我感動至深。在時代烈風的吹捲下，在絕望生活的渴流裡，我的感動依然不會平息，因爲心是烈焰鑄成的，而深摯的愛可以跨越時空，恆久不滅。

Journey

而我的旅行還不能終止。在旅程中不斷探測方向和距離，從開羅到佛羅倫斯，從基爾夫·克爾比爾高地到澤祖拉綠洲，沙漠和極地距離多遠？夢想和現實差距多大？

在我的旅程裡我繼續尋找流浪的方向，用清風丈量天的藍度，用愛意丈量詩句和詩句間的距離。我只不過是一個因逐夢而孤獨的旅人，此刻我的靈魂已被煎烘得乾渴又疲倦，身心俱疲的旅人只能無奈地張望，而你是否看見，一個艱難地跋涉了很久的旅人，繼續他無止盡的旅程……。

Kill

卡拉瓦喬曾對漢娜說：「問問你的聖人他殺過什麼人。」這使我想起以往看過的一本小說《雷里克公爵》，這本小說曾激起我革新自我的熾烈渴望。書中的男主角也喪失了記憶，當他在追尋自我時也曾痛苦地問道：「我殺過人嗎？」

風沙來處的名字和殺戮的記憶一樣深藏在不爲人知的過去，試圖在夢中尋覓，卻發現夢的邊緣一如刀刃的邊緣，充滿了危機、殺機和轉機。

Love

在《英倫情人》裡我們也看見不同形貌的愛，看見愛在歷史中蔓延，在時空中流轉，在戰火中燃燒，看見愛突破了種種限制，聯繫了過去和未來。想起大仲馬的話：「愛激起活躍的情緒，它可以使殘廢的心復活，可以使沙漠裡有人居住，可以使愛人的幻影重新顯現。」所幸人間有愛，生命才充滿了意義和價值。

Melody

你聽見貫穿《英倫情人》的旋律嗎？深沉之歌，發自生命的深淵，訴說著動人的史詩和悠長的愛，融合了悲劇的理念和神祕的張力，帶我們游走於廣袤的沙漠和廢棄的修院之間，引發心靈的悸動和美的感喟。

Name

丟掉名字　丟掉身分　丟掉國家
丟掉記憶　丟掉容顏　丟掉生死眷念
超越隔閡　超越限制
丟掉這個不知所云的世界

Only

在長途跋涉之後，驀然回首，是什麼在你心中占有那唯一且最終的地位？

Piano

並不相信鋼琴能助人相遇，但覺琴音如流水，傾訴著種種過去的橫逆和憂傷，或輕快或沉鬱的樂調交錯流瀉，恰似生命追尋的歷程中，歡欣和失落、喜悅與哀愁常是同在並存的。

Quit

……其後便設法離去，向浮游不定的遠方……唱一首屬於多瑙河畔的歌吧，歌聲空靈渺遠，迴蕩在曠古的荒漠……因爲承諾我必將重返，因爲背叛我將永不歸來……

Remembrance

假如有一天你的過去在一剎那間化爲一片空白，消逝在歷史的迷霧中，你要怎樣找回那段失落的記憶？

什麼東西遺落在你記憶的迷宮？

Search

從一點引發作永不終止的跋涉和追尋
些許偏執　些許橫逆　些許迷惘憂懼
一點期盼於一個看似不可能實現的大夢
一點驚喜於一次不可能重逢的遭遇
在矛盾和孤獨中　在不止息的挑戰裡作不停止的奮鬥
在困頓和希望裡　開始永遠的奔赴和旅行
幾許喜悅　幾許哀愁
我用一生與遠方相約

Tragedy

一向欣賞刻骨銘心的悲劇，因爲人生本就不甚圓滿多有缺憾，而偉大的悲劇同時讓我們看見世界的眞相和世界的美，同時帶給我們心靈的躍昇及難以平息的感動……。

我要遠離悲劇和傳說的溫床……。

Unexpected

怎麼生命竟是如此無常的？可是未來也因其不可知和不可預測而有趣。微不足道的個人只好自己衡量執著的代價，滿懷憂懼孤獨走向渺茫難測的前程，永遠不知道下一刻會發生什麼事。

~Adolf Hitler

View

我看見一幅風景……
不是從窗口，我可以看到茫遠的邊際……

War

這場戰爭……是動搖根本的那種衝突，每千年才震動這世界一次，並帶進一個新的千年紀元。

X

所有我的過去只是一個未解的謎，一個和未來一樣蒼茫久遠的傳說。

什麼東西遺落在你記憶的迷宮？

Yearn

年復一年，日復一日，浪跡天涯，尋尋覓覓，日日思念，卻只能於夜裡遙想入夢。嚮往風之殿堂，我的渴盼終究不能向你滔滔泣訴。

Zero

此刻，我們回到原點，彷彿嗅到了生命的原味。

在歷史洪流的激盪下，在現實壓力的煎熬裡，我的感動和追尋依然不會停止，因爲心是烈焰鑄成的，而愛可以超越藩籬，恆久不滅。

The Mystery of the Magicians——《頂尖對決》與《魔幻至尊》

我想，每個人應該都看過電視上的魔術表演，甚或曾親學幾招來自娛娛人吧？魔術的魅力，讓人心甘情願地被愚弄。在蒙面俠蘇洛和古畑任三郎的影集中，魔術都曾被拿來作爲掩飾犯罪的妙計。有人說隔空抓藥也是魔術，有人卻將之奉若神醫；有人說愛情也像魔術，婚姻則讓人回到現實；有人說人生就如魔術，在自欺欺人被人欺中度過。究竟我們所見孰眞？孰幻？抑或假作眞時眞亦假，無爲有處有還無？且讓我們共同一探《頂尖對決》（The Prestige）和《魔幻至尊》（The Illusionist）瑰麗精彩的魔術謎案吧！

《頂尖對決》的兩位男主角都是一時之選：Hugh Jackman（飾演 Robert Angier）和 Christian Bale（飾演 Alfred Borden）都是可以邪魅也可以深情、戲路寬廣、演技收放自如的好演員。本片的敘事手法也十分精緻、豐富、多層次，有如讀 Ellery Queen 推理小說般峰迴路轉、「一案多破」的驚奇，卻又不致淪於紊亂。本身也還用筆寫日記的我，最著迷於兩位男主角互讀對方日記的安排，本以爲日記可以洩出親密仇敵最赤裸裸的心聲與祕密，未料一切都是騙局。無怪乎陳冠學說：「即便是日記，也有公私之分。一般文人寫日記，動機早就很可疑，他們寫的日

記，多半是要給別人看的，純粹是個人的私記，記不足爲外人道的私事、私情、私思乃至私念者，反而是稀有。」日記可能是眞實的，因爲理論上日記是寫給自己看的，沒有作僞的動機；日記也可能是不眞實的，因爲日記中可能摻入了夢囈、幻想、執妄與創作。如果在日記中說殺了一個人，可能只是情緒的宣洩而非事實的陳述，對那個人的恨意反而可能因之解消；若在日記中坦承一段不倫之戀，也可能是在奉公守法、循規蹈矩的生活中杜撰某種禁忌的快感。日記中也可以出現全然虛構的人物，也可以爲自己將出版或純粹寫著好玩的小說篇章打稿，所以日記怎麼能信？兩位男主角未諳日記中潛藏的的詭詐、心機與底蘊，當驚覺時一已在霜雪沆碭的北國，一已身陷囹圄矣！

其實，相較於所謂「客觀的眞實」（若眞正存在的話），日記裡呈現的人生無所謂更眞實或更不眞實，那是「另一個眞實」。就像《頂尖對決》這部戲本身，其實是具有強烈卡夫卡及馬奎斯式「魔幻寫實主義」色彩的作品，除了「clone 科技提早出現」此一超現實的假定之外，這部片的情節發展及人性刻畫其實都相當寫實白描得近乎新聞紀實，甚至讓觀衆貼身一窺魔術師的私生活、排練與後台準備，魔術師也得養家活口，畢竟不像魔法精靈可以那麼瀟灑空靈得不食人間煙火，看到劇末，才發現眞正的魔術是科學！原來魔術、魔法與科學並非涇渭分明，想起大雄曾使用哆啦A夢的道具「如果電話亭」來實現夢寐以求的魔法世界。「鈴」一聲，魔法世界實現了，爲了過著自如方便的世界，在學校必需要學習魔法，靜香熱心地教導大雄騎乘飛行掃帚，哆啦

A夢用竹蜻蜓隨同他倆一同在天際翱翔，靜香向哆啦A夢說：「你的魔法很特別。」「這不是魔法，這是用科學做成的竹蜻蜓。」「在這魔法昌明的時代，誰還相信科學那種迷信？」

「愛情」在《頂尖對決》中並非重要的元素，幾位女性角色（包括由Scarlett Johansson飾演的美豔魔術師助手）的戲分也都無足輕重。Robert Angier最開始也許只是單純想為愛妻復仇，而且Borden的確從頭到尾也都還欠他一個真誠的道歉，但隨著兩人的競爭愈益白熱化，Angier的心態也愈益扭曲得成為愛慕虛榮與輸不起，從「不忍殺鳥」演變成「不惜殺人」，Hugh Jackman一路演來把主人翁的心境轉折詮釋得絲絲入扣。《頂尖對決》中充斥著一群為魔術癡狂的怪胎，有人殺戮，有人跛行，有人剁指，有人過著和兄弟輪次交替人生、共享愛侶的畸形生活，他們都把自己的職業祕密（商機？）看得比愛情、家庭、健康乃至生命都還重要。畢竟，如果魔術師的工作就是騙人，那當他說愛妳的時候，又怎麼能信？

相反地，「愛情」則是貫穿《魔幻至尊》的主軸與旋律。男主角Eisenheim接觸魔術始於一場鄉間小徑上的奇遇，但他後來對魔術的琢磨與精進，乃至他的離去與歸來，他的失落與追尋都是源於愛情的動力。誠如神祕電影台台長Mystery所言：「這部是以愛情為主、魔術為輔所包裝的奇幻劇情片。男主角從頭到尾所做的一切不論真假的魔術都是為了愛情。其實換個角度來想，愛情也是虛幻如一場魔術表演，在表演（愛）的當下，用盡心思表現討好觀眾（對方）；但在結束（分手）後卻只剩下空虛的落寞。眞眞假假、虛虛實實，我們都在虛假中找尋眞實。」且看一段男女主角重逢的絮語：

Eisenheim: I was meant to return... I just... I kept thinking I'll find around the next corner...

Sophie: What?

Eisenheim: A real mystery. I saw remarkable things but the only mystery I never solved was... why my heart couldn't let go of you.

Eisenheim 夜會初戀情人雖是再俗濫不過的橋段，但男女主角演來自有情慾的深度，配樂也很棒。他一在她胸前看見多年前他親手製作的那條神祕項鍊，便全都明白了，此時不說話比說話好。《英倫情人》（The English Patient）的女主角也始終戴著男主角相贈的針箍（thimble）。留存贈品，有時爲了證據，有時爲了愛意，有時爲了提醒自己不要忘記，就像《輕聲細語》（The Horse Whisperer）原著小說的最後一句："In case you forget."，恰巧也附上一截變魔術用的繩子，是男女主角間的愛情密語。其實有時贈與的人無心，但受贈的人有意，自也如獲至寶，足證重要的不是送什麼，而是誰送的；其實有時也稱不上禮物，更遑論定情之物，甚至是再稀鬆平常不過的東西，而對方也根本不瞭解你的心意——一張名片、一紙便箋、一簇草葉……只要是來自你所思慕的那人，自然無價。

因爲推出時機的湊巧，加以題材的近似，《魔幻至尊》很難不被拿來與《頂尖對決》相互比較。雖然敘事手法沒有《頂尖對決》那樣精緻、卡司陣容也沒有《頂尖對決》來得堅強（即便有 Edward Norton 這位演技派），《魔幻至尊》依然不失爲一部神祕浪漫的作品，引領觀眾一探虛實相生的人生與情愛，挑戰時空與生死的界線。若說《頂尖對決》是描述人性、魔術師職場競爭的紀實片，《魔幻至尊》的氛圍與戲法則更加夢幻。

《魔幻至尊》的結局處理倒令我想起 Hugh Jackman 主演的另部電影《劍魚》（Swordfish）。「死而復生」是電影及小說中常見的橋段，只是是否會流於突兀牽強，就取決於個人巧妙不同以及與觀者間的「契約」而定。每個人都想讓美人兒飛上天去，但有多少人能處理得像馬奎斯那樣俐落漂亮？有關「契約」的問題，則正如同唐諾所舉的例子，倘若張無忌在敵人環伺下，吸一口眞氣以輕功脫身，我們並不會太過訝異；但倘若《戰爭與和平》中的安德烈公爵也這麼做，我們大概就要把書一丟，大罵托爾斯泰是騙子。同樣的道理，在《魔戒》、《哈利波特》或《神鬼奇航》中的角色倘若死而復生，一定不愁沒有理由，因爲在奇幻的異域裡，充滿無限的可能；但在其他類型的電影裡，顯然就必須要有更堅強的說理與鋪陳，只用幾個回想式的鏡頭匆匆帶過，難免就失之草率敷衍，讓觀眾一頭霧水，這大概是《魔幻至尊》美中不足之處。

《魔幻至尊》中讓魔術師 Eisenheim 魂牽夢縈、愛之所鍾、情之所繫的女主角名喚 Sophie。巧合的是，在挪威作家 Jostein Gaarder 的名作《蘇菲的世界》（Sophie's World）中也有一段關於魔術師的描述：「哲學之所以產生是因爲人有好奇心。……許多人對這世界的種種同樣也有不可置信的感覺，就像我們看到魔術師突然從一頂原本空空如也的帽子裡拉出一隻兔子一樣。關於突然變出兔子的事，我們知道這不過是魔術師耍的把戲罷了，我們只是想知道他如何辦到而已。然而，我們知道這世界不全然是魔術師妙手一揮、掩人耳目的把戲，因爲我們就生活在其中，我們是它的一部分。事實上，我們就是那隻被人從帽子裡拉出來的小白兔。我們與小白兔之間唯一的不同是：小白兔並不明白它本身參與了一場魔術表演，我們則相反，我們覺得自己是某種神祕事物的一部分，我們想瞭解其中的奧祕。不妨把小白兔比做整個宇宙，而我們人類則是寄居在兔子毛皮深處的微生蟲。不過哲學家總是試圖沿著兔子的細毛往上爬，以便將魔術師看個清楚……。」

你有看清楚嗎？Are you watching closely？其實只要有細膩敏銳的心弦，世間萬事萬物、一花一沙都能帶給我們猶如魔術般的驚喜。只是你一定要刨根問底嗎？抑或享受著不知的樂趣，保有殘存的夢境入口與理性的美好叛離呢？這些魔術與人生的謎團，就交給每個人自己去探索吧！

來去博物館過夜——《博物館驚魂夜》觀後感

有些小說或電影中的角色總是很倒楣。推理小說中的神探好像走到哪都會遇見謀殺案，讓人懷疑將他們禁足的話世界會不會更長治久安一點。《捍衛戰警》系列中的珊卓布拉克不論搭巴士或搭船都會遇見歹徒，更甭提《終極警探》系列中，那位叫大衛麥克連的警察。Ben Stiller 也就是這樣一位倒楣的人物，他不是遇見難纏的岳父就是惡妻，連好不容易找了份警衛的差事，也不小心闖入一間夜裡「生龍活虎」的博物館。在這兒當班可不容易：得陪暴龍化石玩拋接骨頭的遊戲，復活節的巨石會嚷嚷吵著要糖吃，會被西部牛仔及羅馬士兵當成格列弗的替代品，一不留神就會被號稱「寬大仁慈」的僧帽猴偷了鑰匙、賞了巴掌，魔術變不好還險遭匈奴王五馬分屍。幸好 Sacajawea 會發揮她追蹤的長才助你擒獲夜賊，Teddy Roosevelt 也總是適時伸出援手給予鼓勵："Some are born great, others have greatness thrust upon them."——倒是從未如此喜歡 Robin Williams 過，過去他的作品總因太過濃重、特意的溫馨勵志氛味而為我所不喜。

或許這間博物館也沒什麼好奇怪的，本來在傳說中，所有生命的形象裡都有顆沉睡的心，等待著一個契機。如來自埃及法老王陵寢的祕寶，或一闋午夜的樂章，像陳璐茜筆下的愛丁堡娃娃那個加了金色鑲邊的玻璃櫃並不比其他櫃子特別，但是裡面的娃娃，的確抓住了我的心。黑禮服將她襯托得雍容華貴，含著憂鬱的笑容，則在無比的驕傲裡暗示著溫柔。……

「你看到了嗎？剛才她的眼睛一亮，我就說嘛！這個娃娃很不尋常，每天早上玻璃櫃裡面就蒙上一層霧氣，眞奇怪，別的櫃子就不會……。」

～《午夜的婚禮》

博物館：

但醒來後，千萬記得：天亮時，別仍在外逗留，否則你將化爲塵埃！劇中的 Neanderthal 爲探究生火奧祕而躍出窗外，如同電影《惡夜之吻》中寂寞好久的小吸血鬼，爲了追逐玩伴，終究爲驕陽灼身而消逝，著實令我悵然。

以前每次去博物館總抱著朝聖的心情，感慨於我們周遭的鍋碗瓢盆之屬恐怕都會活得比我們更長久。當我們的軀體已經灰飛煙滅、原子散逸，不知在六道裡輪迴了千百回，它們可能還在後世的博物館裡被供奉、膜拜著，其紋理、質地與製程也被認眞地考據與記誦。看了這部片後對博物館不禁更敬畏起來，卻又憶起多年前曾有位詩人被困在夜間的大英博物館，而卡素朋躲在巴黎藝術科技博物館的潛望鏡裡，等待一個結局……。

今宵欲往何處？博物館，正要開張。

紅粉知己——兼談電影《愛情三選一》及《新郎不是我》

人生最難得是紅粉知己。

～朱德庸《雙響炮II》

何謂「紅粉知己」?是一種純粹的友誼抑或一種曖昧的狀態?是無話不談的異性朋友或是儲備的情人?說到底，爲什麼「紅粉知己」似乎是男性的專利，女性的領域裡，似乎就沒有諸如「綠樹知己」之類相對應的稱呼?

看了電影《愛情三選一》(Definitely, Maybe)及《新郎不是我》(Made of Honor)之後，對於「紅粉知己」這詞彙開始感到興味。《愛情三選一》是一部溫馨浪漫的小品，敘事手法十分別緻。劇情描述十一歲的女兒 Maya Hayes 在校上了健康教育課後，回家對父親即男主角 Will Hayes 開始了一連串前所未有的大哉問。拗不過女兒的殷切逼問，男主角只好以說床邊故事的方式回憶自己的情史，故事中的人物以假名出現，讓女兒去猜自己的母親是哪位女子:是男主角大學時代的初戀女友愛蜜莉?是作風大膽的記者 Summer(蕾秋懷茲飾演)?還是一直以來的紅粉

知己 April？

喜愛這部電影，是因為在其浪漫溫馨的氛圍下，卻又對於婚姻及愛情提出許多一針見血的剖析。畢竟「過於幻想，容易虛浮。但現實過頭，又太勢利」。在片中，我們看見人生緣分與情感的浮動、無常與不可勉強。有時只想當朋友，有時卻想當情人。但只想當朋友時對方卻捧著玫瑰索愛，想當情人的時候對方卻熱衷於向別人求婚。我們也看見男主角和 April 對於婚姻的精彩辯證。April 說有一天當你在各方面都已經準備好了，當時湊巧在你身邊的人就會是你結婚的對象。男主角頗不以為然：難道「人」不重要嗎？難道你不曾遇見一個人，就在心裡認定「就是他了」嗎？男主角以 April 為練習求婚對象的那段也十分有趣，順道一提，我倒不會憧憬單膝下跪或是大費周章、大肆張揚的求婚方式。一位學姊幫我看紫微時說我的命格是會閃電結婚的。所以個人理想的求婚方式應該是在閒來無事的某一天，「我們結婚好不好？」「好啊！」然後就一起去戶政事務所辦登記，順道拉兩個路人作證人。

所以有紅粉知己真是好，她不論到哪裡，都不忘寄給你一張風景明信片。她以女性的細膩觀點，為你指點戀愛、婚姻、人生的種種迷津。但若她想當的其實不只是紅粉知己呢？

《新郎不是我》由《實習醫生》的男主角領銜主演，描述花花公子 Tom 和女主角 Hanna 自大學時代以來就是好友，互相瞭解彼此的脾胃。在 Hanna 前往蘇格蘭出差時，頓失所依的 Tom 才驚覺紅粉知己 Hanna 就是他的真命天女。未料 Hanna 卻邂逅了一位蘇格蘭公爵閃電訂婚，並且邀請 Tom 擔任「伴娘」。此時 Tom 該如何設法贏回佳人芳心？感覺劇情似乎比較欠缺說服力，原因或許是既然「江山易改，本性難移」，風流成性的人眞會幡然頓悟而專情珍惜起身邊人？結局的轉折也未免過分突兀，反不如 Julia Roberts《新娘不是我》（My Best Friend's Wedding）結尾那場舞的豁達自在。

擔任男人的「紅粉知己」，必然是個了然於心的女人。或許正因深知彼此個性、價値觀及生活習慣上的差異，所以選擇不作情人只作朋友。或許是因爲在相逢相識的當下，對方已另有親密的伴侶甚或家室。想來婚姻制度或許不是那麼合乎人性，一個人眞能一輩子只愛一個人？愛情的座位眞的只有一個？每個人都被迫只能從茫茫人海中選擇一男或一女，不論其他是何等的聰明與美麗。如果不想從慘澹記憶中將她們忘記，不妨就作爲紅粉知己。這樣的關係或許遠比情侶甚或夫妻穩固長久。既然只是紅粉知己，就可以無話不談，反倒是情侶關係有時需要遮遮掩掩著什麼。就像張曼娟在〈不想失去所以不愛〉一文中所言：「……她覺得自己眞的是喜歡男人的，也知道男人喜歡她，但她不願意只和男人談一場戀愛，她想要永遠成爲男人的紅粉知己。他們確實成爲了特別的好友，在她生意出現問題時，男人只要聽說一定伸出援手；男人有時候也把戀愛的疑難雜症說給她聽，讓她幫忙拿主意。可能因爲我也有這樣的特別朋友，因此完全可以了解雙雙的心情。愛情，有各種不同的情況與狀態，不相愛，有時候竟是可以一直愛下去的原因；不在一起，反而有了長長久久作伴的理由。」

你有紅粉知己嗎？妳是別人的紅粉知己嗎？不論世事以及人生際遇如何變遷，不變且重要的終究是人與人間眞心相待的過程。不要把任何人視作理所當然，直到失去了才懂得珍惜。願世間所有美好的情緣都能長長久久！

Taipei——《一頁台北》與《第三十六個故事》觀後感

最近連續看了《一頁台北》和《第三十六個故事》兩部關於台北的電影，猝不及防將我帶回對台北的思念中。自高中起即負笈北上，對台北的氛圍不能不說是熟悉的。反倒返鄉服務後，對於台北竟有些疏離起來。是近鄉情怯嗎？我常覺得我在台北還比在家鄉來得自足自在。所以我常想念台北，想念台北迅捷的大眾運輸、便利的生活機能、昌盛的文藝活動……，想念那些或廣漠或擁擠的記憶。而透過鏡頭，台北竟顯得那般美麗、神祕甚或洋溢異國風情。且去朵兒咖啡館換朵海芋，在雷光夏的騷動裡品嚐香醇的咖啡與手指泡芙。或隨老爵士隨性擺動，在誠品書店的一角自學法文如默誦留住愛情的咒語，與甜美可人的女孩一同在都會裡展開浪漫奇幻的冒險歷程……。

《一頁台北》打著第六十屆柏林影展觀摩片、德國名導文溫德斯監製的名號，一開始就頗令人好奇。過去看過文溫德斯執導的《百萬大飯店》與《樂士浮生錄》，前者是流落百萬大飯店的邊緣人發出美麗迷離之歌，後者是古巴國寶級樂手最後的跫音。但起初會看《一頁台北》還是受了 DVD 廣告的這段文案所魅惑：「夜，騷動不安。戀人們，在城市裡追尋。戀愛的感覺，有時候，就像一杯咖啡、一首爵士樂或是一本書，熟悉卻又動人，它悄悄地來到身邊，讓寂寞的心跳開始有了溫度……。」年歲漸長，愈益憧憬這樣隨著茶、咖啡、音樂、書與電影悄悄來到身邊的愛情與幸福，細水長流，小火慢燉，愈陳愈香，香在無心處。從前我並不介意假「相親」之名作爲認識新朋友、拓展生活領域及見識人生百態之契機。然現在卻愈益迷惑人何須對姻緣那般積極，應該是先遇見一個讓妳動心的人，才去考慮婚姻，而不該是爲了想婚而去找對象……。Happiness is a butterfly, which, when pursued, is always just beyond your grasp, but which, if you will sit down quietly, may alight upon you! 當失戀的男孩遇見100%女孩，才發現，原來幸福就在最近的地方。而 Susie 是勇敢的，她見了這個總窩在書店唸法文的癡情男孩，有些心動，不但幫他拿法文課的課表，還與他在盆地裡一起逃避各路人馬的追緝。可是她怎麼就不擔心他還與遠在法國的前女友藕斷絲連，只是把 Susie 當備胎呢？說到底，愛情終歸有必須冒險的成分……。

故事是沒有排序可言的，也沒有一個故事能眞正訴盡。《第三十六個故事》是個關於心理價值與以物易物的故事，本身並沒有什麼高潮迭起、精彩刺激的明確情節，販賣的毋寧是氛圍、情境與意象：蕾兒圖像式的思考模式，令人想起《愛蜜莉的異想世界》的法式逗趣。環遊世界、浪跡天涯固然始終是種誘惑，但疲憊的旅人行囊裡裝滿故事，此刻哪兒都不想去，只想舒心地與愛人一起煮著熱騰騰的咖啡。空無一人的台北城有一種末日式的玄想。孤獨的紙片人飄去了哪兒？在哪裡迷惘、徘徊、流浪？何時才能找到對方？

在盆地裡奔波打拚的日子已然遠去，只剩下光影與詩，兀自述說著關於台北，以及與台北有關的故事。

反烏托邦、時間及其他——從《飢餓遊戲：星火燎原》談起

很久很久以前，施惠國的都城成功鎮壓了各區的叛亂，第十三區更被夷爲平地以儆效尤，從此以後，每年各區都要選出一對男女參加飢餓遊戲，做爲都城青春的獻祭、衆所矚目的年度大秀。機會並不總是有利的，在關於生存與愛情的競戲中，在謎一般難題與幸福的機遇裡，燃燒的女孩啊，妳準備好了嗎？

自從在學苑作過理想國的報告以來，就對反烏托邦（Dystopia）類型的小說一直抱持一定程度的興趣。自《我們》、《一九八四》、《美麗新世界》等經典以來，到近年的《永無天日》、《羊毛記》乃至向霍桑《紅字》致敬之作《當她醒來》，反烏托邦小說似乎方興未艾，究竟其魅力何在？或許是在於對未來世界的叩問與假想，人在極權統治的處境中應如何自命自度與存活吧。反烏托邦小說既可以有對人性的深刻細膩刻畫，對愛情的試煉、謳歌與詠歎，又可以有科幻的壯麗奇想，無怪乎也是影視題材的寵兒。《飢餓遊戲三部曲》正以其中顯著的反烏托邦色彩，展現了不同於其他當紅青少年小說的格局與氣魄。

續集電影始終背負著與前集相比的壓力，三部曲系列中的第二部尤其扮演承先啓後的關鍵性

地位。君不見《教父續集》與《蝙蝠俠：黑暗騎士》恰恰都是各該Trilogy系列中最爲人津津樂道的一集嗎？爲了讓觀衆耳目一新，近來大場面大製作的續集電影大致有「由陸而水」的傾向，君不見《三百壯士：帝國崛起》是承接首集「溫泉關戰役」的海戰，《狄仁傑之神都龍王》中狄公還得下海查案，甚至相傳《阿凡達》續集也將再啓納美人星球海底的3D瑰麗場面。《飢餓遊戲：星火燎原》中，女主角凱妮斯方目睹服裝設計師泰納慘遭毒打，心緒悲憤不平之際，這廂身子卻已不由自主地升到管子頂端，原以爲是熱帶的叢林或荒漠，舉目所見卻是一望無垠的水域……。無怪乎在小說裡，凱妮斯會質疑此番大旬祭是否有意偏袒來自務漁第四區的Finnick Odair。

我看《飢餓遊戲》首部曲時，所有的注意力都集中在Jennifer Lawrence身上，長姐如母型的角色巧妙和她首獲奧斯卡最佳女主角提名的《冰封之心》相互呼應，其他的角色難免淪爲陪襯性質、相形失色。一直到《飢餓遊戲：星火燎原》中，才發現原來幾位配角也是大有來頭的老牌影星：大反派雪總統赫然是由Donald Sutherland飾演，近幾年來他最令我印象深刻的演出是綺拉奈特莉版《傲慢與偏見》中伊莉莎白的父親，劇末更以他微哂作結，眞是神來一筆。Woody Harrelson昔日演活了《桃色交易》中的窩囊老公和《情色風暴一九九七》的言論自由鬥士，在《飢餓遊戲》系列中他成爲男女主角的導師黑密契，雖然在小說裡對這個角色的過去有更深入的描繪。在首部曲裡，除了男女主角之外的其餘「貢品」最終都是俎上肉，在《星火燎原》裡可不

同了，所有貢品都曾是飢餓遊戲的優勝者，用簡鍊的篇幅與鏡頭帶出各自的生命故事，使每個貢品都立體起來：像「極端謙遜」的 Finnick Odair，小說中描述他外表非比尋常的俊美（碧綠色眼睛、古銅色的肌膚以及金色光澤頭髮），都城的人民就對他癡迷不已，許多女性都自認是芬尼克的情人，他也時常在都城女孩面前表達曖昧之意，其實他所愛的是同為第四區優勝者，因目睹同伴遭砍頭而歇斯底里的 Annie Cresta。Finnick Odair 此角由近來迅速竄紅的小生型演員 Sam Claflin 飾演，他較為人熟知的角色包括《神鬼奇航：幽靈海》中與人魚譜出戀曲的傳教士，以及《公主與狩獵者》中白雪公主的青梅竹馬。來自第七區的 Johanna Mason 一開始像是個刻意賣弄風騷的女子，但隨著劇情的進展，會愈來愈對這位奇女子感到興味。小說中據說有段她「以脫光裸姿灑油在身練習拳擊」的描述，讓人想起《沙丘魔堡之風雲再起》中本也有段美女裸身練飛鏢的香豔畫面，電影受限於分級尺度，難免只能點到為止，留給觀眾無窮的想像空間囉。

在《飢餓遊戲：星火燎原》中，不僅男女主角要面對遠比第一級更強勁的對手，導演與編劇要面對的也是一群已看過首部曲，對飢餓遊戲的規則與程序都已明瞭的觀眾。如何將一樣的賽程（抽籤、進場、受訓、訪談之夜……）拍出不同的新意？不僅考驗編導的功力，也考驗著凱妮斯的服裝設計師。有些天真女孩會夢幻憧憬的婚紗，在片中卻是都城威權的象徵，凱妮斯翩翩轉起身來，原本包裹、羈束她的婚紗便燒蝕化作學舌鳥，山雨欲來的革命氛圍。

看似瘋癲的女孩金屬絲口中的「滴答滴答」其實別有深意，原來《飢餓遊戲：星火燎原》裡的競技場本身就是一座大時鐘。「人類沒有資格抱怨永恆，因為我們被鎖在時間這條線上，往死滅的方向走，永不回頭。」鐘錶就是時間具象化的呈現吧。今春偕母親去號稱捷運站中最高的小碧潭站一遊，卻在興沖沖去買老中央燒餅的路上，不慎遺失了伴我逾十年的舊錶。心疼之餘，也只好轉念安慰自己未嘗不是可以理直氣壯換新錶的契機。否則以我念舊的個性，還不知要多久才會買新錶呢。尋尋覓覓，卻發現坊間的手錶錶面不是太大就是太小，刻度甚至有簡化到只剩四個的，很多人也都用手機取代手錶了。踏破鐵鞋，總算在一間獨腳老闆的鐘錶行邂逅一只淡紫色的Kady錶，踏踏實實、清晰準確的六十個刻度，老闆也誇說這只錶就是耐用，猶如鐵甲武士。

電影與文學中的時鐘（間）意象是迷人的。《獨行俠》中的印地安少年被懷錶所迷惑，遂帶領財迷心竅的白人來到了銀的源頭，引來一場殺戮。且隨《雨果的冒險》中古靈精怪的小男孩穿梭在時鐘之內，禮讚法國導演梅里耶。《班傑明的奇幻旅程》中倒著走的時鐘，正如片中男主角奇妙的生命。蔣勳《微塵眾：紅樓夢小人物》裡摘錄紅樓夢劉姥姥見王熙鳳之前，有一場戲寫得極好：「劉姥姥坐在炕上等候，忽然聽到『咯噹咯噹的響聲』，她東瞧西望、四處尋找，看到『堂屋中柱子上掛著一個匣子，底下又墜著一個秤砣似的，卻不住的亂晃。』……『這是什麼東西？有啥用處呢？』她正發呆亂想，突然聽到『噹』的一聲，接著一連又是八九下。只見小丫頭們一齊亂跑，說：『奶奶下來了！』……榮國府的排場一一從劉姥姥的眼中看到，作者從頭至尾沒有說一個『鐘』字，賈府的富貴歲月似水流年。」張惠菁〈堂皇迷戀〉：「迷戀近似一次出發旅行、

一種忽然掉進你生活裡的動機、一個向量。爲一次迷戀而開始的一些新嘗試，……。向來不買也不戴戒指手環的我，從抽屜翻出之前親族送的一條銀手鏈來，開始天天戴了。（是因爲他稱讚我手腕好看嗎？）那是手感沉重得十分舒服的一條手鏈，掛著一個可以打開的墜子，裡頭是個錶。中午吃飯時小芝注意到了，詭祕地，以爲墜子裡嵌著相片而笑著問了：『是哪個 honey 呀？』我打開給她看：『是時間啊。』……時間甜蜜而詭詐，在迷戀中你就比較甘願地對它繳械了。」

最終，我們都是時間的旅人吧。一如張曼娟的最新散文集自序：「曾經以爲旅行是一場空間的移動，漸漸的我明白，旅行也好，人生也好，其實都是時間的移動，我們只是時間的旅人，聽憑時間的意志穿越。……回到生命的起點，回到每場緣分的初相遇，太多的偶然與選擇，有些因爲時間的安排，有些則是我們自己的一念之間。回到起點，有的不再是遺憾，而是感激。感激與我同行的人們，感激許多年來一直閱讀著我的你。在時間的領地，我們彼此相伴，已經走了這麼久，從來不孤單。讓我們也訂下盟約，就像樹與時間始終信守。通往未來的那條路，不管是風和日麗，或是雨雪交加，都要懷抱信心向前走。」

浮雕跨年夜──《一〇一次新年快樂》

跨年夜是個神奇魅惑的時刻：含辛茹苦的母親面對叛逆期的女兒，卻差點錯過自己的姻緣；紈褲子弟油然憶起一年前邂逅的眞命天女；癌末病患與女兒一起看著時代廣場的彩球緩緩落下，化解最終的心結；相愛的戀人懸隔兩地飽受「摧心肝」的相思之苦；巡迴歌手試圖彌補錯誤挽回佳人的芳心；中年熟女痛下辭呈展開人生的新方向；排拒跨年的宅男與合音天使被困在電梯裡，又會醞釀出怎樣的情愫？

影壇每隔一陣子就會推出類似《一〇一次新年快樂》（New Year's Eve）這樣「浮雕式、大堆頭、衆星雲集」的浪漫愛情喜劇，例如《愛是您，愛是我》（Love Actually）、《愛情盛宴》、《他其實沒那麼喜歡妳》（He is just not that into you.）等等。固然有戲分分散、不夠深入、角色關係紊亂等毛病，但也有「分散風險」的好處，劇中總是會有一、兩個比較喜歡的演員，或者會有幾段故事、幾句雋永的對白比較能引起共鳴。可以同時看見多樣面貌、態樣的情愛，但相對上對每段情愛關係的深度，以及角色內心的刻畫與轉折自然就稍嫌不足。然而，正如張愛玲在《惘然記》中所言：「我對於通俗小說一直有一種難言的愛好；那些不用多加解釋的人物，他們的悲歡離合。如果說是太淺薄，不夠深入，那麼，浮雕也一樣是藝術呀。但我覺得實在很難寫，這一篇恐怕是我能力所及的最接近通俗小說的了，因此我是這樣的戀戀於這故事。」伍迪艾倫的《紐約遇到愛》和《命中註定遇見愛》仿照類似的風格，但充滿伍氏獨特的幽默與濃厚舞台劇的風味。《他其實沒那麼喜歡妳》對人間情緣的多樣面貌、無法預料、無從勉強作了頗為有趣的呈現，也令我聯想起張曼娟在《此物最相思——古典詩詞的愛情體驗》的楔子中所言：「愛情沒有指導原則，只有謙卑的體會。謙卑地愛著一個人，期待他也會愛我；謙卑地為人所愛，期望這愛不會帶來傷害……。」《愛是您，愛是我》在我看過幾部「浮雕式」的愛情電影中應該是最好的，不但兼具詼諧、浪漫與平實溫馨，又有許多好聽且耳熟能詳的西洋歌曲穿插其間。在聖誕節前租來看會更有味道！

聖誕節過後，就是跨年了。《一〇一次新年快樂》透過蜜雪兒菲佛飾演的角色，告訴我們新年應該許小願，勇敢作自己。太偉大的夢想與理想云云，其實只是帶給自己挫折與怠惰、因循苟且的藉口。念茲在茲於高遠的目標，怕只能落得自怨自艾的無奈泥淖。對於一時之間無法改變、無法一蹴可幾的事，不妨就暫時放在一旁，要許願應該從容易達成的開始，從逐步實現的「小願」中漸進累積自己的自信與成就感。適度的變通與彈性是必要的，否則就算是片中的蜜雪兒菲佛也不可能在一天內暢遊峇里島與環遊世界、體驗驚奇啊！

誠然跨年慶典或有虛浮、鋪張之弊（我記得小時候明明是只有過農曆新年的。所謂新曆年的跨年晚會好像是自從千禧年以後才「發明」出的「新習俗」，就像中秋節烤肉的「習俗」似乎是醬油商廣告「創造」出來的一樣），但節慶、儀式確實有安定、凝聚、提醒人心的神奇魔力。所以看著彩球冉冉落下，心中也會得到撫慰鼓舞；收到友人寄來的一〇一煙火影片，隔著迢遞的距離也能感受那份璀璨熱鬧。誠如希拉蕊史旺在片中情急生智、隨機應變的動人演說，或許跨年的意義並不在於縱情逸樂、在眾人異口同聲的倒數聲中邁向新年，更在於適時的「停住」、回顧與反思。朱敦儒〈臨江仙〉：「堪笑一場顛倒夢，原來恰似浮雲，塵勞何事最相親，今朝忙到夜，過臘又逢春。」馬不停蹄之後，偶爾也該停下來想一想：終日奔忙，爲的是自己的理想，抑或僅爲了不要讓別人失望？

《一〇一次新年快樂》除了浪漫、溫馨以外，也營造著些許懸疑：時代廣場副主席的祕密是什麼？情竇初開的少女能否如願獻出初吻給心儀的對象？俏護士盛裝打扮要去會誰？誰和誰在一年前邂逅了？那是一夜的交心或是命中註定的眞愛？他們是否會履踐《金玉盟》、《愛在黎明破曉時》式的約定？曾經在「不對的時間」相遇因而擦肩錯過的情侶能破鏡重圓嗎？世間緣分深淺白有安排，命中有時終須有，命中無時莫強求？……定要吊足觀衆胃口到最後才得見分曉。影片最終不可避免地將世界運轉不息的力量歸功於「愛」，看似老生常談，但事實上沒有人能夠總是理性、堅強、獨立的，我們確實依賴愛我們的人與我們愛的人而存活。愛不是自私的追求、占有與掌控，而是一個眞心面對另一個眞心的過程，是互相的契合、尊重、包容、關懷、信任與體諒。

然而愛也須要學習，沒有人天生就懂得什麼是愛、怎麼去愛；沒有人一開始就知道哪些人是眞的值得我們勇敢去愛、關心與珍惜，不怕付出的情感與信任成了東逝水；沒有人與生俱來就會分辨孰者是眞愛，孰者是虛情假意與伎倆。所幸人間有愛，可歎人間有憾，爲何人生不免生老病死悲歡離合？爲何有時相愛的人無法相守？爲何有時偏偏怨憎會而愛別離？這些人生謎一般的難題與幸福，恐怕年復一年，終其一生，我們都無法參透啊！

巴西夢的輓歌——《瞞天殺機》

若說《推銷員之死》是美國夢的破碎，《瞞天殺機》就是巴西夢的輓歌吧。片中變調的親情、友情與愛情令人不勝唏噓，全片瀰漫沉重的宿命感更讓人不寒而慄。男主角 George Pemberton 自始至終念茲在茲地想追獵山獅，獵人卻在一開始早就對男主角預言：「若大煙山還有山獅，牠恐怕被魔鬼碰過，會回過來反噬你一口。」克莉絲蒂《池邊的幻影》中嘗言：「是誰曾經說過：人生真正的悲劇就是得到你想要的？」曾在報上看過一則四格漫畫：

「我曾經談過一場轟轟烈烈的戀愛，但也傷我最深。」

「她後來嫁給別人了嗎？」

「不，她後來嫁給了我。」

《瞞天殺機》就是一則「浪乘畫舸憶蟾蜍，月娥未必嬋娟子」的悲劇。

《瞞天殺機》劇情和配樂都很扣人心弦，一開頭如怨如慕、如泣如訴的主題旋律，以及大煙

山嵐煙接簇、叢林蓊鬱的場景就深深攫住了我，山巒間靜靜流淌的天光雲影美不勝收，把卡羅萊納州伐木場的生活拍得寫實又不失詩意。《瞞天殺機》具有黑色電影（film noir）的風格，一場男主角站在木屋前的戲，他的上半身背光沒入黑影之中，就很像經典電影《大國民》的取鏡方式。女主角也具有黑色電影中常見「黑色女人」蛇蠍美豔的質素。Bradley Cooper 和 Jennifer Lawrence 繼《派特的幸福劇本》後再度飾演情侶，卻呈現完全不同的風情，令人耳目一新！

Jennifer Lawrence 眞是多才多藝，不論在《冰封之心》中初試啼聲一鳴驚人，在《地下弒》中一展歌喉，在《派特的幸福劇本》大秀舞藝，都是這麼令人驚豔。此片中她化身大難不死的金髮美女 Serena，一場祝融之災讓她家破人亡，從此封閉心房，成爲孤傲的冰山美人，直到有一天，George Pemberton 走進了她的生命……。片中她既有「絳綃縷薄冰肌瑩」的性感挑逗，也有「馬克白夫人」的城府深沉、如西班牙《瘋狂皇后》般爲愛癡狂的傻氣。可以洋溢母性的光輝，也可以殺氣騰騰，可以深情也可以絕情，既強悍卻也脆弱，既可怕卻也可憐。隨著劇情的進展，我們提心吊膽著不知她下一刻會做出什麼傷人傷己的舉動，卻又不由得對這個奇女子寄予深刻的同情與佩服。最令人震撼的不是她獲悉眞相時的崩潰痛哭，而是她走出木屋時一派輕鬆、若無其事，那股鎮靜中蘊含的張力。是什麼將一個敢愛敢恨、巾幗不讓鬚眉、可以斧斫、可以馴鷹、也可以馳騁的烈性女子，逼上引火自焚的絕境呢？明明是個獨立自主、堅韌美麗的女子，卻還是將自己的生命價值依附在男人、婚姻，甚至是傳宗接代的使命上，甚至還服膺重男輕女的價值觀。

聰慧如她，卻終究闖不過情關。看了眞讓人好心疼、好歎惋。

Jennifer Lawrence 比較吃虧的，可能是既然她都已經是堂堂奧斯卡影后了，大家會覺得她演得好是「應該的」。倒是 Bradley Cooper 先前一向被定位爲「英俊小生」型的演員，即便是在獲奧斯卡提名《派特的幸福劇本》中，他到底還是不脫喜感、陽光、美式喜劇樂觀精神的代言人。此次演出浮誇、邪魅、自私、偏執、恐懼的伐木場老闆，眞是演技的一大突破，也讓人對他獨挑大樑的新作《美國狙擊手》更加好奇與期待。《瞞天殺機》裡他喜孜孜地將一見鍾情的美人娶進門，兩人一同擘畫著美好未來的藍圖，憧憬著在巴西的處女林開發一片新天地……。

「結愛曾傷晚，端憂復至今。」、「未諳滄海路，何處玉山岑。」、「豈到白頭長只爾，嵩陽松雪有心期。」當警長上門告知噩耗時，他才驚覺枕邊人的眞面目，頹然坐在床邊，對著女主角說：「告訴我妳沒做……。」那種遲來的醒悟與無奈，多像《獵殺幽靈寫手》中卸任首相的呼喊：「喔，天啊，露絲，妳做了什麼？」

婚姻的本質是找尋人生這場事業的伙伴？抑或是爲了傳宗接代？羅素在論婚姻的著名文章中嘗言：「就是在文明的社會裡，婚姻中的快樂也是可能的，只不過需要滿足許多條件才行。男女雙方都必須有平等的心理；彼此不干涉對方的自由；一定要有身體上和心靈上的完全的親密；並且對於尊重的事物，一定要有彼此相同的標準。（譬如若一方只重視金錢，而另一方則只重視工作，這是很危險的。）假如這些條件都具備了，我相信婚姻是兩人之間所能存有的最好、最重要的關係。假如人們從前不曾認識這個事實，那最大的原因是因爲夫妻雙方都把自己當作是對方的監視人。倘若我們要婚姻盡量地成功，丈夫和妻子都必須瞭解，不管法律怎樣說，在他們的私人生活方面，他們必須得是自由的。」一直覺得控制欲很強的危險情人好恐怖！《瞞天殺機》與《控制》的女主角對配偶那種完全掌控的執念，著實令人悚然心驚。其實就算親若夫妻愛侶，還是該尊重彼此的隱私，給彼此一些獨立自由的空間吧！想起紀伯崙《先知》中關於婚姻的篇章：

……

但在聚守中你們要保留空間，

讓空中的風在你們之間飛舞。

彼此相愛，但不要讓愛成爲束縛；

讓愛成爲奔流於你們靈魂海岸間的大海。

盛滿彼此的杯盞，但不要只從一隻杯盞中取飲。

彼此互贈麵包，但不要只向一塊麵包取食。

一起歡歌曼舞，但要保持各自的獨立。

魯特琴的琴弦也彼此分開，即使它們爲同一首樂曲震顫。

……

站立在一起，但不要靠得太近；
因爲殿宇的支柱總是彼此分立的，
橡樹和松柏也不在彼此的陰影下生長。

堅毅、執著、夢想、勇氣、結婚生子、成家立業……。《瞞天殺機》告訴我們這些世人所追求、所歌頌的美德與目標，是可能如何在一種偏執下被扭曲成毀滅性的災難。我們的教育好像太強調要我們追求成功，太少教我們事與願違時的豁達與餘裕。即使失敗了，也只是教我們「失敗爲成功之母」，即要從失敗中汲取教訓以追求下一次的成功。但其實有時候失敗就是失敗了，失去就是失去了，得不到的就是不該強求了，該放下的就是要放下了。放棄不一定是懦弱的表現，反而有時才是眞正的智慧。元旦假期看了《瞞天殺機》中濃烈深沉的恩怨情仇、愛恨悲喜，想起報上看到的一篇文章〈心裡清空迎新年〉:「寫日記時，我翻著整年度日記，看到一些當時覺得傷得非常重，很難度過的關卡，現在看來卻覺得雲淡風輕，只剩一聲輕嘆:唉!再難的關卡也會過去，最後都只是回憶罷了。……年底清理掉一些東西後，可以空出更多地方再放其他東西，家裡也比較清爽，我的小小肩膀扛不了太多恩怨情仇；小小心房放不下太多愛惡悲喜，把這些東西清理掉，人也會清爽些、快樂些!……眞好!我們都在清理心裡的雜物，迎接新的一年。」

逆天奇緣——《顛倒世界》

試想一個懸浮在上，與我們上下倒置的世界將是如何？愛情的力量足以淩駕地心引力、扭轉顛倒世界嗎？Juan Solanas 話題新作《顛倒世界》（Upside Down）就是這樣一部浪漫得無可救藥的科幻愛情片，瑰麗壯闊的場景美不勝收，有著玄天寰宇的奇想、上班族的異想世界、懸隔兩地的禁忌苦戀，更爲「美人如花隔雲端，上有青冥之高天，下有淥水之波瀾」作了動人的影像化詮釋。

她在上層世界，他卻隸屬於下層世界。他們的世界不該有彼此，他們本不該相遇。但在粉紅蜂蜜、紙飛機和命運造化的牽引下，他們卻終究相識、相知、相惜、相愛了。從童年時期兩小無猜的邂逅，到青少年時期青澀的初戀。顛倒世界的律法愈嚴峻，他們卻愛得愈深沉熱烈。在一次追捕行動中，他一失手鬆了繩索，他以爲自己已經失去她了。「十年生死兩茫茫，不思量，自難忘」、「長相思，摧心肝」。多年以後再相逢，他對她的愛意依舊，她卻已經喪失記憶，該如何喚醒她愛戀的回憶？該如何重新贏得她的芳心？《顛倒世界》中關於愛情與記憶的失落與追尋，讓人油然憶起《極光追殺令》、《記憶裂痕》與《愛・重來》。《極光追殺令》的女主角雖然被重新置換了記憶，但對男主角的愛情卻始終不渝，片末兩人一起攜手走向久違的陽光。《記憶裂痕》的男主角被洗去了近三年的記憶，卻在女主角的眼眸裡望見某種熟悉的天色。《愛・重來》改編自眞人實事，描述一對年輕夫妻，太太因爲車禍喪失高中畢業以後的記憶，一度離開男主角，且男主角後來也簽下離婚協議書（因爲女主角已經完全不認識男主角）。劇情最後是女主角雖然沒再回復記憶，但有找回自己的興趣及當初離家的原因，並修補與家人的關係，而且發現男主角在她車禍後試圖找回記憶時，曾盡力保護她且讓她自由選擇自己想要的，將男主角如何重新追求失憶女主角的過程拍得細膩深刻、平實可喜。

「愛情」是貫穿《顚倒世界》的主題，片中的吻戲也拍得纏綿唯美，不論是魔朵反轉餐廳上下共舞的探戈、兩個世界交界的兩情繾綣，每一個畫面都美得令人想停格欣賞。除了對愛情的歌頌與禮讚、「過渡世界」中的職場百態（對新手的捉弄、裁員的冷酷無情……）、男主角 Adam 潛心研究扭轉時間與引力的科學魔法、科學與僞科學的辯證、Adam 與 Bob Boruchowitz 的友情也使本片逸趣橫生、增色不少。看這兩位分屬上下層世界的員工如何跨越藩籬、天南地北地閒聊，一起打拼、研發，也一起摸魚、打混，偷渡走私著上下世界的奇珍異品……其中最重要的當然是郵票！方寸世界中無價的藝術魅力，讓郵票始終是許多電影與小說作品中的寵兒。奧黛莉赫本的《謎中謎》更堪稱箇中經典。是否知道阿爾卑斯山區有個以郵票致富的小國列支敦士登（Liechtenstein）呢？猶記小學時也曾熱衷於集郵，不但蒐集了厚厚好幾本精裝集郵冊，每天與同儕們交流交換更是不可或缺的休閒活動。之後沉寂了好長一段時間，直到最近幾年才又開始選購一整年度的郵票冊。最新一〇一年度的郵票冊裡，最喜愛的是心形又有玫瑰芬香的情人節郵票，珍藏郵摺上寫道：

獻上一束玫瑰
祈願
滿載愛意的花瓣停泊你心底
一片片綻放，似愛意迴盪
一陣陣飄香，如情愛久長
讓我們的熱情
灌溉 生命的花
釀造 愛情的蜜
嬌豔欲滴的玫瑰
盈香
你我心中

眞愛永恆。看了《顛倒世界》後，讓我們齊聲歡呼：愛情萬歲！愛情比地心引力更偉大！

踏雪尋夢──《逐愛天堂》

雪似梅花，梅花似雪，似和不似都奇絕。惱人風味阿誰知，請君問取南樓月。
記得去年，探梅時節，老來舊事無人說。爲誰醉倒爲誰醒，到今猶恨輕離別。

～宋・呂本中〈踏莎行〉

下雪了。一群女學生踏著雪而來，她們的腳步歡快輕盈，然而，其中安琪的步伐總跟別人不一樣，是因爲她聽到另一種鼓聲嗎？她總是趁上學途中繞進岔路的小徑，在鐵欄杆外癡癡凝望著夢想中的天堂之家，她祈禱、她許願、她期盼……。

鐘聲響了，這會兒又要遲到了，少不得師長的一頓責罰吧？安琪卻仍滿不在乎地走進教室。在課堂裡她向全班朗誦自己得意的作文，卻被老師質疑爲抄襲與文不對題。話說回來，這似乎也確實不能怪她的老師，明明題目是「我的家」，她卻以超齡的華美辭藻詠歎「她夢想中的家」。這樣特立獨行的女子，在學苑難免被同儕視爲怪咖吧？在校受挫的安琪悻悻然回到家，幾幕戲簡鍊地勾勒出她與家人親戚的關係。她的母親雖關愛她卻不懂她，她的阿姨雖熱心介紹她去天堂之家

幫傭，但心高氣傲的安琪哪裡是會甘心服侍人的脾性？她嫌棄自己的出身，嫌怨周遭的現實，遂遁入幻想的天地，挑戰眞實生活的場景，構築伊芮妮夫人的傳奇……。

《逐愛天堂》的女主人翁安琪不知怎的讓我聯想起《臥虎藏龍》裡的玉嬌龍，或許是這兩個女子都既漂亮又任性，有時讓人覺得可氣可笑，有時卻又覺得可憐可愛。或許是她們都陷在一定的生命困境裡，不論是庭院深深的大宅，或窩居雜貨店的閣樓，或傳統禮教的束縛、媒妁之言的婚約，不被瞭解、不被賞識的孤獨……。於是乎，玉嬌龍希冀用劍、用武術，安琪用筆耕爬格子，作爲自我救贖與自我實現，脫離不堪的羈絆，突破現狀的桎梏，勇敢追逐夢想與愛……。

即便是天才也需要知音，千里馬還得有伯樂賞。安琪的伯樂終於出現了，她所撰寫的羅曼史小說眞的獲得出版商（山姆尼爾飾演）的青睞與讀者的喜愛，一時洛陽紙貴，功成名就。門庭若市的簽書會、冠蓋雲集的文學獎、順利買下夢想中的天堂豪宅，以女主人之姿入住……，處女作《伊芮妮夫人》也改編成舞台劇上映。在首映會上，目睹住在銀淚城堡裡的伊芮妮夫人於臨終時，憬然了悟忠僕賽巴思欽是唯一眞正愛過她的人……。「我的一生白費了嗎？」「不，妳的一生是美麗而波瀾壯闊的。」觀衆有的爲之嘆息，安琪的母親在頭等包廂裡卻不禁打盹，一直聽到擊節較好的聲音才驚醒跟著鼓掌。安琪的母親雖然以她爲榮也深深關愛著她，但其實並不知道她到底在寫什麼、想什麼、她的靈感從何而來。她一直納悶安琪是否眞有才華，而只是她不懂？讓我想起《大河戀》裡的經典台詞：生命本來就不需要妳去完全瞭解，而只需要妳去愛……。

老實說，我會看《逐愛天堂》純粹是爲了麥可法斯賓達。所以看到安琪在首映會上終於邂逅了畫家男主角伊士麥，真是有種千呼萬喚始出來的感覺。那幕邂逅戲拍得十分有意思，麥可法斯賓達入鏡時，我們觀眾一開始是只瞥見他的側面和背影，先看到的是女主角的表情，看她眼睛一亮，從一個萬人簇擁的暢銷作家頓時變成一個羞怯的小女生，開始擔心起自己的頭髮是不是亂了、耳環有沒有戴正？真是把「一見鍾情」做了極其動人的影像化詮釋。奇怪的是，麥可法斯賓達一出場，其他的演員與場景全都黯然失色，觀眾再也不想看別人，而只想挑著有他出現的段落看了。演技精湛、外型英挺、「才貌雙全」的麥可法斯賓達就是有這樣出色搶眼的魅力，他亦正亦邪、宜古宜今、雅俗共賞的氣質，不但可以演出未來科幻的《X戰警：未來昔日》、《普羅米修斯》，也可以詮釋現代感的《性愛成癮的男人》、《發現心節奏》，拍起古裝片《簡愛》與《逐愛天堂》，也是那麼令人驚豔！一襲帥氣的燕尾服，藍色的瞳眸，深沉優美的嗓音，一出場就狠狠挫了女主角的傲氣與銳氣，對她的藝術品味冷嘲熱諷一番，原本驕縱、無禮、自負、目中無人的女主角見了他卻「變得很低很低，低到塵埃裡」……。接著就是看她爲愛執著、追求所愛的勇氣與傻氣了！

醉翁之意不在畫。幾場畫室裡的調情戲十分有趣。安琪主動到伊士麥的畫室裡討教，說要看他的作品，更要求他爲她畫一幅肖像畫。「我不畫肖像畫的。」「連我的也不畫嗎？」慣用陰暗色調、連大雨中的後街、破銅爛鐵全都可以入畫的伊士麥，是個作品常被譏爲「髒畫」的前衛畫家。「我不想被指責拿妳畫『髒畫』。」「或許髒沒有那麼不好。」伊士麥利用研究端詳安琪臉龐與五官的機會，在她的脣上印上一吻。正如伊士麥坦言「我感興趣的不是服裝，而是妳！」安琪究竟是否喜歡伊士麥的畫其實是頗堪玩味的。在我看來，安琪喜歡的其實是明亮、鮮豔的色澤（這從她們婚後的對話益徵），她純粹是喜歡伊士麥的人，才願意愛烏及屋高價買下他的畫。她之所以跟伊士麥一樣討厭他作品中一幅難得色彩明豔的義大利風景畫，除了應和伊士麥以外，其實是因爲嫉妒使然（伊士麥的姊姊諾拉曾跟安琪說過他在義大利就曾經有段韻事，勾引了一位已婚的伯爵夫人，她先生威脅要殺人，他們才匆匆回到倫敦。）她能挑中伊士麥最喜歡的平交道畫作，應該也是因爲那是伊士麥第一幅秀給她看的作品，所以猜到伊士麥應該自己也對之最滿意。伊士麥發覺安琪稍微透露的童年與出身中有某種失落的環節，「如果我不知道，我要怎麼畫妳？」伊士麥說安琪作品吸引讀者的祕訣在於她是自己跟自己對話，而非跟讀者對話，果眞如此嗎？就這點而言，安琪與伊士麥的創作態度是一致的吧，他們都是寫／畫出自己追求的美，至於是否符合眞實與讀者／觀衆的喜好，從來就不是他們在乎的……。

安琪在新書發表宴會上不顧衆人的目光，丟下所有賓客，拖著長長的蓬蓬裙禮服去追伊士麥，向他告白、要他娶她，他愣了一下說：「求婚？這不是男人的台詞嗎？」她說：「誰在乎？我愛你！」兩人就在雨中擁吻，這幕拍得眞的十分唯美浪漫，難怪這部片的海報、DVD 封面都是用這張劇照，不約而同將背景修成了雪景。不過如果劇情是男女主角從此以後在天堂豪宅裡過著幸福快樂的生活，那這部片應該也就沒什麼好看了（除了麥可法斯賓達以外）。隨著戰爭的爆發，男主角拋下女主角從軍去（之後受傷殘廢變成瘸子歸來），被他姊姊和伯父視爲成熟的表現，反而女主角的反戰、想把自己的天堂豪宅維持成自外於戰火之外的烏托邦，被視爲不合時宜的自私。女主角會讓我想起《大夢想家》中的柯林法洛，是那種可以天眞爛漫、理直氣壯活在自己幻想中的人物，也許太纖細敏感的藝術家心靈並不適合煩黷殘酷的人世？女主角畢生追逐的夢想與愛情一一破滅，這部電影的結局其實挺感傷的。但或許那樣轟轟烈烈精彩地愛過、活過，人生也不算白來一遭了。她在男主角自殺後，才發現原來他一直瞞著她有情婦，還生了孩子。他跟她要錢說要還債，她爲了幫他籌錢，不惜放棄「一字不改」的堅持，改爲迎合讀者的口味，其實他都是拿錢給情婦和孩子，後來情婦嫁給別人，男主角還一直無法釋懷。巧合的是男主角的情婦就是「天堂」豪宅前任屋主的女兒，還是男主角的青梅竹馬（這個安排可能是爲了加強諷刺性，不過我覺得有點太刻意了）。

很久沒看到這樣華美考究的電影，美不勝收，每個畫面都讓人想停格欣賞。短短二小時內嚐盡女作家安琪一生的美麗與哀愁。相信每個有夢有愛有憧憬的人，在看了《逐愛天堂》都會有心有戚戚焉的悸動與美的感喟。那種驀然間被某個畫面與情節揪住心頭、深深打動的感覺。複雜豐富的角色面向、巧妙細膩的劇情，讓不同的觀衆有不同的詮釋與體會：與其終其一生得不到夢想與愛情，是否毋寧勇敢追尋之後再失去？能遇見所愛、能夠去愛，縱或對方不見得（那麼）愛

你，總是比從來沒愛過人幸運吧？這究竟是一齣夢想與愛情破滅的悲劇？爲「崇高必有墮落，積聚必有消散，合會終需別離」再添一悽惋的例證？抑或詠歎一個女子浪漫精彩熱烈的人生？影評有認爲伊士麥根本是爲了錢才娶安琪，從來沒眞正愛過她。我覺得這樣似乎又把這部電影呈現人間情愛的多般樣貌與變幻看得太簡單了。伊士麥究竟是風流倜儻、浪蕩成性的情場玩家？抑或一直鍾情於自己青梅竹馬的知己？對安琪而言的欺瞞與殘酷，對於情婦而言卻是深情與顧家？或者就如他姊姊諾拉所言，他愛的只有他自己？我們又眞的敢說我們愛哪一個人勝過愛自己嗎？總要先懂得如何愛自己，才可能去愛別人吧？「我愛你」的誓言，不也是先有「我」的存在爲前提？或者伊士麥確實跟安琪相愛過，只是安琪對他的愛是要把他拴在天堂之家裡陪伴她，長期仰賴她的資助，終究令自由自私的靈魂不耐？他也愛安琪，但不及安琪愛他那麼多？或者他同時愛著安琪與情婦？人的一生眞能只愛一個人嗎？但說到底，感情眞的是能像珠寶那樣論斤秤兩、鑑定眞假、講究對價平衡的嗎？

麥可法斯賓達成功詮釋了英俊、自負、薄倖、浪蕩、敏銳、陰暗、消沉、欺瞞、頹廢、憤世嫉俗的男畫家伊士麥複雜的多面向。劇中還透過伊士麥姊姊諾拉的口述與視角，提供多種不同解讀的空間。戰爭時她偶然間發現男主角放假居然沒回女主角身邊，而是跟別的女人在一起。她爲了不讓安琪難過而隱瞞。實際上諾拉自己也和安琪有曖昧同志情，她極度仰慕安琪，自願充當她的助理。連伊士麥都知道她姊姊愛安琪。安琪雖然也覺得諾拉不可或缺，但畢竟她整顆心是在伊士麥身上。她和伊士麥蜜月時本來帶了希臘的聖泉水要給諾拉（因為諾拉很想學寫詩，相傳喝了聖泉水會文思泉湧、詩才大進，雖然我是覺得會不會請聊齋裡的陸判換副心肝比較快？），但回來之後她又捨不得了，偷偷自己喝掉，換成一般的水裝給諾拉。但在臨終時安琪也說只有諾拉眞正愛她，……「我的一生白費了嗎？」「不，妳的一生是美麗而波瀾壯闊的。」片中舞台劇裡的經典台詞再現，當時聽來俗濫，但到結局對照女主角自己的人生，卻有令人動容的力道。片末暗喻伊士麥如梵谷般，死後作品才獲得重視，反而安琪似乎被歸類為通俗的羅曼史作家，漸漸被遺忘。誰是眞的有才華的人？誰的作品眞正有價值？又要由誰來判斷？

下雪了。安琪臨終與下葬時，天空又飄起雪來。《逐愛天堂》裡的華服令人目不暇給，把安琪打扮得像白裡透紅的芭比娃娃，衣飾色彩繽紛華麗，然而，是否色彩如雪在夕陽中迴光返照，終歸褪淡寂靜？伊士麥是早已看透了這一切嗎？文學與藝術是在這褪淡的光裡回頭的一瞥嗎？記憶裡有一場漫天飛舞的雪，如此潔淨，如此輕盈，在雪中，不同際遇與個性的生命相遇了，各有各的因緣，各有各的福報，如此偶然，正如飛鴻踏雪泥，有人會刻意回頭留戀雪上的爪印嗎？《逐愛天堂》呈現了情愛、文藝、才華、戰爭複雜多樣的風貌、辯證與叩問，以雪始，以雪終，令人低迴不已。

如果在異鄉，兩個旅人——《愛情，不用翻譯》與《露西》

人們總說《愛情，不用翻譯》是部關於「寂寞」的電影，但如果在異鄉，兩個旅人相互依偎取暖，未必會寂寞；在自己家鄉的土地上流浪，在熟悉的場域與熟悉的人群中，卻感受不到心靈的契合與連結，才是眞正的寂寞吧？

想起龍應台在《目送》中一段〈寂寞〉的文字：「寂坐時，常想到晚明張岱。他寫湖心亭：『崇禎五年十二月，余住西湖。大雪三日，湖中人鳥聲俱絕。是日，更定矣，余拏一小舟，擁毳衣爐火，獨往湖心亭看雪。霧淞沆碭，天與雪、與山、與水，上下一白。湖上影子，惟長堤一痕，湖心亭一點，與余舟一芥，舟中人兩三粒而已。』深夜獨自到湖上看大雪，他顯然不覺寂寞——寂寞可能是美學的必要。但是，國破家亡、人事全非、當他在爲自己寫墓誌銘的時候呢？『蜀人張岱，陶庵其號也。少爲紈褲子弟，極愛繁華，好精舍，好美婢，好孌童，好鮮衣，好美食，好駿馬，好華燈，好煙火，好梨園，好鼓吹，好古董，好花鳥，兼以茶淫橘虐，書蠹詩魔，勞碌半生，皆成夢幻。年至五十，國破家亡，避跡山居。所存者，破床碎几，折鼎病琴與殘書數帙，缺硯一方而已。布衣疏莨，常至斷炊。回首二十年前，眞如隔世。』有一種寂寞，身邊添一個可談的人，一條知心的狗，或許就可以消滅。有一種寂寞，茫茫天地之間『余舟一芥』的無邊無際無著落，人只能各自孤獨面對，素顏修行。」

在東京與在台北的 Scarlett Johansson、夏洛特與露西哪一個比較寂寞呢？說到底，她們是不是都有些遇人不淑？一個被夫婿冷落獨守空閨，一個被男友拖累鋌而走險。大腦潛能開發近百的超能力者，睥睨我們這些只達十分之一的凡人，是否有種「眾人皆醉我獨醒」的孤獨？這與新婚少婦信步漫遊時，見證執子之手與子偕老的誓言，自己卻已和枕邊人愈益陌生與疏離，面對未來人生的茫然無措與惴慄惶惑，到底哪一種比較不堪？

所以夏洛特會在酒吧裡主動送一杯酒給歷盡風霜的鮑勃哈里森，露西會遠渡重洋到巴黎尋找諾曼教授，爲的是不是都是孤注一擲找個可以懂她們的人呢？飾演鮑勃哈里森的 Bill Murray 本身就是硬底子的喜劇演員，所以他除了把世故滄桑、百無聊賴的心緒詮釋得絲絲入扣以外，還給這個角色帶了些許詼諧的喜感，讓整部電影的調性不致太惆悵憂傷。老牌影星 Morgan Freeman 飾演睿智的科學家自是游刃有餘，諾曼教授一角卻也和他在《全面進化》的角色中冥合呼應，不知是否是選角時的有意安排？其實《露西》很容易讓影迷聯想到《全面進化》和布萊德利庫伯的《藥命效應》，但我覺得《露西》更加精彩，片中對「時間」的描述讓我想起商務印書館有本《時間地圖》，但我更喜歡《愛因斯坦的夢》！

男女導演的東方城市映象煞是有趣。若說《愛情，不用翻譯》是 Sofia Coppola 的東京回

憶，那麼《露西》不啻盧貝松給臺北的情書？《愛情，不用翻譯》的導演是《教父》三部曲名導柯波拉的女兒 Sofia Coppola。據說柯波拉夫妻有一次在車上吵架，當時才三歲的她突然出聲說 Cut！當時柯波拉就相信她長大一定也會當導演。她也是《教父》第三部的女主角，和艾爾帕西諾和安迪賈西亞有很多對手戲，雖然當時柯波拉原本屬意的女主角是薇諾娜瑞德，但薇諾娜瑞德當時狀況不好婉拒，所以 Sofia Coppola 臨危受命……。後來薇諾娜瑞德出任柯波拉的《德古拉：眞愛不死》女主角作爲彌補。相傳 Sofia Coppola 的招牌特色是「車窗映照的城市風情」和「葉間穇過的陽光」，《愛情，不用翻譯》裡的這兩種畫面確實都拍得很美。《露西》中魅惑的臺北、巴黎、壯麗的宇宙星圖、時空隧道與野生動物群像也讓人想起盧貝松的經典《亞特蘭提斯》！

露西隨身帶著警探做跟班，是爲了提醒自己僅存的人性。夏洛特前往古寺參拜、學習插花、或倚窗俯瞰、或在東京街頭旁觀著衆生百態……，也是爲了提醒自己與人世間保持連結吧！片頭她在電話中向友人哭訴她去廟宇卻沒感覺（《傳科擺》：我是一個沒有信仰的人，所以我在有信仰的人中間時，會感到不自在。）、她先生都只在忙工作、她都快不知自己是嫁給什麼人了，友人卻沒在聽……。露西在三軍總醫院汀洲院區開刀手術時，對母親娓娓道來自己體會到的一切感覺，她母親那端卻收訊不良……。人與人之間的溝通與理解有時是如此困難，更遑論投緣與交契了。夏洛特的先生與他鄉遇故知的舊識敘舊得正熱絡，夏洛特卻感到「話不投機半句多」的隔閡、疏離、格格不入。除了客套寒暄以外，完全無法融入他們的對話。能相約「逃獄」、親密談心的伴侶畢竟可遇而不可求，所以《愛情，不用翻譯》的邂逅如此美麗。

人生總偶有被卡住的時候。逃吧！逃吧！逃離生命的困境。鮑勃對夏洛特說："The mcre you know who you are, and what you want, the less you let things upset you."愈能瞭解自己，就愈能自命自度，不需仰賴別人的評價來肯定自己，也毋須尋求外界的事物來獲得救贖了吧。而愈能掌握並發揮自己生命的潛能，就愈能超越時空，了脫生死，無所在，無所不在了吧？

火車詠嘆調——電影中的火車

火車南駛良久，經過無數堆積卵石的河床，而因爲是南下，大山在右，小山在左。河的源頭想是在大山之中，如今也無心查問，總是在大山之中罷，不要緊的。火車疾駛過橋時，廣大的河床在山腳下縮小，一個不等邊的三角形；車到橋的中央，等邊的三角形；到橋尾，又恢復爲不等邊的三角形——隨即消滅，我們撞進竹林叢中，突突南下，好興奮，彷彿還記得剛才那幾個三角形尖端是煙雲和霧氣，而今已在竹林叢中，好興奮，突突南下。……我曾經搭乘戰後的小火車離開這一帶鄉村，坐在運煤的車殼上，看檳榔樹一排一排往後退，就這樣退完了，就這樣到了花蓮。

～楊牧〈山谷記載〉

從車站出發做永不終止的跋涉與追尋，我用一生與遠方相約。

還記得孩提時代第一次搭乘火車的興奮雀躍嗎？學生時代的畢業旅行，一面與同學在火車上玩著撲克牌，一面欣賞窗外花束的海岸。奇怪的是那麼久遠的日了，車窗外蔚藍遼闊的大海卻依然歷歷在目，感覺就像昨日一樣。綿亙迆邐的鐵軌，本身就富於宛若無遠弗屆的想像空間，一方面有溝通聯結的意涵，另一方面卻也將土地分爲兩半，火車經過時，也會暫時隔離鐵軌兩側的人。一節節的車廂、一個個的驛站，是人生百態的縮影，上車下車、送往迎來間，又是多少因緣與故事？

於是乎，在九又四分之三月台，搭上駛向魔法學苑的列車，車上或許會遇見如妙麗般聰慧的女孩，魔杖一揮就替你修好了老舊的眼鏡。《黑影家族》應徵的女教師，獨自搭著火車前往鬼影幢幢的大宅院。福爾摩斯在《詭影遊戲》的火車中華麗變裝反串，還做了華生絕不敢做的事：把太座拋進河裡。《黑書》的女主角在火車上色誘納粹的軍官。於乓馬倥傯的蠻荒年代，像《歡迎來到布達佩斯大飯店》那樣，在火車車廂裡留存最後一絲優雅風華與微弱文明，會太異想天開嗎？火車是《安娜．卡列妮娜》悲劇性情愛的起點與終點，也是《死前之吻》首尾呼應的關鍵。在《跨越世紀的情書》火車上遺留的手稿，重見天日之後卻又是另一個傳說了。多年以後，從車窗窺見昔日戀人已有美滿的家庭，此時應如何自處？要如何停止無人駕駛、高速行駛、載有危險化學物質的《煞不住》火車呢？《〇〇七：空降危機》裡，龐德在火車車頂和反派展開拳拳到肉的殊死肉搏，遠方擔任狙擊手的接應探員持槍猶疑著，這扳機是扣或不扣呢？《獨行俠》也有精彩的火車打鬥戲，片裡鐵軌步步進逼印第安人的原始部落，神駒一躍越過火車頭，追兵只能望著火車徒呼負負。《狄更斯的祕密情史》裡的火車翻覆了，文豪要如何保護祕密戀人呢？《將計就計》結局運用火車的行進創造多重的視角，下一班列車經過之後，你還會在鐵軌對面等我嗎？

火車在反烏托邦作品中也占有一席之地。當氣候變異，冰河時代再度降臨，倖存的人類只能在《末日列車》裡苟延殘喘。每節火車是不同的產業，不同的階級。爲了控制列車內的秩序與人口，車首神祕的領導者又想出了怎樣的陰謀呢？當克己派、博學派、直言派、友好派兀自排隊的當兒，無畏派卻以媲美現代舞的矯健姿態，從火車中歡快飛躍而出，難怪連《分歧者》女主角都心動了。想加入無畏派，就得先跳上火車，再從行進的火車上跳到一旁的樓頂，這還只是基本功而已。在格鬥中負傷的女主角，仍堅持要與同儕們一起去參加戰爭競戲，在火車後面苦苦追趕，指導員四號拉了她一把，對這外表柔弱內心堅毅的女子更多了一份憐愛，幽微的情愫默默滋長著……。當大夥兒被注射血清，宛如行屍走肉般任博學派操控時，不受控制、不能歸類的女主角，在火車裡悄悄擠過人群到男主角身邊，兩人牽起了手。喜歡結局中兩人在火車上緊緊相擁，至於火車的終點、鐵軌的盡頭是什麼？已經不重要了，因爲我們擁有彼此。《分歧者2：叛亂者》的預告中也有幕男主角在千鈞一髮之際跳過鐵軌，火車隨即疾駛而過的驚險經典畫面。社會主義的烏托邦天堂應該不會有犯罪吧？那鐵軌旁陳屍、被剜腸剖腹的《第四十四個孩子》要如何解釋？男女主角被陷害，「夕貶潮州路八千」，搭著流放的火車穿過蓊鬱的山林。主要的嫌疑人居然臥軌自殺了，也只得循著鐵軌尋找蛛絲馬跡，沒想到連在車廂裡都是危機四伏……。

看了這麼多電影中的火車，你最想搭哪一輛呢？或許在輾轉反側、不能成寐的子夜，搭上星光列車一同遨遊星際吧！

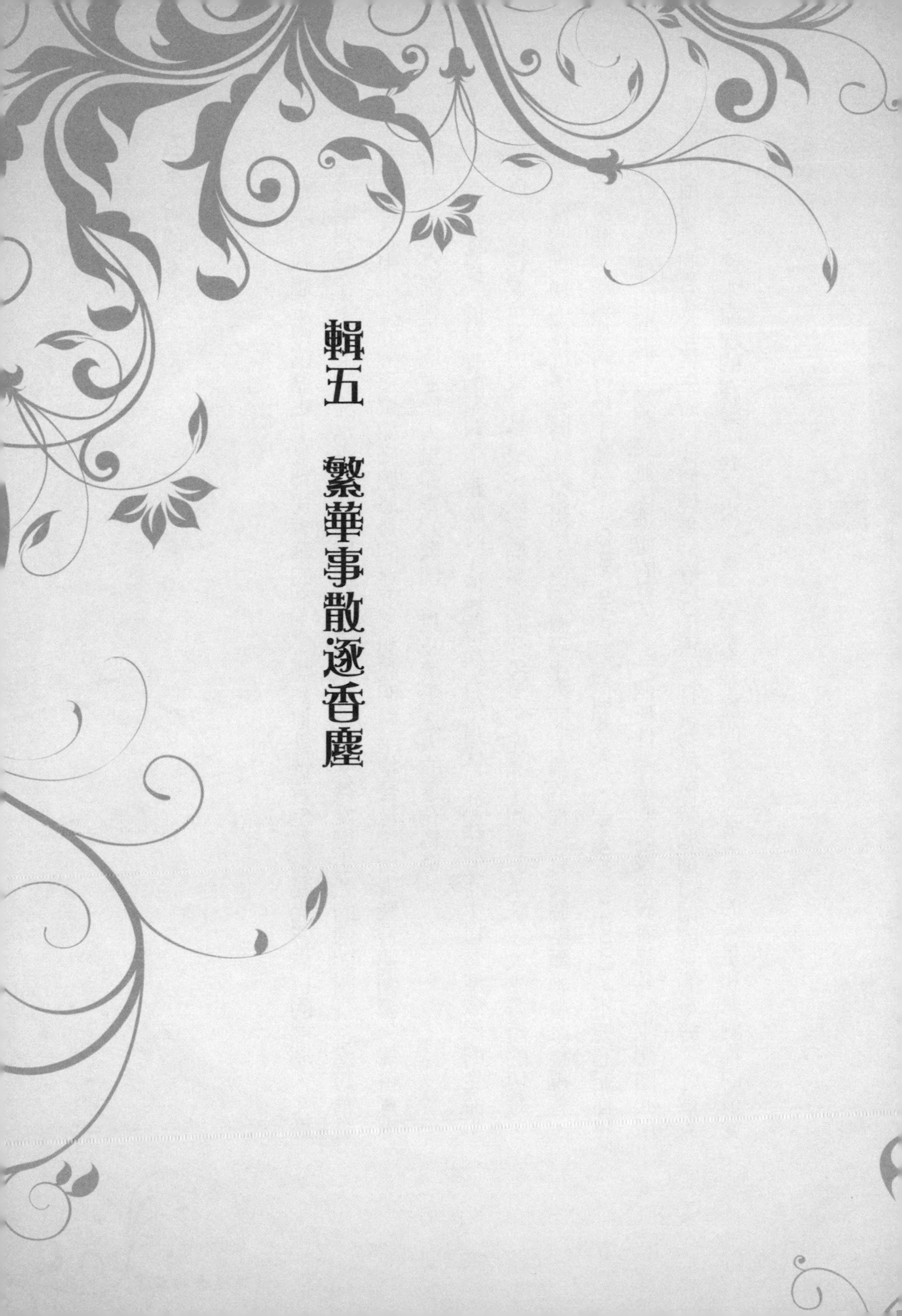

輯五　繁華事散逐香塵

石季倫傳奇

石崇，我想是中國歷史上最神祕奢華的名字。想到他就恍若乍然瞥見光彩溢目的珊瑚，笑傲王侯；嗅到糝在象床上的沈水香，在輕風裡和金陽共舞一段交纏愛慾生死的佛朗明哥；遙想華美的錦帳亙諸山川之外，迤邐如旖旎悠長的迷夢；想起明妃手抱琵琶，一去紫台連朔漠，獨留青塚向黃昏；金谷園裡天地逆旅人生如寄的歎惋；以及淒豔迷人的落花傳奇。

當我保持一個自覺的美學上距離時，便覺得像石崇這樣一個紈褲才子自有他傲岸的生命丰姿。所以我總愛貪看史家、詩家、說家描寫他的片段——充滿了頹惑的氛味，人生苦短的悽楚，世事無常的悵痛。像巴洛克時代的畫作，色澤濃得化不開，角落裡卻有一個骷髗頭冷冷凝視著。金質的畫框上銘刻著兩行拉丁諺語：「carpe diem」（把握今天），「memento mori」（不要忘記你將會死亡），詩樣的惆悵，殘酷又無法逃避的意識。一個任性熱情的浪漫主義者終其一生想隨心所欲地用自己的方式詮釋生命，代價便是被鞭屍千古。且讓我們暫時拋卻道德成見的束縛、好為人師的執念、風水命理的穿鑿，共同來一窺石崇豪奢華靡的生活、傳奇性的一生和悲劇性的情愛吧！

石崇，字季倫。晉書上說他「少敏惠，勇而有謀」、「穎悟有才氣」。才二十多歲就當了修武令，在縣處理民情訴訟，極爲能幹而公允，爲縣民稱頌。後來當了城陽太守，山濤推崇他「忠讜有文武」。石崇伐吳有功，封安陽鄉侯，累遷侍中。元康初年，楊駿輔政，大開封賞，多樹黨援，石崇曾向晉惠帝提出諫言，可惜未被採納。後出爲南中郎將、荊州刺史，領南蠻校尉，加鷹揚將軍。

世人老把石崇看得太簡單了。石崇不僅是個驕奢的富豪和狡黠的政客，他其實是個能幹的臣子，頗有政績。晉武帝以石崇有幹局，深器重之。曹嘉讚美他：「嗟嗟我石生，爲國之俊傑。入侍於皇闈，出則登九列。威檢肅青徐，風發宣吳裔。」顏遠歌頌他：「昂昂我牧，德惟人豪。坐鎮方岳，有徽其高。英風遠扇，峻跡遐招。」此外，他是詩人也是狂人，是文學家也是音樂家，既可以爲俠也可以爲賊。他的父親石苞臨終前分財物與諸子，獨獨不分給石崇，理由是「此兒雖小，後自能得」。石崇如何達到富可敵國的境界呢？這始終是個衆說紛紜的謎。有人說他在擔任荊州刺史期間劫掠往來商旅，因而致富不貲。有人說他靠航海而成巨富。也有人訴諸神異性的緣由，如馮夢龍的喻世明言：

石崇當時未發跡時，專一在大江中駕一小船，只用弓箭射魚爲生。忽一日，至三更，有人扣船言曰：「季倫救吾則個！」石崇聽得，隨即推篷。探頭看時，只見月色滿天，照著水

面，月光之下，水面上立著一個年老之人。石崇問老人：「有何事故，夜間相懇？」老人又言：「相救則個！」石崇當時就令老人上船，問有何緣故。老人答曰：「吾非人也，吾乃上江老龍王。年老力衰，今被下江小龍欺我年老，與吾斗敵，累輸與他。老拙無安身之地，又約我明日大戰，戰時又要輸與他。今特來求季倫：明日午時彎弓在江面上，江中兩個大魚相戰，前走者是我，後趕者乃是小龍。但望君借一臂之力，可將后趕大魚一箭，壞了小龍性命，老拙自當厚報重恩。」石崇聽罷，謹領其命。那老人相別而回，涌身一跳，入水而去。

石崇至明日午時，備下弓箭。果然將傍午時，只見大江水面上，有二大魚追趕將來。石崇扣上弓箭，望著后面大魚，風地一箭，正中那大魚腹上。但見滿江紅水，其大魚死於江上。此時風浪俱息，并無他事。夜至三更，又見老人扣船來謝道：「蒙君大恩，今得安跡。來日午時，你可將船泊於蔣山腳下南岸第七株楊柳樹下相候，當有重報。」言罷而去。

石崇明日依言，將船去蔣山腳下楊柳樹邊相候。只見水面上有鬼使三人出，把船推將去。不多時，船回，滿載金銀珠玉等物。又見老人出水，與石崇曰：「如君再要珍珠寶貝，可將空船來此相候取物。」相別而去。這石崇每每將船於柳樹下等，便是一船珍寶，因致敵國之富。

這固然是奇幻文學，不過石崇對於摯友眞有見義勇爲挺身相救的俠氣。晉書和世說新語仇隙篇均記載道：

> 劉璵兄弟少時爲王愷所憎，嘗召二人宿，欲默除之。今作阬，阬畢，垂加害矣。石崇素與璵、琨善，聞就愷宿，知當有變，便夜馳詣愷，問二劉所在。愷卒迫不能諱，答云：「在後齋中眠。」石便徑入，自牽出，同車而去，語曰：「少年何以輕就人宿！」璵深德之。

多虧了石崇，否則祖逖要孤獨地聞雞起舞了。

石崇不但好學不倦、文武雙全，更有領導統御、知人善任的本領。別人眼中的惡奴，他卻不惜重金延攬。他的家僕也似乎個個像魔術師般，於是乎「石崇爲客作豆粥，咄嗟便辦。恆冬天得韭蓱齏。又牛形狀氣力不勝王愷牛，而與愷出遊，極晚發，爭入洛城，崇牛數十步後迅若飛禽，愷牛絕走不能及。」這總是讓王愷又嫉又羨，他老愛和石崇鬥富，卻總是差了一截。「王君夫以飴補澳斧，石季倫用蠟燭作炊。君夫作紫絲布步障碧綾裡四十里，石崇作錦步障五十里以敵之。石以椒爲泥，王以赤石脂泥壁。」

還有那不朽的珊瑚傳奇。珊瑚真是一種謎樣的珍獸，從前我一廂情願地以爲牠是植物。中國古人對珊瑚的描述和追尋真是色彩斑斕。南州異物志曰：「珊瑚生大秦國，有洲在漲海中，距其國七八百里，名珊瑚樹洲，底有盤石，水深二十餘丈，珊瑚生於石上。初生白，軟弱似菌。國人

乘大船載鐵網先沒在水下，一年便生網目中。其色尙黃，枝柯交錯。……三年色赤，便以鐵鈔發其根，繫鐵網於船，絞車舉網。還，裁鑿恣意所作。若過時不鑿，便枯索蟲蠹。其大者輪之王府，細者賣之。」李商隱明迷的燕臺詩：「空將鐵網罥珊瑚，海闊天翻迷處所。」不過最華麗的聲色饗宴還是晉書中的這段記載：

武帝每助愷，嘗以珊瑚樹賜之，高二尺許，枝柯扶疏，世所罕比。愷以示崇，崇便以鐵如意擊之，應手而碎。愷既惋惜，又以爲嫉己之寶，聲色方厲。崇曰：「不足多恨，今還卿。」乃命左右悉取珊瑚樹，有高三四尺者六七株，條幹絕俗，光彩曜日，如愷比者甚眾。愷怳然自失矣。

字裡行間猶仍可見季倫意氣風發的丰采。

王維的〈洛陽女兒行〉自是化用了這段典故：「狂夫富貴在青春，意氣驕奢劇季倫。自憐碧玉親教舞，不惜珊瑚持與人。」以前老覺得詩佛的詩直教人在一片清幽空靈中老去，未料其少作竟也如此妍麗。

鎭瀾宮中的祿星恰是以石崇爲代表人物。祿星手持如意，我想也是由這段典故演化出來的。鎭瀾，好美的名字。一個人心中有神的話，或許在時代波瀾的侵擾下也可以鎭定自若、清心寡慾。可是生命的苦難，政治的污濁，人間的煩黷讓人懷疑神的存在。於是乎一個不可知論者選擇了逃避，耽溺於美之中。於是乎我們在晉書石崇傳中讀到了這樣奢華的文筆：「財產豐積，室宇宏麗。後房百數，皆曳紈繡，珥金翠。絲竹盡當時之選，庖膳窮水陸之珍。」

因爲人生苦短，我們死後可能原子散逸，沒有靈魂，也沒有來生，我們怎能不好好把握有限的今生呢？石崇哪裡不知道「驕奢必敗」、「懷璧其罪」的道理呢？這不是知易行難的問題，而是魏晉時代的知識分子對於傳統的道德、禮教、權威都有明知故犯的叛逆。他們追求個體解放，自訂遊戲規則，讓人即使不認同他們的生活方式，仍不由得讚嘆那眞是一幅精彩好看的人物卷軸。想石崇的可悲與可笑就在於，他明知世上沒有永恆，仍努力地想將眼前的一點一滴累積成永恆。想在淒迷的亂世中，至少留守一室的溫暖芬馨、燦亮輝煌；在動盪的世局中，書寫一園私密浪漫的故事；在空幻虛無中，創造出他的英篇，他的藝術，他頹豔魅惑的迷夢。一個追求誇張華麗自我表達方式的藝術家，眞的就一定比樂善好施的慈善家、六根清淨節儉樸實的苦行僧來得邪惡可鄙嗎？或者那不過是人生的另一種抉擇？

石崇就是不甘心在世上白白活一遭不留下任何漣漪，他在思歸引序中坦言他「志在不朽」，在贈給好友棗腆的詩中更寫道「要在遺名，爲此遺名，可以長生」。石崇的生命態度，在他與干敦的對話中，也可以見出端倪：

石崇嘗與王敦入太學，見顏回、原憲之象，顧而歎曰：「若與之同升孔堂，去人何必有間？」敦曰：「不知餘人云何，子貢去卿差近。」崇正色曰：「士當身名俱泰，何至以甕牖語人？」

王敦也是個奇人。劉寔嘗詣石崇，如廁，見有絳紗大床，茵褥甚麗，兩婢持錦香囊。寔遽反走，即笑謂崇曰：「向誤入卿室內。」崇曰：「是廁耳！」王敦可就不一樣了，他是唯一能在石崇那六星級的廁所中坦然自若的人：

石崇廁常有十餘婢侍列，皆麗服藻飾，置甲煎粉、沉香汁之屬，無不畢備。又與新衣著令出。客多羞不能如廁。王大將軍往，脫故衣，著新衣，神色傲然。群婢相謂曰：「此客必能作賊！」

王敦同時是冷血的人，下面這段世說新語的記載也害得石崇惡名昭彰：

石崇每邀客燕集，常令美人行酒，客飲酒不盡者，使黃門交斬美人。王丞相與大將軍常共詣崇，丞相素不能飲，輒自勉彊，至於沉醉。每至大將軍，故不飲，以觀其變。已斬三人，顏色如故，尚不肯飲。丞相讓之，大將軍曰：「自殺伊家人，何預卿事！」

這個傳聞老早就讓我懷疑：像石崇這樣的一個人——翔風的情人，綠珠的知己，棗腆「寬以撫戎、從容柔雅、英朗特俊」的摯友，歐陽建「人樂其量，士感其敦」的舅父，癡戀美好事物的藝術家，爲所愛深情無悔的男子，能深婉細膩揣度明妃遠嫁心境的詩人——眞會這麼心狠手辣嗎？

翻了《晉書》，更坐實了我的懷疑。

> 愷嘗置酒，敦與導俱在座，有女伎吹笛小失聲韻，愷便毆殺之，一座改容，敦神色自若。他日，又造愷，愷使美人行酒，客飲不盡，輒殺之。酒至敦、導所，敦故不肯持，美人悲懼失色，而敦傲然不視。導素不能飲，恐行酒者得罪，遂勉強盡觴。導還，歎曰：「處仲若當世，心懷剛忍，非令終也。」

《王丞相德音記》中也記載：

> 丞相素爲諸父所重。王君夫問王敦：「聞君從弟佳人，又解音律，欲一作伎，可與共

來。」遂往。吹笛人有小忘，君夫聞，使黃門階下打殺之，顏色不變。丞相還，曰：「恐此君處世，當有如此事。」

所以兇手是王愷。

或恐是劉義慶一時筆誤，害石崇平白被痛恨了千百年。石崇地下有知會不會喊冤呢？我倒認爲季倫有一笑置之的豪氣。

而我耳畔老是縈繞著金谷園裡的笑語盈盈。金谷園眞有些像聖經中的方舟和伊比鳩魯的花園，是大動亂中的避身所，是石崇一手營造的烏托邦，是千古來文人們嚮往的夢土。那個逝去時代裡的俊秀菁英懷著朝聖的心情來到此地，快意優游於山林詩樂間。石崇自己如是記載著金谷園中的歡會：

余以元康六年從太僕卿出爲使，持節監青徐諸軍事、征虜將軍。有別廬在河南縣界金谷澗中，或高或下，有清泉茂林，眾果、竹柏、藥草之屬，莫不畢備。又有水碓、魚池、土窟，其爲娛目歡心之物備矣。時征西大將軍祭酒王詡當還長安，余與眾賢共送往澗中，晝夜遊宴，屢遷其坐，或登高臨下，或列坐水濱。時琴瑟笙筑，合載車中，道路並作；及住，令與鼓吹遞奏。遂各賦詩以敘中懷，或不能者，罰酒三斗。感性命之不永，懼凋落之無期，故具列時人官號、姓名、年紀，又寫詩著後。後之好事者，其覽之哉！凡三十人，吳王師、議郎關中侯，始平武功蘇紹，字世嗣，年五十，爲首。

金谷詩序是季倫對時光不斷流動消逝的思索和補救，欲把美好的時光停格成永恆，以文字凝住時間，挽回過去。蘭亭集序和春夜宴桃李園序亦然。王右軍得人以蘭亭集序方金谷詩序，又以己敵石崇，甚有欣色。李白的文采固然在石崇之上，但若沒有季倫，春夜宴桃李園序也不會有那麼雋永漂亮的收尾。

相傳伊比鳩魯在花園的入口處掛著一個告示牌：「陌生人，你將在此地過著舒適的生活。在這裡享樂乃是至善之事物。」美男子潘岳「清綺絕世」的詩篇極適合鑲在金谷園的門扉：「王生和鼎實，石子鎮南沂。親友各言邁，中心悵有違。何以敘離思，攜手遊郊畿。朝發夕京陽，夕次金谷湄。迴谿縈曲阻，峻阪路威夷。綠池泛淡淡，青柳何依依。濫泉龍鱗瀾，激波連珠揮。前庭樹沙棠，後園植烏椑。靈囿繁石榴，茂林列芳梨。飲至臨華沼，遷坐登隆坻。玄醴染朱顏，但愬杯行遲。揚桴撫靈鼓，簫管清且悲。春榮誰不慕，歲寒良獨希。投分寄石友，白首同所歸。」

那種種關於明麗風光、友誼和愛情的詠嘆終將淡入時光和記憶，而一道金光粼粼的河水潺潺流貫一切。

石崇一生中曾摯愛兩名女子，一是翔風，一是綠珠。

翔風是位來自異國、才貌雙全的佳人。她是詩人，也是珍玩的鑑賞家。她只要輕撫玉石的表面，就知道漫長地域遷徙的寓言；只要靜聆璫珮丁丁，就知道佩戴者的喜悅與哀愁；只要細察金銀的紋理，就知道浮華世界的盛衰悲歡。據拾遺記記載：

翔風……無有比其容貌，特以姿態見美。妙別玉聲，巧觀金色。石氏之富，方比王家。珍寶瑰奇……皆殊方異國所得，莫有辨識其出處者，乃使翔風別其聲色，悉知其所出之地。言西方北方，玉聲沉重而性溫潤，佩服者益人性靈。東方南方，玉聲輕潔而性清涼，佩服者利人精神。石氏侍人，美豔者數十人，翔風最以文辭擅愛。……崇常擇美容姿相類者十人，裝飾衣服大小一等，使忽視不相分別。使翔風調玉以付工人，爲倒龍之佩，縈金爲鳳冠之釵。言刻玉爲倒龍之勢，鑄金釵像鳳凰之冠。結袖繞楹而舞，晝夜相接，謂之恆舞。欲有所召，不呼姓名，悉聽珮聲、視釵色。玉聲輕者居前，金色豔者居後，以爲行次而進也。使數十人各含異香，行而笑語，則口氣從風而颺。……

石崇有一次開玩笑地對翔風說：「吾百年之後，當指白日，以汝爲殉。」詎料她認眞地答道：「生愛死離，不如無愛。妾得爲殉，身其何朽。」

多麼奇妙，翔風和綠珠有著不同的才情，卻有著相同的靈魂。眞是美麗而憂傷的女心，明知豪奢的情人逃不掉毀滅的災厄，卻還是對他一往情深、生死不渝。

翔風後來到哪兒去了呢？和晉書配合觀之，石崇後來移情別戀於綠珠想是合情合理的猜測。穎悟明慧的翔風自也知道感情是不能勉強的。情字這條路上，沒有先後之分，只有契合與否的分別。她只能默默地祝福季倫和綠珠幸福，落寞地走開了，留給我們一首幽寂的玉階怨。

綠珠，一個讓千百多年來的中國人心疼、心動的女子。她和石崇的情緣，也就是桂花和山茶花的戀曲。

我常想像綠珠應是和那與玉谿生擦肩而過的柳枝一般，是個心思細膩、愛好音樂的女子。「生十七年，塗妝綰髻，未嘗竟，已復起去。」因爲原先並沒有那樣一個知己悅己者出現。「吹葉嚼蕊，調絲擫管，作天海風濤之曲，幽憶怨斷之音。居其旁，與其家接故往來者，聞十年尙相與，疑其醉眠夢物斷不娉。」她本來或許也就像那無數沒有留下名字的中國傳統女性一般，困守於窮鄉僻壤間，埋首學著她可能不甚擅長的針黹活兒。她對音樂的癡迷，或許還遭到父母夫家的嫌怨。她的心靈是個百花盛開的山谷，但沒有人識得途徑。

直到有一天，她偶然瞥見了季倫那熱情銳敏雅顧出群的雙眸。

人的一生有時就期待那樣一次相知相惜的顧盼。

藝術家最是感激知音。綠珠和季倫自天地的豎琴那兒聽聞同樣的旋律，他們之間有無數幽密的關連，分享著彼此藝術心靈裡顫動的成分、灌注內心生活的祕密音樂。從此以後綠珠的樂舞有

知音激賞，不虞寂寞。

據舊唐書音樂志和樂府詩集，季倫為了贈綠珠一份別緻的禮物，特地取漢時明君舊曲，以他生動不羈的想像力和蘸滿深情的筆墨，譜出史上第一首關於琵琶、異域和堅毅紅顏的詠嘆調，並以歌辭作舞辭，使明君從此成為歌舞相兼的曲子：

王明君者，本是王昭君，以觸文帝諱改焉。匈奴盛，請婚於漢。元帝以後宮良家子昭君配焉。昔公主嫁烏孫，令琵琶馬上作樂，以慰其道路之思。其送明君，亦必爾也。其造新曲，多哀怨之聲，故敘之於紙云爾。

我本漢家子，將適單于庭。辭訣未及終，前驅已抗旌。僕御涕流離，轅馬悲且鳴。哀鬱傷五內，泣淚濕朱纓。行行日已遠，遂造匈奴城。延我於穹廬，加我閼氏名。殊類非所安，雖貴非所榮。父子見陵辱，對之慚且驚。殺身良不易，默默以苟生。苟生亦何聊，積思常憤盈。願假飛鴻翼，乘之以遐征。飛鴻不我顧，佇立以屏營。昔為匣中玉，今為糞上英。朝華不足歡，甘與秋草并。傳語後世人，遠嫁難為情。

季倫和綠珠，一個提筆寫詩，一個以笛伴舞，將昭君的傳奇鐫刻在人們的心靈版圖裡。恍若可以聽見季倫在綠珠耳畔輕語：「最後，請再為我奏一曲明君。」

時趙王倫專權，崇甥歐陽建每匡正不從，由是有隙。崇有妓曰綠珠，美而豔，善吹笛。孫秀使人求之。崇時在金谷別館，方登涼臺，臨清流，婦人侍側。使者以告。崇盡出其婢妾數十人以示之，皆蘊蘭麝，被羅縠，曰：「任所擇。」使者曰：「君侯服御麗則麗矣，然本受命指索綠珠，不識孰是？」崇勃然曰：「綠珠吾所愛，不可得也。」使者曰：「君侯博古通今，察遠照邇，願加三思。」崇曰：「不然。」使者出而又反，崇竟不許。秀怒，乃勸倫誅崇、建。崇、建亦潛知其計，乃與黃門郎潘岳陰勸淮南王允、齊王冏以圖倫、秀。秀覺之，遂矯詔收崇及潘岳、歐陽建等。崇正宴於樓上，介士到門。崇謂綠珠曰：「我今爲爾得罪。」綠珠泣曰：「當效死於官前。」因自投於樓下而死。崇曰：「吾不過流徙交、廣耳。」及車載詣東市，崇乃歎曰：「奴輩利吾家財。」收者答曰：「知財致害，何不早散之？」崇不能答。

晉書的這段文字寫得眞好。既細膩感人又留有諸多詮釋想像的餘裕，難怪成了傳誦千古的名篇。有人將之解讀爲警世的寓言，有人把它寫作女性主義的論文，有人將之渲染爲奇情浪漫的小說，有人爲之譜出幽怨詠嘆的詩行。而我只想靜心品味晉書原文裡那絕豔的美與貞烈決絕的愛，一遍一遍——且讓綠珠在那兒永恆存在吧！

而後是永遠的捨棄，永遠不再的人生……。

「天下殺英雄，卿復何爲？」

「俊士塡溝壑，餘波來及人！」

這大抵是魏晉時代知識分子的宿命。他們的臨終所言也恰如黑天鵝死前的哀鳴，清越嘹亮。石崇和潘岳亦然。不過他們的遺言沒有嵇康、陸機那般悽楚的懸念。石崇有眼淚給綠珠，但不願爲自己哀泣辯解。他冰冷犀利地以一句「奴輩利吾家財」總結自己的一生；潘岳則驀然憶起曩昔的詩行。他們對自己既不同情也不歎惋，只有嘲謔而已。看這兩位好友在人生終站的對白，懞懞了悟何謂悲劇的淨化力量。

孫秀既恨石崇不與綠珠，又憾潘岳昔遇之不以禮。後秀爲中書令，岳省内見之，因喚曰：「孫令，憶疇昔周旋不？」秀曰：「中心藏之，何日忘之！」岳於是始知必不免。後收石崇、歐陽建，同日收岳。石先送市，亦不相知。潘後至，石謂潘曰：「安仁，卿亦復爾邪？」潘曰：「可謂白首同所歸！」潘金谷集詩云：「投分寄石友，白首同所歸。」乃成其讖。

不用纏綿病榻，而能與摯友共赴黃泉，九泉之下或許還能與摯愛重逢，在這樣的期待中，季倫自然有一種既快意又愴然的感覺。胸懷大志夸邁流俗的年少，翔風綠珠的音容笑貌，護惜所愛的枉然——那美麗而碎裂的過去如珊瑚的碎片，讓人不忍心再回首。只見金谷園的金魚鎖斷了，紅桂與流水兀自相映成春；落花參差連曲陌，小苑終究成了長道；象床上的鴛鴦茵沾滿塵埃，陽光由遠方照來如金色的光。

謹以此文追憶一段神祕奢華的傳奇。

國家圖書館出版品預行編目資料

迷迭香的名字 / 集晴. --初版.—臺中市：白象文化，民105.01
面： 公分
ISBN 978-986-358-286-1（平裝）

855 104026484

迷迭香的名字

作　　者　集晴
校　　對　集晴
專案主編　林孟侃
出版經紀　徐錦淳、林榮威、吳適意、林孟侃、陳逸儒、蔡晴如
設計創意　張禮南、何佳諠
經銷推廣　李莉吟、何思頓、莊博亞、劉育姍
行銷企劃　黃姿虹、黃麗穎、劉承薇、莊淑靜
營運管理　張輝潭、林金郎、曾千熏
發 行 人　張輝潭
出版發行　白象文化事業有限公司
402台中市南區美村路二段392號
出版、購書專線：（04）2265-2939
傳真：（04）2265-1171
印　　刷　基盛印刷工廠
初版一刷　2016年1月
定　　價　300元

缺頁或破損請寄回更換
版權歸作者所有，內容權責由作者自負